DIE AMEISEN KOMMEN

Heilung eines Süchtigen

Joseph Melchior Graf

novum pro

www.novumverlag.com

Bibliografische Information
der Deutschen Nationalbibliothek:

Die Deutsche Nationalbibliothek
verzeichnet diese Publikation in
der Deutschen Nationalbibliografie.
Detaillierte bibliografische Daten
sind im Internet über
http://www.d-nb.de abrufbar.

Alle Rechte der Verbreitung,
auch durch Film, Funk und Fernsehen,
fotomechanische Wiedergabe,
Tonträger, elektronische Datenträger
und auszugsweisen Nachdruck,
sind vorbehalten.

© 2015 novum Verlag

ISBN 978-3-99048-047-2
Lektorat: Volker Wieckhorst
Umschlagfoto:
Hannu Viitanen | Dreamstime.com
Umschlaggestaltung, Layout & Satz:
novum Verlag
Innenabbildungen:
Joseph Melchior Graf (3)

Gedruckt in der Europäischen Union
auf umweltfreundlichem, chlor- und
säurefrei gebleichtem Papier.

www.novumverlag.com

novum pro

Inhaltsverzeichnis

1. Erklärendes Vorwort 9
2. Claire fährt heim: 25. 2. 2067 11
3. Treff bei Pia und Paul 13
4. Renate und Pia folgen beim Essen
   den Diskussionen um Religionsfragen 19
5. Gang zum Bischof 25
6. Yves zu Hause 33
7. Yves telefoniert mit Matthias und Jolande 37
8. Telefonat mit Lydia: Einladung zum Essen 41
9. Unfall 47
10. Vor dem Treffen mit Lydia 57
11. Lydia und Yves am Strand 59
12. Treffen bei Luc und Yvonne 67
13. Yves beginnt mit der Arbeit im Labor 79
14. Überfall 91
15. Sitzung und Nachtessen 95
16. Lydia und Yves sind fleißig 99
17. Besuch bei Renate und Pierre 103
18. Yves geht mit Kollegen zum Essen 113
19. Vortrag von Charles und Streit mit Badwülser 119
20. Yves und Lydia gehen zu Yvonne, das Auto holen/
    Nachtessen 127
21. Samstagmorgen: Gespräch mit dem Bischof 135
22. Roy im Haus von Luc/Beischlaf mit Yvonne 139
23. Lydia und Yves in der Mensa bei der Arbeit 143
24. Treff bei Claire und Charles 145
25. Kampf gegen die Ameisen 153
26. Roy und Yvonne 157
27. Luc sucht Yvonne/Niedergeschlagenheit
    bei Vater und Sohn/Lydia telefoniert mit George 169

28. Lydia und Yves spazieren oberhalb der Hang-Stadt/
    Yves bringt Lydia nach Hause 175
29. Abdankung und Nachtessen 183
30. Zeit vor der Abfahrt nach Amerika/
    Auf der Ameiseninsel bei Kuba/Heimkehr 189
31. Nach Kuba 193
32. Expedition von Lourdes in die Pyrenäen/
    Gespräche über Lydia/Religion (Gott) und Ende 205
33. Nachwort 213

Tagebuch über die Zeit vom 25. Februar 2067 bis September 2067

1. Erklärendes Vorwort

Dieser Roman spielt im Jahr 2067 und beginnt am Freitag, den 25. Februar, im Spital von Perpignan an der französisch-spanischen Grenze. Die Handlung ist utopisch und die Personen sind frei erfunden. Die Globalisierung ist weitgehend Tatsache. Einzig im zentralen Schwarz-Afrika gibt es noch ein knappes Dutzend Länder mit Armut, Bildungsnotstand und katastrophaler Gesundheitsversorgung. Ihre korrupten Regierungen und die diktatorischen Herrscher haben sämtlichen Fortschritt verhindert. Die beiden Amerika, Europa, Asien und Australien sind politisch in einer stabilen Lage. Die gesunden, fortschrittlichen Länder Afrikas sind in dieser weltweiten Gemeinschaft auch integriert. In Wirtschaft und Wissenschaft ist globales Denken eine Selbstverständlichkeit, wobei eine gesunde Konkurrenz Antrieb bedeutet. Seitdem Sonnenenergie und Kernfusion wirtschaftlich genutzt werden können, ist die Energiefrage gelöst, und Luft- und Wasserverschmutzung bereiten keine Sorge mehr. Sogar finanziell ist sich die Menschheit nahe gekommen: die amerikanische, europäische und chinesische Währung werden zum Kurs 1:1 gehandelt. In allen Volksschulen auf der ganzen Erde ist die englische Sprache mindestens fünf Jahre obligatorisch. Dies bedeutet, dass sozusagen alle Menschen auf der Erde miteinander kommunizieren können.

Die eigentliche Geschichte dreht sich aber um Yves, der vom total Süchtigen den Weg wieder in die gesunde Gesellschaft findet.

Die Protagonisten in diesem Roman sind:
Charles Lager, Dr./*2023/Professor Uni Perpignan, und Ehefrau **Claire**/* 2028/Dialysefachfrau
Luc Coglier, Dr./(und Marie † 2050)/*2022/Professor Uni Perpignan/Lebenspartnerin **Yvonne** 2030
Yves/*2048/Sohn von Luc und Marie
Lydia, Studentin/*2047

Paul Marnier, Lic. Theol./★2022 Bischofsvikar und Ehefrau **Pia**/★ 2027 Katechetin
Pierre Meunier, Dr./★2023/Meeresbiologe und Ehefrau **Renate**/★2029/Biologin
Roland Pagnol/★2033 (Roy)/Chemie-Assistent
Pascal Nicolet, m.econ./Ökonom Stiftungspräsident und **Charlotte**/★2021/Gerantin

2. Claire fährt heim: 25. 2. 2067

Freitagnachts 23.25 Uhr im großen Spital zu Perpignan. Alles ist dunkel und still. Gedämpftes Licht in den Gängen. Einzig in der Dialyseabteilung ist noch ein Vierer-Saal hell beleuchtet. Hier arbeitet Claire Lager noch, räumt auf und macht die Maschinen bereit für den morgigen Tag. Vor einer Viertelstunde sind die zwei letzten Patienten abgeholt worden. Nun ist auch Claire fertig. Sie löscht die Lichter, begibt sich in die Garderobe und dann zur spitalinternen Tiefgarage. Als sie 10 Meter von ihrem elektrischen kleinen Vierplätzer entfernt ist, deblockiert sie die Ladeöffnung und öffnet die Türen. Durch einen einfachen Knopfdruck auf ihrem Zielgerät stellt sie die programmierte Fahrt nach Hause ein.

Schon fährt der Kleinwagen auf der Ausfallstraße Nordwest und Claire kann getrost ihren Gedanken nachhängen, denn das Auto ist sicher auf *Fahrt* eingestellt, und sie muss nur ein wenig auf den Verkehr achten sowie ein bisschen überwachen. Sie freut sich sehr auf ihre morgige Einladung. Denn beim letzten Freundestreff im Herbst hat Paul – der Freund ihres Mannes und ehemaliger Mitschüler – sie eingeladen. Sie, d. h. sie selber mit ihrem Mann Charles sowie ein anderes Freundespaar, Luc und seine Frau Yvonne, treffen sich alle am 26. Februar um 12.00 Uhr. Claire ist zudem auch auf einen weiteren Besucher gespannt, welcher von Paul angekündigt wurde. Paul hat nämlich auch seinen Jugendfreund, Pierre Meunier, eingeladen. Pierre war ebenfalls ein ehemaliger Schüler am Gymnasium in Genf, allerdings eine Klasse tiefer.

Nun erblickt Claire in der Ferne ein grünes Leuchten. Es kommt immer näher und sie kann die Schriftzüge an zwei Restaurants ablesen: „Palme" und „Olive". Sie muss noch bis zu jenem Kreisel fahren und dann nach links – zwischen der Palme und Olive – in die Hangstrasse einmünden. Die Aufforderung „links einspuren" ist nun zu hören, und Claire besinnt sich ein bisschen mehr auf die Fahrweise. Schon fährt sie auf den Kreisel zu, umfährt ihn und biegt in die Hangstrasse ein. Die Hangstrasse ist etwa 1.8 km lang und führt direkt ohne Kurven zu ihrer Wohnstätte, der Hangstadt, die an einem Hang der Pyrenäen erbaut wurde. Es handelt sich um achthundert Terrassenhäuser, die in Vierzigerreihen von unten nach oben errichtet wurden. Einige Häuser sind beleuchtet. Auch stehen etwa drei beziehungsweise vier Funiculaires im vollen Licht, und hin und wieder – wenn jemand in ein Funiculaire steigt – geht ein Licht automatisch an. Dies kann Claire von ihrem Auto aus deutlich feststellen. Nun hat sie den oberen Kreisel erreicht, die Straße geht jetzt nach links und nach rechts ab und heißt hier oben Hanggrund. Claire biegt rechts ab und – nach etwa 100 Metern – biegt nochmals rechts ab und fährt schließlich über eine Brücke auf ihren Parkplatz hinunter. Der Parkplatz ist hell beleuchtet. Sie folgert, dass also gerade jemand hier sei oder gewesen sein müsse. Sie steuert auf eine nahegelegene Parklücke, steigt aus, blockiert ihr Ladegerät am Ladestreifen am Boden und schließt ihren Kleinwagen ab. Sie wendet sich wieder nach oben und geht unter der Straße Hanggrund auf die andere Seite zu den Terrassenhäusern, auf die Untergrundstraße. Sie geht links, und schon steht sie unter ihrer Hausreihe C. Nun muss sie die Straße überqueren, zwei Treppen hochsteigen, und dann steht schon eine Liftkabine für sie bereit. Sie öffnet die Tür, steigt ein und stellt auf dem Computer die Zahl 114 ein. Es wird ihr gemeldet *zur Abfahrt bereit* und der Funiculaire bewegt sich nach oben. Nach ein paar Minuten steigt sie aus, geht links zu ihrer Haustüre und öffnet diese leise. Sie will sich – weil alles ruhig und dunkel ist – nicht bemerkbar machen. Sie geht zuerst ins Badezimmer und macht sich bereit zum Schlafen. Als sie das Schlafzimmer betritt, sieht sie bereits den schlafenden Charles. Ruhige, tiefe Atemzüge verraten, dass er friedlich und tief schläft. Claire schlüpft in aller Ruhe unter die Decke, und schon bald ist sie eingeschlafen.

3. Treff bei Pia und Paul

Claire und Charles sitzen im Kleinwagen und fahren Richtung Perpignan. Schweigend und in Gedanken versunken sitzen beide da. Plötzlich wendet sich Claire an ihren Mann und sagt: „Du, Charles, kennst du diesen Pierre Meunier?" Charles – etwas verwundert – sammelt seine Gedanken und sagt: „Nein, ich kenne ihn nicht. Ich weiß nur von Paul, dass er aus demselben Ort stammt wie er. Wir waren ja seinerzeit am Gymnasium, am kantonalen Gymnasium in Genf, und da kamen jeweils einzelne Schüler aus dem benachbarten Frankreich und besuchten unsere Schule. Die Mehrheit der Schüler waren zwar Schweizer. In jedem Jahrgang gab es also ein bis zwei – ausnahmsweise mal drei – Franzosen, die aus dem benachbarten Grenzgebiet nach Genf kamen. Mit dem Velo war das eine Viertelstunde bis eine halbe Stunde Fahrt, und so kam auch dieser Pierre Meunier – wie ich weiß mit Paul zusammen – an unsere Schule. Paul wuchs in einem grenznahen Dorf auf. Sein Vater waltete dort – wie ich mich erinnere – als Sigrist, Messdiener, Kirchenbetreuer beziehungsweise als *Mann für alle Fälle* in der katholischen Kirchgemeinde. Wie ich weiß, war Pierre Pauls Nachbar, und beide fuhren tagtäglich mit dem Fahrrad in die Schweiz. Mittags verpflegten sie sich in der Mensa – wie alle Auswärtigen –, und am Abend fuhren sie dann wieder mit ihren Zweirädern nach Hause. Aber jetzt musst du aufpassen, Claire. Dort vorne kommt die Abzweigung. Wir sind nicht mehr in der Altstadt. Noch etwa 500 Meter und du musst nach rechts abbiegen."

Claire achtet nun darauf, die richtige Abzweigung zu erwischen und sieht schon bald ein Schild, welches auf die Bischofsresidenz hinweist. Sie biegt rechts ab und fährt auf einer Straße mit einer leichten Steigung etwa 500 bis 600 Meter weiter aufwärts. Danach öffnet sich der Blick. Die Häuser weichen links und rechts zurück. Auf beiden Seiten der Anfahrtsstraße befinden sich nun mehrere Parkplätze. Oben, am Ende des Platzes, ist ein riesiges Tor ersichtlich. Links und rechts davon dehnt sich eine gewaltige Mauer aus. Diese ist etwa 5 bis 6 Meter hoch und begrenzt den unteren Teil der Bischofsresidenz. Die Straße führt direkt auf das große Tor zu und folgt danach rechts und links der Mauer und führt um die Residenz herum. Die Residenz befindet sich innerhalb dieser gewaltigen Mauern, welche im Wesentlichen ein Rechteck bilden. Dieses Rechteck ist in der Längenausdehnung von links nach rechts etwa 180 bis 200 Meter lang und von oben nach unten – in der kürzeren Ausdehnung – etwa 140 Meter lang. Links und rechts hinter den seitlichen Parkplätzen jenseits der Mauern ist je eine Reihe Häuser gleichartigen Baues ersichtlich – die sogenannten Chorherrenhäuser –, jeweils sechs an der Zahl. Sie sind in einem verlotterten Zustand, die Renovierung wäre dringend nötig.

Claire stellt unten vor dem Tor den Motor ab und Charles steigt aus, geht auf das Tor zu und bemerkt, dass hinter ihrem Fahrzeug die Limousine von Luc in Warteposition steht, mit Yvonne auf dem Beifahrersitz. Charles mustert nun die Türglocken, welche sich auf der rechten Seite des Tores in der Mauer befinden: ganz oben steht *Dompropst*, in der Mitte *Bischofsvikar* und unten *Pförtner*. Charles klingelt beim *Bischofsvikar*, und sofort kommt auf dem Lautsprecher der Hinweis, der Pförtner komme gleich vorbei und öffne das Tor. Nach kaum drei bis fünf Sekunden erscheint der Pförtner, der links hinter dem großen Tor in einem Pförtnerhaus wohnt. Er öffnet das Tor und die zwei Fahrzeuge fahren hindurch bis ans Ende des Pförtnerhauses. Dort befindet sich nochmals eine zweiflügelige Metalltür, welche sowohl von innen als auch von außen geöffnet werden kann. Der Pförtner öffnet mittels Fernbedienung das Tor. Das Tor verschwindet in der Mauer in einer etwa 15 cm breiten Höhlung. Am Boden sind Schienen und auf diesen laufen Räder. Sobald das Tor in der Mauer verschwunden ist, fahren die Autos durch die Toröffnung. Charles steigt aus und ruft seiner Frau zu: „Ich gehe schon hinauf, du musst den Anweisungen des Pförtners folgen. Wahrscheinlich musst du nach links abbiegen und dort hinten parkieren. Wir treffen uns oben vor dem Haus des Bischofsvikars."

Die beiden Autos biegen nach links ab und der Pförtner weist sie auf die Parkplätze ganz hinten beim anderen Haus. Charles schlendert in der Zwischenzeit eine schöne asphaltierte Straße entlang, direkt auf das Bischofspalais zu. Dies ist ein riesiger Bau: sicher in der Front etwa 30 Meter breit. Er ist in klassizistischem Stil erbaut, vierstöckig und oben mit einem Walmdach versehen. Im Ziegeldach hat es noch Dachluken, vermutlich befinden sich also dort noch weitere Räume. Unten, im Erdgeschoss, ist ein Saal mit einer recht großen Eingangstüre auszumachen. Links und rechts davon befinden sich ebenerdige Fenster, die auch als Türen benutzt werden können. Dahinter ist ein Gartensaal. Darüber, im ersten Stock, befinden sich ähnlich breite Fenster wie unten, nur sind sie weniger hoch. Eine Fensterbrüstung schließt darunter das Stockwerk ab. In der dritten Etage sind noch einmal solche Fenster angebracht, aber mit einem größeren Abstand und es scheint so, als ob sich hinter jedem Fenster ein Zimmer verbirgt. Charles lässt diesen großartigen Eindruck auf sich wirken. Nun steht er bereits vor dem Palais und wendet sich nach links, wo er auf die übrige Gesellschaft trifft, d. h. seine Frau, Luc und Yvonne. Sie werden von Paul – einem großen, sportlich wirkenden Mittvierziger – erwartet. Daneben steht ein Mann, braun gebrannt und mit einer kräftigen Postur ausgestattet. Aha, das muss wohl Pierre sein, denkt Charles und geht auf die Gruppe zu. Paul hat mit der Vorstellung begonnen und alle haben sich gegenseitig begrüßt. Jetzt begrüßt er Luc und stellt Pierre vor, den Direktor der meeresbiologischen Station. Nach diesen freundlichen Begrüßungen und belanglosen Satzfetzen gehen sie alle ins Haus hinein. Das Haus liegt in der oberen linken Ecke der Ummauerung. Es ist in die Ecke eingebaut, dreistöckig und ganz ähnlich ebenerdig scheint wiederum eine Art Gartensaal zu sein. In der Mitte befindet sich ein recht großes Zimmer oder sogar ein Saal. Zuoberst – in der dritten Etage – sind etwa zwei Zimmer mit Fenstern nach vorn. Nach hinten scheint es ebenfalls Zimmer zu haben. Darüber ist ein Walmdach mit roten Ziegeln ersichtlich, genau gleich wie beim Palais. Jetzt sind sie oben beim Haus angekommen. Da werden sie von Pia und von Renate, der Frau von Pierre, erwartet. Wiederum Begrüßungsworte. Dann kommt gleich die Aufforderung von Pia, man solle sich beim hinteren Tisch aufstellen und sich bedienen. Man könne auswählen. Der Aperitif sei bereit. Renate hätte ihr geholfen und den Aperitif dort aufgestellt. In ungezwungener Art steht man herum und betrachtet die Wände mit den Bildern. In der Ecke steht ein schöner alter Kachelofen. Man lässt sich von Paul die verschiedenen Sachen erklären. Fragen da, Fragen dort. Paul und Pia geben abwechselnd Antworten und Erklärungen ab. Eigentlich kennen die Gäste ja die Einrichtung schon. Sie waren ja schon einige Male eingeladen, aber es gibt immer wieder neue Sachen zu entdecken. Plötzlich fragt Luc seinen Freund Paul: „Du, Paul, ich habe das Gefühl, die ganze Geschichte mit dem Bischof sei ein Anachronismus." Paul schaut ihn verwundert an und sagt: „Inwiefern ein Anachronismus?"

„Ja", meint Luc. „Es kommt mir so vor wie die alten Adeligen, die Fürstenhäuser, die Feudalherren, die haben doch das Volk regiert, manipuliert, und die mussten in den letzten 50 Jahren alle abdanken. Sie mussten sich zurückziehen, verloren ihre politische Macht und ihre sogenannten Untertanen, obwohl diese ja schon lange frei waren. Mir scheint, das geht in der Kirche genauso mit den Bischöfen. Auch sie werden in der nächsten Zeit zurücktreten müssen, beziehungsweise verlieren so oder so ihren Einfluss, und die Kirche selber ist doch ebenfalls in der Krise, wie ich gehört habe."

Jetzt regt sich Widerstand. Pia und Charles wenden sich an Luc und machen einige kritische Bemerkungen und fragen, wie er darauf komme, dass die Kirche in der Krise sei. Im Gegenteil, es sei – und sie werden da auch von Claire unterstützt – eine neue Blüte festzustellen. Luc bemerkt, dass dies gar nichts so sei. Es gäbe keine Priester mehr. Er spreche nicht nur von der katholischen Kirche. Das Gleiche gelte für die evangelische und anglikanische Kirche. Auch in Amerika, bei den Baptisten, bei den Mormonen, überall sei ein Rückwärtstrend zu bemerken. Da erwidert Paul: „Da muss ich dich natürlich belehren. Es gab eine Zeit – diese liegt zwar bereits 50 bis 70 Jahre zurück –, da sah es aus Sicht der katholischen Kirche ziemlich arg aus. Damals gab es eine Überalterung des Klerus und ein Priestermangel war feststellbar. Da kam von der Basis die Forderung, man müsse etwas unternehmen, und zwar, man müsse das Priesteramt wieder attraktiver machen. Vor allem müsse man die Jungen nachziehen. Tatsächlich hat man begonnen, die Bischöfe jünger zu wählen. Wenn vorher das Durchschnittsalter meistens auf 65 bis 70 Jahre anzusetzen war, begann man Bischöfe mit Pfarrern unter 40 zu besetzen. In Einzelfällen wurden sogar unter 35-Jährige gewählt. Innerhalb von 10 Jahren konnte man so das Durchschnittsalter der Bischöfe auf unter 50-jährig herunterbringen. Diese jungen Bischöfe brachten neue Ideen ein und schlossen sich zusammen. Sie pflegten Aussprachen und diskutierten aktuelle Fragen miteinander. Sie begannen auch, sich überkonfessionell mit wichtigen Exponenten der evangelischen, anglikanischen Christen zu vernetzen, und so kamen Gruppierungen zusammen, die allgemeine religiöse Fragen diskutierten. Ebenfalls entstanden Gruppierungen, die vor allem junge und wissenschaftlich gut ausgebildete Persönlichkeiten umfassten. Dies wurde zu einem Erfolg. Innerhalb von 10 bis 15 Jahren hatte man die wichtigsten, brandneuen Fragen zur Diskussion gestellt. Als erste Priorität hatte man über die Homosexualität gesprochen, hatte das Verhältnis von Schwulen und Lesben zur Kirche hinterfragt. Mit Medizinern, Biologen und Psychologen wurde die Problematik dieser damaligen Randgruppen untersucht, und man hatte diese schließlich wieder in die Kirche aufgenommen. Man regelte dies individuell in den einzelnen Bistümern, und zwar im Sinne, dass man sie wieder zu Vollmitgliedern der Kirche machte (wenn sie das wollten). Als das bekannt wurde, sind sehr viele dieser Menschen in den Schoß der Kirche zurückgekommen. Gleichzeitig stellten diese fortschrittlich jungen Bischöfe die Forderung an den Papst, er solle das Durchschnittsalter der Kardinäle ebenfalls senken, d. h. in Zukunft nur noch Kardinäle unter sechzig Jahre beziehungsweise sogar unter fünfzig Jahre zu wählen. Ebenfalls solle eine Altersbeschränkung eingeführt werden, damit sie das Amt als Kardinal nach dem Alter 75 nicht mehr ausüben dürfen. Sie behielten zwar ihren Kardinalstatus, konnten aber zu den wichtigen Geschäften nichts mehr beifügen. Somit geschah es auch ganz natürlich, dass nach etwa vier Papstgenerationen ein neuer Papst gewählt wurde, der weniger als fünfzig Jahre alt war. Weil die Kardinäle auch jünger wurden, hatten sie ein ähnliches Gedankengut wie die jungen Bischöfe. So kam frischer Wind ins Papsttum, und viele alte Zöpfe wurden in den letzten zwanzig Jahren abgeschnitten. Der heutige Papst ist deshalb sehr fortschrittlich und ist mit dem Vorgehen der jungen Bischofsgruppierungen – insbesondere mit diesen überkonfessionellen Gruppierungen und Versammlungen – sehr einverstanden. So kamen noch weitere wichtige Dinge in Gang."

Inzwischen hatte sich die ganze Gesellschaft zu Tisch begeben, der fein und schön aufgedeckt war und wo die Vorspeise serviert wurde. Man hört Paul ruhig zu und hat sich der Vorspeise angenommen. Fast unmerklich wurde diese aufgegessen. Einzig Paul kam nicht dazu, weil er immer sprechen musste. Nun schaltet sich Luc ins Gespräch ein: „Ja, du hast vorhin gesagt, die Homosexuellen seien aufgenommen worden, aber ich weiß doch, dass mit der Pädophilie der Priester ein großes Problem besteht und bestanden hat."

Da sagt Paul, weil alles ruhig geworden ist: „Auf dieses Problem komme ich gleich zu sprechen."

4. Renate und Pia folgen beim Essen den Diskussionen um Religionsfragen

Aus der Küche kommen nun Renate und Pia. Renate schiebt vor sich einen kleinen Servierboy her, auf dem Salatschüsseln stehen. Beim Tisch angekommen, beginnt sie, auf jedem Platz einen Salatteller hinzustellen. Pia schiebt einen größeren, schrankartigen Serviceboy. Dieser ist mit Schubladen bestückt, welche einzeln beheizbar sind. In acht Schubladen hat sie einen Teller mit asiatischen Nudeln und einem Mischgemüse eingestellt. Sie beginnt nun, diese Schubladen zu öffnen, die Teller herauszunehmen und ebenfalls auf den Tisch zu stellen. Paul räuspert sich kurz und meldet, dass der Weißwein – den sie eben zur Vorspeise getrunken hätten – eigentlich der Messwein des Bistums sei.

„Das bischöfliche Weingut ist ja bekanntlich das größte Weingut in unserer ganzen Gegend, und es wird hier für die ganze Diözese ein Weißwein produziert, der als Messwein überall benutzt wird. Das ganze übrige Weingut dient dem Anbau von Rotwein, und mir als Bischofsvikar steht ein Quantum Wein zur Verfügung. Ich halte ja mit den Dekanen monatlich eine Sitzung ab und lade sie bei dieser Gelegenheit auch zum Essen ein. Der Wein kommt übrigens auch bei sonstigen Anlässen – die vom Bistum organisiert werden – auf den Tisch. Für heute habe ich den Spitzenjahrgang 51 ausgelesen. Ich habe ihn heute Morgen, also etwa vor drei Stunden, dekantiert und will ihn gleich holen."

Am Tisch widmet man sich jetzt dem Gemüseteller und pflegt eine lockere Unterhaltung. Die Frauen reden vor allem über ihre Kinder und die Männer sprechen über Tagespolitik. Paul kommt jetzt mit einer großen Karaffe, gefüllt mit Rotwein, an den Tisch. Er gießt jedem den unteren Teil des Glases voll und kommt nun wieder auf den Einwand von Luc zu sprechen: „Du hast vorhin die Problematik der Pädophilie angesprochen. Da kann ich dir versichern, die Pädophilie im Klerus wird seit einigen Jahren sehr scharf geahndet. Man hat die Fehlbaren vor die weltlichen Gerichte gebracht und hat sie rigoros vom Kirchendienst weggenommen. Einige haben sich geläutert und gebessert und versprochen, die Arbeit weiterzuführen, aber man hat sie meistens in der Administration eingesetzt. Ein weiterer wichtiger Punkt für die Ausmerzung der Pädophilie war die Frauenordination. Aber da kann euch Pia besser Auskunft geben."

Luc hat nun einen fragenden Blick und meint: „Ja, aber das Zölibat ist doch auch noch ein Grund dafür, dass diese Pädophilie grassierte?"

„Ja", erwidert Paul. „Das war mit ein Grund, aber das Zölibat wurde natürlich wesentlich gelockert und jetzt bitte, Pia, kannst du auf diese Punkte eingehen?"

Allgemein hat man sich wieder gesetzt und ist aufmerksam und hörwillig beim Essen.

„Das Zölibat", beginnt nun Pia, „ist aufgelockert worden. Es kann jeder geweihte Priester heiraten. Allerdings ist es begrenzt in der Hierarchie. Bis zum Pfarrer haben alle die Möglichkeit, sich zu verheiraten. Wer sich entschließt oder wünscht, weiter in der Hierarchie aufzusteigen, der muss auf eine Heirat verzichten. Wir halten es wie bei anderen christlichen Religionen heute so, dass die Prälaten – d. h. Propst, Bischof, Kardinäle – unverheiratet sein müssen. Das hat sich insofern bewährt, als man die Möglichkeit gewährte, dass auch Frauen zu Priesterinnen geweiht werden konnten. Heute sind – im Theologiestudium – beinahe 70 % aller Studenten Frauen. Die Männer machen also nur noch die Minderheit aus. Wie an allen Universitäten – wo Frauen und Männer studieren – hat sich dies auch in der theologischen Fakultät bewährt. Die Frauen haben eine besondere Note gebracht; man geht lockerer miteinander um. Früher waren die jungen Männer im Seminar beinahe klösterlich abgeschlossen und wurden eigentlich der Welt entfremdet. Gleichzeitig kam eine Art Scheu vor den Frauen auf, und das wurde noch von den Lehrern, von den Professoren gefördert. Man gab Verhaltensweisen, wie man sich gegenüber Frauen als Pfarrer verhalten müsse. Es gab früher eine Regel: Wenn du als Pfarrer mit einer

Frau verhandelst, achte darauf, dass du nicht mit ihr allein in einem Zimmer bist. Falls unvermeidlich, sollte ein Möbelstück zwischen dir und der Frau stehen."

Die ganze Gesellschaft lacht und Pia fährt fort: „Es war Tatsache, erscheint uns aber aus der heutigen Situation lächerlich. Nun hat man also die Frauenordination eingeführt: Frauen können heute geweihte Priesterinnen werden und sie können alle Funktionen der männlichen Geistlichen übernehmen. Es gibt heute im Bistum schon mehr Frauen als Pfarrerinnen und Pfarreileiterinnen als Männer. Die Frauen sind in der Regel mehrheitlich ledig. Es ist sicher auch so, dass eine recht große Zahl Lesbierinnen sich zum Theologiestudium hingezogen fühlt. Andere haben geheiratet, und zwar eigentlich häufig einen männlichen Kollegen. Vielleicht übt die Frau ihren Beruf nicht mehr aus, weil sie Kinder hat. Oder sie können sich als Paar zwei, drei, vier oder im Extremfall fünf Pfarreien teilen. So können sie sich organisieren und abwechslungsweise die verschiedenen Pfarreimitglieder betreuen und den kirchlichen Dienst aufrechterhalten. Meistens kommt es zu Fusionen zwischen einzelnen Pfarreien, was die Arbeit sehr erleichtert."

Charles will jetzt wissen, ob unverheiratete Pfarrerinnen auch die Möglichkeit hätten, nach oben in der Hierarchie zu steigen, gar Bischof zu werden.

„Ja", erwidert nun Paul. „Es sind Gespräche im Gange, und zwar eigentlich schon seit einigen Jahren. Man prüft, ob unverheiratete Pfarrerinnen auch wirklich in der Hierarchie aufsteigen können. Ich denke, das ist eine Frage der Zeit. Vermutlich wird das auch noch kommen."

Inzwischen ist Pia in die Küche gegangen und kommt jetzt mit ihrem Schubladenservierboy in den Saal und bringt den zweiten Teil des Hauptganges, wieder auf die Teller verteilt, und sagt, es sei ein Schmorbraten mit Bratkartoffeln und einem anderen Mischgemüse. Sie wünsche guten Appetit und ihr Mann und sie hofften, dass es allen munden möge. Man hat sich wieder mit Small Talk beschäftigt, und jetzt beginnt Paul wieder – nachdem er dem einen oder anderen noch Wein nachgeschenkt hat –, das Thema Religion aufzunehmen: „Alle diese Neuerungen sind eigentlich in den letzten 20 Jahren sukzessive in die Kirche hineingewachsen. Auch andere Religionen, christliche und nicht christliche, hatten im Grunde genommen dieselben Probleme zu bewältigen. Es gab eine gewaltige Flucht aus der Kirche – vor etwa sechzig bis siebzig Jahren –, und die hat eigentlich jahrelang angehalten. Man hat diesen Exodus aus der Kirche interkonfessionell besprochen. Man hat Gründe gesucht, weshalb die Pfarreimitglieder sich von den Gemeinschaften abwandten und traf dann entsprechende Maßnahmen. So stellte man fest, sobald Frauen in den Kirchendienst aufgenommen wurden und insbesondere als sie geweiht werden konnten, sind die weggelaufenen Christen wiedergekommen. Vor allem junge Leute, junge Ehepaare, die irgendwie nach Antworten suchten und einen Halt haben wollten in der unsicheren Weltlage, kamen wieder in den Schoß der Kirche. So vergrößerte sich die Zahl der Gläubigen wieder stark. Man kann zwar nicht sagen, dass sie alle wieder katholisch, reformiert oder jüdisch wurden. Viele sind einfach aus Sympathie bei einer Gruppierung dabei, aber leben ein bisschen eine eigene Religion. Viele junge Leute brachten dann ihre Kinder wieder in die Kirche und ließen sie taufen und religiös aufziehen. Es gab wieder den Religionsunterricht, allerdings in der Schule war er im Geschichtsunterricht – als Religionswissenschaft – untergebracht. Den spezifischen Religionsunterricht für einzelne Religionsgemeinschaften führt heute selbstverständlich wieder ein Pfarrer oder eine Pfarrerin durch. Allerdings stehen dafür heute wieder meistens Katecheten oder Katechetinnen zur Verfügung, wie auch Pia als Katechetin unterrichtet. Durch diese Neuzuzügler oder Wiederzuzügler hat sich das Verhältnis unter den einzelnen Religionsgemeinschaften sehr gelockert. Heute verfügen wir über Verbindungen mit den anderen christlichen Gemeinschaften in sehr engen Rahmen, aber auch mit Juden, mit Mohammedanern und sogar mit fernöstlichen Gemeinschaften pflegen wir Kontakte. Dies wirkt sich auf das religiöse Leben der ganzen Menschheit sehr positiv aus."

„Das ist schön und gut", meint nun Luc. „Du hast mich in einigen Punkten sehr überzeugt. Aber das sind doch im Grunde genommen allgemein gesellschaftliche Fragen, die hier behandelt werden. Es würde mich reizen, einmal mit dir über tiefgründige Fragen, über wesentliche theologische Probleme zu reden. Wie du weißt, bin ich Agnostiker. Wenn wir einmal so *streiten* könnten, würde mich das freuen."

Paul lacht und sagt, er sei einverstanden. Da seien aber einfach zwei Personen mit grundverschiedenen Meinungen. So käme man nicht weiter. Er fügt deshalb hinzu: „Ich würde dir vorschlagen, dass wir noch einen Philosophen einladen und vielleicht noch einen Naturwissenschaftler." Luc gibt sich damit einverstanden. Sofort meldet sich Charles: „Ja, ich wäre auch gern dabei, als Naturwissenschaftler." Paul findet dies eine gute Idee und verspricht, noch einen Philosophen zu finden. Luc hält dieses Vorgehen aber für parteiisch, und er schlägt vor, dass er den fehlenden Philosophen sucht. Die anderen beiden sind einverstanden, und sie versprechen sich, auf dieses Thema zu einem späteren Zeitpunkt zurückzukommen.

Die Unterhaltung geht munter weiter. Man lobt das feine Essen, man rühmt den Wein und spart nicht mit Komplimenten an die Köchin. Diese bietet noch mehr Schmorbraten und Kartoffeln an. Einige sagen zustimmend Ja und melden noch ihre Wünsche an: von dem ein bisschen mehr, von dem ein bisschen weniger. Einer der Männer, Pierre, fragt, ob er anstelle der Bratkartoffeln Nudeln haben könnte. Dies wird bejaht, und nach ein, zwei Minuten kommt Pia mit den gewünschten Tellern herein. So geht das Mittagessen langsam dem Ende zu. Jetzt wird abgeräumt, und es kommt gleich das Dessert auf den Tisch. In lockerer Unterhaltung in verschiedenen Gruppierungen genießen sie das Dessert. Einzelne Fragen werden noch zum Haus und zu dessen Einteilung gestellt. Schließlich mahnt Paul, dass sie sich bereit machen sollen. Man sei beim Bischof drüben im Palais zum Kaffee eingeladen. Seine Aufforderung findet Zustimmung, und langsam wendet sich die ganze Gesellschaft – außer Pia und Yvonne – zum Saalausgang Richtung Bischofspalais.

5. Gang zum Bischof

Paul empfiehlt, einen Mantel mitzunehmen, man gehe später noch in den Keller. Nun gehen alle auf den Gang hinaus. Links draußen befindet sich gleich eine Tür mit der Anschrift „Sitzungszimmer". Die zweite Tür heißt „Bibliothek" und die dritte Tür ist mit „Bibliotheksarchiv" angeschrieben. Paul erklärt kurz, dass das erste Zimmer sein Büro sei und im zweiten Zimmer sei ein Angestellter und im dritten Zimmer sei der Archivar tätig. Nun gehen sie weiter und gelangen zum Bischofspalais.

Vor dem Palais nimmt Paul sein Handy hervor, drückt zwei, drei Tasten und sagt dann: „Wir sind hier vor der Tür … ja gut … sofort … Dankeschön." Jetzt weist Paul noch mit dem Finger nach unten und sagt: „Hier unterhalb befindet sich noch einmal ein gleich großes Zimmer wie oben und das ist auch Archiv. In diesem Archiv, das eigentlich das Bistumsarchiv ist, arbeitet unser Bibliothekar. Das ist ein ausgewiesener Spezialist, und zeitweise arbeitet er auch auf der anderen Seite des Hauses. Dort befindet sich das Bischofsarchiv. Auf dieser Seite ist das Bistum zuständig, und diese Dokumente liegen in meinem Verantwortungsbereich." Jetzt hört man, wie sich ein Schlüssel dreht, und die Tür zum Saal öffnet sich. Dahinter steht der Bischof. Die Besucher sind erstaunt, denn sie erwarteten einen Mann im Bischofstalar. Dem ist aber nicht so. Der Bischof ist mit Jeans und einem Rollkragenpullover bekleidet. Er wünscht den Besucher einen guten Tag, bittet sie in den Saal und lässt sich die Gesellschaft von Paul vorstellen. Paul stellt zuerst Luc Coglier vor und erklärt dem Bischof, dass dieser Professor der Chemie an der Universität und Stiftungsrat der Stiftung Hangstadt sei. Der Bischof denkt kurz nach und sagt: „Ach so, Sie sind in der Chemie tätig. Wie viele Professoren gibt es jetzt an der Universität für Chemie?"

Luc erwidert, sechs oder sieben Ordinarii und vier oder fünf Gastprofessoren, die eine oder zwei Vorlesungen hielten. „So", sagt der Bischof und lächelt, „ich komme später noch auf den Stiftungsrat zurück. Wir sind ja eigentlich Nachbarn."

Luc fügt beiläufig an: „Ja, ich glaube, mit Bezug auf die Weingüter."

„Ja", sagt der Bischof und richtet seinen Blick auf Pierre. Paul stellt ihn vor: „Pierre Meunier und seine Frau, Renate Meunier."

Der Bischof schaut sie an: „Sehr erfreut. Wie ich sehe, sind Sie Nordafrikanerin?"

„Ja", sagt Renate. „Ich bin eine Targi. Ich wurde mit acht Jahren zu meiner Tante in die Hauptstadt gebracht, nach Algier. Sie zog mich auf, und zwar modern und katholisch. Ich habe in der Folge dann alle Schulen in Algier besucht."

Pierre wird nun ebenfalls dem Bischof vorgestellt: „Der Direktor des meeresbiologischen Instituts und Leiter der Abteilung Meeresbiologie an der Universität."

Der Bischof kennt die Arbeit des Direktors und sagt: „Ich habe Ihren letzten Bericht über das Mittelmeer gelesen. Er hat mich sehr beeindruckt. Immerhin erfreulich, dass es sich wieder so gut entwickelt hat." Pierre erwidert: „Ja, wir sind zufrieden, einigermaßen. Es gibt noch viel zu tun." Und jetzt sieht Paul Charles und den Bischof an und sagt: „Das ist ebenfalls ein Professor an der Universität. Er ist Biologe, und seine Frau, Claire, arbeitet Teilzeit am Spital. Sie ist Dialysefachfrau."

Der Bischof denkt ein bisschen nach und sagt dann: „Wenn ich mich recht besinne, sind Sie der Ameisenspezialist, Herr Professor?"

Charles bestätigt dies. Nun bittet der Bischof die Gesellschaft zu Tisch: „So, meine Herrschaften, wir gehen zu Tisch. Wir haben hier auf der Seite vier Tische aufgestellt, im Quadrat, und mittendrin sind die Kaffeemaschinen ausgestellt. Sie können sich selber bedienen. Die Tassen und Zutaten stehen auf dem Tisch. Bitte greifen Sie zu; probieren Sie insbesondere das Gebäck aus der Bischofsbäckerei."

Alle begeben sich zu Tisch. In der Mitte stehen zwei Kaffeemaschinen mit zwei Ausgüssen hinten und vorn und relativ großen Wasserbehältern, sodass für jeden genügend Kaffee vorhanden ist.

Luc sitzt oben beim Bischof und er fängt gleich an: „Sie haben vorhin gesagt, dass wir Nachbarn seien."

„Richtig", bestätigt der Bischof. „Wie Sie wissen, sind wir – d. h. das Bistum – der größte Weingutbesitzer in der ganzen Region."

Das bestätigt Luc und er sagt: „Ich weiß, eines unserer Weingüter grenzt an Ihre Besitzungen. Unsere Stiftung Hangstadt gehört etwa zu den zweit- oder drittgrößten Weingutbesitzern. Allerdings haben wir erst vor 12 Jahren diese Weingüter in der ganzen Gegend aufgekauft. Immer wieder ergab sich eine Gelegenheit, etwas dazuzukaufen. Dies hat uns schließlich zu diesem großen Weinunternehmen gemacht."

Der Bischof bestätigt, dass sie der größte Weingutbesitzer seien, allerdings hätten sie bereits vor Jahrhunderten mit dem Wein begonnen, und im Laufe der Zeit habe das Gut immer wieder wegen Stiftungen, wegen Testamentsüberweisungen, wegen Schenkungen und auch hin und wieder wegen Ankäufen an Größe gewonnen. Er erklärt: „Heute machen wir in einem kleinen Gut den Weißwein, und das ist zugleich der Messwein für das ganze Bistum. Die einzelnen Pfarreien haben die Möglichkeit, diesen Weißwein billig zu kaufen. Auch bei uns wird er als Messwein benutzt. Dieser Weißwein wird nicht verkauft. Hingegen beim Rotwein haben wir, nach Abzug des Eigengebrauchs, eine große Menge zur Verfügung. Deshalb werden etwa sechzig bis siebzig Prozent unserer Rotweinproduktion verkauft. Unsere Kunden sind in ganz Europa. Zum Teil liefern wir aber auch in die USA und sogar bis nach China. Vor allem die roten Spitzenweine sind im Ausland sehr beliebt."

Plötzlich fragt nun Charles den Bischof, was mit der Bischofsbäckerei passieren würde? Ob diese Bäckerei dem Bischof gehöre, ob er noch andere Handwerker in seinem Dienst habe und wie es sich mit weiteren Wirtschaftsbetrieben in der Altstadt verhalte.

Der Bischof winkt ab und meint: „Die Bäckerei ist noch das einzige Haus, welches dem Bischof gehört. Der Bäcker arbeitet auf eigene Kosten. Er zahlt dem Bischof einen Zins. Aber verkauft seine Ware den Leuten in der Umgebung und einen sehr großen

Teil auch hier dem Bischof und seinen Leuten. Insbesondere ist er vertraglich verpflichtet, die Hostien für das ganze Bistum herzustellen. Das ist schon ein Erwerbsteil, das dem Bäcker ein Drittel oder Viertel seines Einkommens gewährt. Die übrigen Handwerker waren früher ebenfalls dem Bischof untertan. Der Bischof hat die in seinem Dienst gehalten, wie Wagenschmiede, Drogisten, Sattler und noch andere Dienstzweige, wie etwa Bankgeschäfte oder angebliche Bankgeschäfte wie Bankmänner, die den Bischof beraten und das Geld verwalten mussten. Das hat sich aber alles geändert. Die Häuser wurden verkauft. Meistens haben sie die Betreiber selber gekauft oder es kamen Fremde aus der Umgebung aus der stets wachsenden Stadt Perpignan oder deren Umgebung. Diese Leute haben den Handel mit dem Bischof abgeschlossen. Heute steht, wie gesagt, nur noch der Bäcker in einem vertragsmäßigen Verhältnis zum Bischof."

Renate möchte jetzt wissen, warum hier alles so sauber und neu erscheinen würde. Es sei ihr vorgekommen, als sie an das Gebäude herantraten, als würde man ein neues Schloss betreten. Alles sei so herausgeputzt.

Der Bischof lächelt und antwortet: „Mein Vorgänger hat vor 12 oder 13 Jahren mit der Restaurierung der Gebäude begonnen. Vorher war die Residenz in einem ziemlich schlechten Zustand. Die Jahrhunderte haben Spuren hinterlassen. Deshalb hat mein Vorgänger begonnen zu planen, wie die ganze Residenz umgestaltet beziehungsweise neu gestaltet werden könnte und nahm dann die Arbeiten in Angriff. Viele Arbeiten wurden bereits ausgeführt, d. h. alle vier Häuser in den Ecken der Residenz wurden neu gestaltet. Die Außenhaut ließ man stehen, die hat man bloß renoviert, und genau dasselbe beim Palais. Man hat also die Außenseite im klassizistischen Stil behalten, hat sie aber erneuert und aufgeputzt. Zusätzlich hat man Zimmer zwischen den Eckhäusern und dem Palais im ersten Stock an die Mauer gebaut, also diese drei Archivzimmer oder Bibliothekszimmer. Darunter gab es offene Autoeinstellplätze, und zur Hälfte angeschmiegt an das Palais wurde ein großer Archivraum gebaut. Dieser Archivraum ist ebenerdig und nach außen vollständig abgeschlossen. Man kommt nur vom Palais in den Archivraum, und zwar mittels Lifte. Sie sehen hinter mir, oder rechts von mir in beiden Ecken neben der Küche, eine Lifttür. Der Lift führt in die zwei oberen Stockwerke, Ausgang nur nach der Palaisseite, d. h. in die Zimmer. Die Lifte sind nur vom Saal aus zu bedienen und zu öffnen. Auf der anderen Seite gehen sie ins Archiv. Dann führt der Lift ins untere Stockwerk. Auch unten sind zwei Türen: nach der Archivseite und nach der Palaisseite hin. Der Lift geht aber noch einen Stock tiefer, in den Kellerraum. Und da unten sind auch wieder zwei Ausgänge nach beiden Seiten, und man kommt hier unten, unter dem Boden, in den Weinkeller, d. h. auf der Bischofsseite ist vorerst noch ein Archivraum, der klimatisiert ganzjährig auf 15 bis 18 Grad gehalten wird, während die Weinkeller ganzjährig auf 12 bis 15 Grad eingestellt sind. Jetzt muss ich mich leider verabschieden. Ich habe noch einen telefonischen Termin mit einem Bischof in Indien. Ich bitte Sie, Paul zu folgen. Er wird Sie in den Keller hinunter begleiten. Ich wünsche Ihnen einen guten Tag und einen schönen Sonntag und hoffe auf ein Wiedersehen. Ich danke für Ihren Besuch."

Die Gäste verabschieden sich, bedanken sich und gehen mit Paul nach hinten, steigen in den Lift und fahren zwei Stockwerke nach unten. Da gehen sie, unter der Führung von Paul, in den Bistumsweinkeller. Die Frauen haben sich jetzt eine Jacke übergezogen, denn es herrscht eine Temperatur – Paul schaut nach – von 13.5 Grad. Man ist beeindruckt von diesen vielen Weinflaschen und Paul erklärt, dass er eine bestimmte Menge Wein zugute hat für die vielen Sitzungen, an denen er Wein ausschenken darf. Zwar sind eigentlich nur Rotweine in diesem ersten Weinkeller. Bei näherem Hinschauen sieht man, dass die Regale nach Jahrgang bezeichnet sind und man kann sehen, dass es bis zehn, zwölf Jahre zurückreicht. Allerdings sind die älteren Jahrgänge nur wenig bestückt, d. h. die fünfzehn oder zwanzigjährigen Weine sind nur noch einzeln vorhanden und näher beschriftet. Man fragt Paul, wer da Ordnung halten würde, und Paul antwortet: „Das ist der Kellermeister. Wir haben einen ausgezeichneten Kellermeister, der alle diese Weine unter Kontrolle hält, der aber auch auf den

Weingütern bestimmt, welche Weine hierherkommen. Er ist zudem noch Önologe, d. h. er ist bestens bewandert mit den verschiedenen Weinsorten, mit der Weinbearbeitung, und vor allem weiß er genau, wie die Lagerung zu erfolgen hat."

In einem speziellen Regal liegen einige alte Flaschen. Man könnte sagen uralte Flaschen. „Die meisten sind zur Dekoration", sagt Paul. „Aber wahrscheinlich sind sie nicht mehr genießbar. D. h. man hat schon versucht, mittels einer Fernerkennung durch den Zapfen die Qualität auszumachen, aber man ist nicht recht fündig geworden. Auf der anderen Seite im Bischofsweinkeller sind noch einige Spezialitäten, ich glaube, die älteste Flasche ist mehr als hundertjährig, aber die wird nur als Antiquität aufbewahrt. Unverkäuflich sind diese Flaschen so oder so. Einerseits haben diese einen sehr hohen Wert, andererseits kann man sie nur aufstellen und zur Schau stellen. Zu gebrauchen ist der Wein wahrscheinlich nicht mehr." Nun begibt sich die ganze Gesellschaft aus dem Weinkeller und geht wieder in Richtung des Hauses von Paul. Paul sagt, über ihnen seien die offenen Autoeinstellhallen. Er führt die Gesellschaft in sein Haus und in seinen Keller hinein, der mit verschiedenen Gerätschaften gefüllt ist. Dann fahren sie mit dem Lift wieder in den Saal hinauf, wo sie Mittagessen halten. Der Tisch ist fein säuberlich gedeckt: Für jeden steht ein Teller bereit, mit acht verschiedenen Käsesorten und drei Radieschen. Paul sagt: „Bitte, wir begeben uns an den Tisch und wollen noch den Abschluss mit einem Glas Wein machen. Es ist derselbe, den wir zum Mittagessen getrunken haben. Rotwein, Brot – das ist übrigens ebenfalls aus der Bischofsbäckerei – und diese verschiedenen Käsesorten."

Es wird intensiv geplaudert über Familienverhältnisse, verschiedene Ereignisse in der Umgebung, und so geht der Nachmittag zu Ende. Man bedankt sich bei Paul und vor allem bei Pia und verabschiedet sich. Zum Schluss sagt Luc: „Das nächste Mal seid ihr bei mir. Ich glaube, schon in vier Wochen." Er nimmt die Agenda zur Hand, blättert darin und sagt: „Ja, in vier Wochen schon. Wir haben es so terminlich festgelegt, weil ich an den übrigen Samstagen bereits besetzt bin."

Dann wendet Pierre ein: „Gut, und das nächste Mal werden wir ausmachen, wann ihr zu mir kommen könnt." Schön, freudige Zustimmung, und man wollte gehen. Jetzt meldet sich Luc noch ein allerletztes Mal und sagt: „Wie ihr wisst, ist unser Yves in der Nähe von Toulouse in einer Rehabilitationsstation untergebracht gewesen. Wir können ihn Mitte des nächsten Monats, 15. oder 16. März, abholen. Er hat es gut überstanden und er ist nach Aussage seines Meisters und Betreuers, eines Imkers, geheilt. Er kann also unter Aufsicht ohne Weiteres wieder zu Hause sein. Ich frage euch, was soll er tun? Wir haben bis jetzt noch keine Antwort gefunden. Er weiß auch nicht, was er machen möchte. Bitte überlegt euch, was mit ihm geschehen könnte. Wir werden bei uns darüber sprechen."

Die Gesellschaft löst sich auf, und alle drei Paare gehen nach Hause.

6. Yves zu Hause

Heute, Donnerstag, Mitte März, ist ein äußerst trüber Tag. Und so trüb, wie das Wetter ist, ist auch die Stimmung von Yves Coglier. Vor zwei Tagen, am 15., haben ihn die Eltern in der Imkerei abgeholt. Kurz nach dem Mittagessen sind sie eingetroffen und haben sich mit dem Imker und Betreuer von Yves unterhalten. Der Betreuer, Rehabilitator von Yves, Georges, betreibt mit seinem schwulen Freund diese Imkerei schon seit einigen Jahren, und immer hat er wieder sogenannte Drogensünder zum Betreuen. Er war früher Gassenarbeiter und hat die Aufgabe übernommen, Süchtige wieder auf die richtige Bahn zu bringen. Das hat er nun schon mit fünf Personen unternommen. Vier Männer und eine Frau konnte er schon als „geheilt" entlassen. Leider ist einer der Männer später wieder rückfällig geworden. Yves hat im Verlauf der letzten Monate mit Georges ein gutes Vertrauensverhältnis aufgebaut, das bis zum freundschaftlichen Verhältnis ging. Georges hat Yves überall zu seinen Arbeiten mitgenommen. Er hatte ihn in allen Belangen der Bienenzucht unterrichtet und ließ ihn in letzter Zeit auch selbstständig arbeiten. Jetzt, beim Abschiednehmen, wurde es Yves ein wenig wehmütig zumute. Einerseits freute er sich, dass er eigentlich wieder frei sein konnte, dass er zu Hause tun und lassen kann, was er will. Andererseits tat es ihm leid, die ihm lieb gewordene Arbeit mit den Bienen verlassen zu müssen. Am Schluss fragte er Georges, ob er ihm die Adressen der geheilten Süchtigen geben könne, damit er sich mit ihnen über sein weiteres Leben unterhalten könne. Da hat aber Georges abgewinkt und gesagt: „Vorläufig noch nicht. Du musst dich zuerst in der Gesellschaft bewähren. In zwei, vielleicht drei Jahren kann ich dir diese Adressen geben. Das hatte ich mit den Geheilten auch so gehalten, und mir scheint, das hat sich so bewährt."

Nach dem Abschied fuhren Yves und sein Vater am Nachmittag nach Hause. Als sie in Perpignan ankamen, schlug Luc seinem

Sohn vor, im Hangrestaurant das Nachtessen einzunehmen. Yves wollte nicht. Er sagte nur, er wolle bald ins Bett.

Am darauf folgenden Morgen hatte Yves ziemlich unruhig in seinem Zimmer und in der Wohnung herumgestöbert. Er suchte dies und das, nahm mal ein Buch zur Hand, begann darin zu lesen. Nach einer Viertelstunde wusste er überhaupt nicht, was er gelesen hatte, weil ihm immer die Gedanken hochkamen, wie er sich zu Hause und in der Gesellschaft zurechtfinden würde: „Wie kann ich mein Leben neu gestalten, was kann ich machen, was soll ich tun?"

So hatte er an diesem Tag vieles angefangen und nichts fertiggebracht. Er schaute sogar Filme an. Auch darauf konnte er sich nicht konzentrieren. Er schlenderte überall in der Wohnung herum und ging nach draußen, wo er mindestens die Aussicht genießen konnte. An diesem Tag war es einigermaßen sonnig, und Yves suchte von rechts nach links das Meer ab. Er konnte Schiffe sehen. Seine Gedanken gingen wieder in die Vergangenheit. Kindheitserinnerungen kamen in ihm hoch und auch Erinnerungen an Badezeiten mit seiner Mutter, mit Yvonne und später mit den Klassenkameraden, als er sich am Strand aufgehalten hatte. Er erinnerte sich, wie sie, die Buben, mit den Mädchen flirteten. Dann ging er wieder in den Gesellschaftsraum und wurde von Yvonne überrascht. Sie fragte ihn, welchen Wunsch er für das Mittagessen habe.

Yves überlegte kurz. Dann sagte er: „Ein saftiges Entrecôte saignante, das würde mir jetzt passen."

Dann sagte die Mutter, das würde sie für ihn kochen.

Yves stöberte noch weiter in der Stube, im Gesellschaftsraum rum und schaute dann erstaunt auf den Esstisch. Er konnte sich an dieses Möbelstück nicht mehr erinnern. „Wahrscheinlich, dachte er, wurde dieses erst kürzlich gekauft. Er ging an den Tisch heran. Er sah eine recht große Glasplatte als Tischoberfläche. Auf jeder Seite waren vier Plätze vorgesehen sowie oben und unten je einer. Insgesamt also ein recht ausgedehnter Tisch. Jetzt kam es ihm wieder in den Sinn: Ach so, ja natürlich, den hatten sie ja bereits, bevor er wegging. Dann bemerkte er an jedem Platz einen rechteckigen Ausschnitt markiert. Innerhalb dieses Ausschnittes waren ein runder, ein ovaler und ein rechteckiger Bezirk eingezeichnet. Rechts neben dieser Markierung waren drei Druckstellen, die ebenfalls mit den Formen rund, oval und rechteckig unterschieden wurden. Jetzt kam es ihm in den Sinn, dass das ja die Tellerwärmer an jedem Sitzplatz waren. Dies war ein äußerst moderner Tisch, bestens eingerichtet für eine kleine Gesellschaft. Sie waren aber meistens ja nur zu dritt und nahmen jeweils nur auf einer Seite des Tisches Platz.

Nun kam Yvonne in die Stube und riss Yves aus seiner Gedankenwelt. Sie erwähnte, sie habe bei Charlotte, der Hangstadt-Restaurantwirtin, zwei Entrecôtes bestellt. Sie bat Yves, diese dort abzuholen. Yves war vorerst über diesen Auftrag nicht so begeistert, aber Yvonne erklärte, sie habe Charlotte über seine Heimkehr informiert und Charlotte sei ihm sehr zugeneigt. Also nahm Yves den Korb, den Yvonne mitgebracht hatte, und fuhr mit dem Funiculaire nach unten. Er unterquerte die Hanggrundstraße, und auf der unteren Seite ging er in das Restaurant.

Charlotte begrüßte ihn freudig und fragte, wie es ihm gehe. Sie wechselte noch einige andere Freundlichkeiten mit ihm aus und gab ihm die beiden Entrecôtes auf einem großen, rechteckigen Teller. Zusätzlich legte sie noch frische Pommes frites darauf und glasierte Karotten. Das Ganze sah sehr lecker aus. Yves bedankte sich und bezahlte (er hatte von Yvonne Geld bekommen). Als Yves nach einer halben Stunde wieder nach oben kam, sah er, dass Yvonne zwei Plätze mit Besteck bestückt und für jeden einen Salatteller aufgestellt hatte. Yvonne übernahm den Korb mit den Entrecôtes, legte die Teller in den modernen Mikrowellenofen, und nach einer halben Minute waren die Gerichte schön warm, respektive recht heiß. Sie brachte die Teller in die Stube und legte sie auf die vorgewärmten Plätze, zwischen die Gabeln und Messer, und wünschte einen guten Appetit. Nach dem Essen war Yves nun sichtlich erfreut und zugleich erleichtert. Er hatte den Nachmittag gut überwunden beziehungsweise verbracht und ging am Abend zufrieden zu Bett.

7. Yves telefoniert mit Matthias und Jolande

Am nächsten Tag ist die Sonne nicht mehr zu sehen. Das Wetter ist trüb. Yves ist unentschlossen. Er weiß den ganzen Vormittag nicht, was er tun soll. Er hält sich mal im Gesellschaftszimmer, mal in seinem Zimmer, dann wieder am Fenster auf und schaut nach draußen. Er stellt fest: nichts wie Nebel. Dann geht er wieder in sein Zimmer, surft im Internet, schaut sich einen Dokumentarfilm an und entdeckt sich selber völlig abwesend. Er weiß nicht mehr, was er gesehen hatte, denn seine Gedanken kreisen immer wieder um seinen Wiedereinstieg in die Gesellschaft. Er muss einen Weg finden und überlegt hin und her. Er kommt zu keinem Schluss. Er geht ins Gesellschaftszimmer und schaut auf den Bücherschrank. Den hat er eigentlich noch nie richtig untersucht. Er stellt sich vor den Schrank und schaut sich die Bücher an. Wunderbare Ausgaben, klassische Bände, und irgendwo entdeckt Yves Voltaire, eine Faksimileausgabe. Dann stößt er auch auf Baudelaire und Proust" Bei Proust liest er den Titel „Auf der Suche nach der verlorenen Zeit". Das interessiert ihn. Er hat auch seine verlorene Zeit, aber statt die zu suchen, möchte er ihr entfliehen. Er fragt sich, ob da wohl etwas drin stehen würde, das ihn interessieren könnte? Er öffnet den Bücherschrank, nimmt den mittleren Band heraus, schlägt ihn wahllos auf und beginnt darin zu lesen. Vorerst versucht er sich zu orientieren, kommt nicht recht mit. Schließlich will er die Personen ordnen, die vorkommen, und schon ist er wieder mit seinen Gedanken weggetreten. Er entdeckt, wie er in die Schrankecke schaut und wieder über sein Leben nachdenkt. Nach kurzer Zeit wendet er sich der Fensterfront zu, schaut hinaus und stellt fest, dass der Nebel zwar noch tief liegt und er nicht auf das Meer hinaussehen kann, aber von oben einzelne Sonnenstrahlen durch den Nebel drücken. Er hofft, dass diese im Verlauf der kommenden Stunden den Nebel auflösen werden. Er merkt, dass in der Küche hantiert wird. Seine Mutter schiebt

Teller hin und her, und verschiedene Geräusche lassen daraus schließen, dass sie das Mittagessen zubereitet. Er wendet sich um und will in die Küche, um zu fragen, was es zum Mittagessen gebe. Aber jetzt kommt Yvonne aus der Küche: „Yves, ich habe alles für dich zubereitet. Das Mittagessen steht in der Küche. Du kannst es nur aufwärmen und – wenn du willst – noch bereichern nach deinem Gutdünken. Du findest verschiedene Zutaten in der Küche und in der roten Schublade."

„Ja, ist gut."

„Yves, wie du weißt, ist heute mein Trainingstag. Ich gehe jetzt zu Marie-Rose und wir gehen dann zusammen zum wöchentlichen Training. Später am Abend haben wir noch den Monatstreff, und deshalb komme ich erst gegen neun Uhr zurück. Dein Vater hat heute auch zwei Sitzungen, und der wird erst spät nach Hause kommen. Übrigens Yves: Warum versuchst du nicht, mit deinem Kumpan, deinem ehemaligen Freund, Kontakt aufzunehmen? Vielleicht könnt ihr Gedanken austauschen und du könntest wieder Fuß fassen in der Gesellschaft?"

„Danke. Ich finde das ist eine gute Idee. Viel Vergnügen am Nachmittag. Ciao."

Yves überlegt in seinem Zimmer hin und her, wen er anrufen könnte. Es kommen ihm viele Personen, Kameraden, Kameradinnen in den Sinn. Doch verwirft er jeden Gedanken wieder. Entweder sind sie ihm zu wenig bekannt, oder er hat keine festen Beziehungen zu ihnen oder nur noch am Rande. Jetzt überlegt er, ob er ehemalige Lehrer in Betracht ziehen solle. Auch diesen Gedanken verwirft er wieder. Er denkt an die Schule zurück, und plötzlich kommt ihm Matthias in den Sinn. Matthias war in einer Parallelklasse und war jahrelang sein Konkurrent. Es ging immer um den jahrgangsbesten Schüler. In jeder Klasse, von der Volksschule bis zur Abschlussklasse, gewann ein- oder zweimal Mathias, sonst war immer er der Beste. Danach hat Yves leider nichts mehr gemacht. Somit hatte Matthias wohl auch die beste Abschlussprüfung gemacht? Yves fragt sich, ob er mit Matthias in Kontakt treten soll. Ob er wohl auf ihn eingehen würde und ihm helfen würde? Er entscheidet sich, es auszuprobieren und sucht nach der Telefonnummer. In seinem Handy hat er sie nicht gespeichert. Er muss im elektronischen Telefonbuch nachsehen. Nach verschiedenen Rückfragen in seinem Handy ist er endlich fündig geworden. Er stellt die Nummer ein und wartet gespannt. Er überlegt sich noch, was er sagen sollte. Ob er sich outen sollte? Schließlich kommt aus dem Telefonapparat das „Hallo". Yves fragt, ob Matthias dort sei. Auf die bejahende Antwort gibt er seinen Namen preis und fragt, wie es Matthias gehe. Matthias überlegt einen Moment und sagt dann langsam: „Ach Yves! Von dir habe ich lange nichts mehr gehört. Wie geht es dir?"

„Es geht mir so weit gut. Ich bin auf der Suche nach einem neuen Leben."

„Neues Leben? Wieso? Warum?"

„Was studierst du, Matthias?"

Jetzt redet und redet und redet Matthias. Immer nur von sich. „Ich habe die beste Abschlussprüfung gemacht, bin an der Uni in Medizin immatrikuliert, und das ist eine faszinierende Sache. Ich bin schon voll integriert und habe Freude am Studium. Es ist sehr interessant."

Nach einem kleinen Unterbruch fragt Yves: „Könnten wir uns nicht einmal treffen? Zum Beispiel am Samstag?"

Nach dieser Frage ist die abwehrende Haltung von Mathias zu spüren. „Oh, das geht nicht. Das geht auf keinen Fall. Ich bin so beschäftigt und integriert an der Universität. Ich bin noch vor drei Wochen in den Studentenausschuss gewählt worden und da will ich voll mitmachen. Ich habe viele Ideen, die ich da einbringen will, und ich hoffe, in zwei Jahren dort selber Präsident zu werden. Es tut mir leid, ich habe keine Zeit."

Dann ist Yves kurz und klar und sagt: „Also dann, ich wünsche dir alles Gute. Auf Wiedersehen."

Yves hängt seinen Gedanken nach und überlegt weiter. Nach langem Hin und Her kommt ihm Jolande in den Sinn. Eine Klassenkameradin, die sie wegen ihrer echten Schönheit „Jolie" nannten. Er hatte mit ihr gebrochen, denn vor gut zwei Jahren hatte sie ihn verführt, und er hatte vier oder fünf Mal mit ihr geschlafen. Jetzt erinnert er sich genau. Es war in dieser Zeit, als er mit etwa sieben oder acht Mitschülern in einen Kinofilm ging. Sie gingen eigentlich nur dorthin, weil es hieß, erst ab 16 zugelassen. Genau das hatte sie neugierig gemacht. Er hatte keine Ahnung mehr, um was es ging. Auf jeden Fall kamen sie in der Pause ins Foyer, und da sagte ein Mitschüler: „Habt ihr die Jolie gesehen? Die ist dort hinten mit einem Alten und schmust ziemlich unverfroren mit ihm." Somit war die Aufmerksamkeit plötzlich groß und die „Jolie" wurde offen verhandelt. Es kam heraus, dass jeder der Klassenkameraden schon mit ihr unter der Decke war. Einer sagte, sie seien nicht die Einzigen gewesen. Sie hätte auch in anderen Klassen rumgebumst. Und als die Glocke zum Ende der Pause läutete, fügte einer hinzu: „Sie ist eine Nymphomanin." Yves verstand das Wort nicht und musste es nachschlagen. Wegen dieser Begebenheit entschloss er sich, die Freundschaft mit ihr aufzugeben.

Also, was soll ich jetzt mit ihr telefonieren, sagte er sich. Ich will nichts mehr mit ihr zu tun zu haben, aber wissen, was sie macht. Vielleicht könnte ich mit ihr ausgehen, nur ausgehen und sie ein bisschen ausfragen. Sie hat ja mit Drogen überhaupt nichts zu tun gehabt.

Also schaute er in seinen elektronischen Ablagen nach und fand sofort ihre Nummer. Er stellte die Nummer ein. Nach einer gewissen Zeit meldete sich eine Frauenstimme, und Yves begrüßt sie: „Hallo. Ich bin Yves Coglier, dein ehemaliger Mitschüler. Bist du Jolande?"

Die weibliche Stimme bejahte. Yves sagte, er sei von der Rehabilitation nach Hause gekommen und sei jetzt auf dem Weg zu einem neuen Leben.

„So", sagte die andere, wenig interessiert. „Wie machst du das?"

„Ja, ich möchte mich wieder eingliedern. Ich suche Gesellschaft. Ich habe gedacht, wir könnten am Samstag ausgehen."

„Oh, das funktioniert gar nicht", kam es aus dem Hörer. „Ich bin an der juristischen Fakultät immatrikuliert, habe viel zu tun und habe mir vor allem einen Freund geangelt. Der ist Assistent an unserer Fakultät und ein Könner im Bett."

Oh, dachte Yves, das hört sich schlecht an: „In dem Fall ist nichts zu machen. Ich wünsche dir einen schönen Sonntag."

8. Telefonat mit Lydia: Einladung zum Essen

Yves ist weiterhin unschlüssig, denkt nichts und denkt wieder an alles. Wie kann man sich doch täuschen in seinen Kollegen und Kameraden, geht es ihm durch den Kopf. Plötzlich kommt ihm Lydia in den Sinn. Lydia war seine Klassenkameradin, eigentlich die beste von allen. Sie haben oft gemeinsam Aufgaben gelöst. Sie war fachlich sehr gut, und nur in der Mathematik musste sie von ihm ab und zu Hilfe beanspruchen. Lydia! Es war eine ruhige Mitschülerin, immer anständig, sie war unauffällig und doch immer präsent. Da könnte ich eigentlich probieren … Er holt wieder sein Handy hervor, sucht vorerst im elektronischen Telefonbuch, aber dann geht er auf „Klassenkameraden". Sein IPhone hat natürlich eine riesige Speicherkapazität, die überhaupt noch nicht ausgefüllt wurde. Nur ein Bruchteil ist voll. Unter „Klassenkameraden" findet er sofort Lydia mit ihrer Telefonnummer. Kurz entschlossen stellt er die Telefonnummer ein und wartet. Er hört, dass das IPhone klingelt, und schon nach kurzer Zeit meldet sich Lydia mit Namen und Vornamen.

„Hallo, ich bin Yves, dein ehemaliger Klassenkamerad."

„Hallo. Was machst du? Was tust du?", erwidert Lydia.

„Ja, das muss ich dir kurz erklären. Ich bin ja im Entzug gewesen und in den letzten zehn Monaten war ich auf einer Rehabilitationsstation. Vorgestern bin ich nach Hause gekommen. Ich bin jetzt clean."

„Das freut mich", sagt Lydia. „Und was machst du jetzt?"

„Ja, ich bin auf der Suche nach einem neuen Leben. Ich überlege hin und her, wie ich wieder zurückkommen kann. Wie ich in die Gesellschaft eingegliedert werden kann, wie ich mein Leben gestalten soll. Was ich überhaupt anfangen soll. Ich bin noch zu keinem Schluss gekommen und da habe ich gedacht, ich könne mit dir reden. Vielleicht hast du eine Idee oder weißt etwas."

„Ja" kommt es langsam. „Das ist nicht so einfach. Aber wenn ich mir überlege, eigentlich ja! Wir wollen das vielleicht gemeinsam versuchen. Ich will dir helfen."

„Oh, danke. Lydia. Könnten wir uns mal treffen?"

„Ja, das ist leider heute und morgen nicht möglich. Weißt du, ich studiere Sozialwissenschaften und im Nebenfach zerebrale Medikation. Aber mir kommt in den Sinn, dass ich für meine nächste Semesterarbeit ‚*Drogensucht und das Abgleiten in die Armut*' – da habe ich gedacht ... Also ich habe drei Probanden von Süchtigen, mit denen ich zusammenarbeite. Ich denke aber, ich könnte noch einen vierten Probanden gebrauchen, und zwar einen, der geheilt ist. Somit kann ich Süchtige den Geheilten gegenüberstellen. Was denkst du darüber?"

„Ja, komme ich dann in Berührung mit der Szene? Das möchte ich auf jeden Fall vermeiden."

„Ach nein. Die Probanden kennen einander nicht. Sie sind unabhängig voneinander und ich arbeite einzeln mit ihnen."

Yves überlegt ein bisschen. „Ja, das scheint mir ein Weg zu sein. Aber das müssen wir noch genauer besprechen."

„Sicher, also wir müssen uns treffen und das ganze Problem von Grund auf bearbeiten."

„Also am Samstag geht es dir nicht."

„Nein, auch am Montag und Dienstag geht es nicht, weil ich da unbedingt meine erste Semesterarbeit abschließen und abgeben muss. Das braucht noch einige Stunden Arbeit. Aber wie sieht es am kommenden Mittwoch aus?"

„Ja, mir ist es recht, denn ich habe vorläufig nichts zu unternehmen. Ich will das genau überlegen, und dann treffen wir uns kommenden Mittwoch. Wo?"

„Mach einen Vorschlag."

Yves sagt, dass er Lydia um 9.00 Uhr abends abholen wird. „Wenn ich mich nicht täusche, wohnst du in der Vorstadt. Oder wohnst du in der Altstadt?"

„Nein, ich bin gerade am Rande der Altstadt und am Beginn der südöstlichen Vorstadt."

Und Lydia nennt die genaue Adresse, die Yves sofort auf einen Block schreibt. „Lydia, ich danke dir sehr und ich freue mich auf kommenden Mittwoch."

„Ja, gut. Tschüs. Auf Wiedersehen."

Yves ist überglücklich. Er hat sich schon lange nicht mehr so frei und ungebunden gefühlt. Er holt einen Block aus der Schreibtischschublade und beginnt, verschiedene Stichworte aufzuschreiben. Er macht Pläne, streicht die Stichworte wieder durch, und so vergeht ohne Weiteres eine Stunde. Er merkt nicht einmal, dass die Zeit so schnell vergangen ist. „Das ist der Anfang meines neuen Lebens", sagt sich Yves und schreibt diesen Titel groß auf ein Blatt seines Blockes, unterstreicht ihn etwa dreimal, und dann setzt er Untertitel: verschiedene Begriffe, wie sie ihm frei in den Sinn kommen. Er ist aufgeräumt, bekommt plötzlich Hunger, schaut nach draußen und sieht, dass sich ein sonniger Nachmittag bemerkbar macht. Er überlegt, ob er irgendwo hingehen solle. Soll ich zu Charlotte ins Restaurant gehen? Soll ich – da ist ja auch noch die Hangbeiz unten. Da war ich noch nie. Das ist ein Bierrestaurant. Da wird er aus seinen Gedanken gerissen und von einer Entscheidung enthoben, denn das Telefon läutet! Er geht in sein Zimmer zurück, nimmt das IPhone und sieht die Anrufernummer. Er kann mit ihr nichts anfangen. „Wer könnte das sein?" Er öffnet die Klappe und sagt: „Hallo, wer ist am Apparat?"

Da heißt es von der anderen Seite: „Bist du Yves?"

„Ja", bescheinigt Yves. „Wer bist denn du?"

„Ich bin Nick, dein alter Freund." Und sofort wird es Yves heiß im Kopf. Den kann er jetzt nicht brauchen. Das war sein Drogenhändler, der ihn immer mit Stoff versorgte. Das will er auf keinen Fall mehr.

„Du bist nicht am richtigen Ort, Nick. Ich bin nämlich clean. Ich will nichts mehr mit der Szene zu tun haben. Ich will endgültig von diesem Mist wegkommen."

„Aber, aber. Yves. Ich will ja gar nichts. Ich wollte dir einen Vorschlag machen. Hat aber gar nichts mit Drogen zu tun."

„Aber was willst du denn?"

„Pass auf. Ich habe in den letzten Wochen, eigentlich Monaten mit meinem Computer immer das Glücksspiel analysiert. Und nach langem Hin und Her und fruchtlosen Versuchen bin ich zu einer Lösung gekommen. Ich habe herausgefunden, wie man beim Glückspiel todsicher gewinnen kann."

Yves denkt nach und sagt: „Es ist doch eine bekannte Tatsache. Beim Glücksspiel gewinnt immer nur das Casino."
„Nein, nein, nein. Ich habe es herausgefunden. Das ist todsicher, dass ich den zwei- bis dreifachen Einsatz gewinnen kann, und mit ein bisschen Glück geht es um mehr. Im besseren Fall, wenn die verschiedenen Komponenten aufeinander abgestimmt sind – das muss ich noch später erklären –, kann sogar ein acht-, neun- bis zehnfacher Einsatz als Gewinn herauskommen."
„Ja, da bin ich nicht so sicher."
„Du kannst mir glauben, ich habe das mit dem Computer wissenschaftlich eruiert."
„Und was willst du?"
„Ich wollte dir vorschlagen, morgen Nachmittag nach Perelada zu gehen."
„Oh nein, Perelada. Ich hab dir doch gesagt, ich will nichts mehr mit den Drogen zu tun haben. Und in Perelada habe ich mich drei- bis viermal verladen."
„Aber Yves, ich will dich doch gar nicht zu den Drogen führen. Ich möchte Geld auf leichte Art verdienen, und ich habe gedacht, auch du wärst nicht abgeneigt, dein Taschengeld etwas aufzubessern oder dein Konto aufzustocken, und das mit einfachen Methoden. Man muss ein bisschen Konzentration einsetzen und den Überblick behalten. Wie ich weiß, bist du hoch intelligent. Ich weiß, für dich ist das keine Hexerei. Du kannst dich schnell auf Vordermann bringen."
„Ja, das würde mir eigentlich schon passen, aber ich komme nicht in die Grenzzone der Drogen mit." „Nimm es doch nicht so ernst. Ich habe dir versprochen, dass es nichts mit Drogen zu tun hat. Ich lasse dich frei. Ich mache auch nichts mehr in diesem Geschäft."
„Also meinetwegen. Wenn du mir versprichst, dass wir nur spielen gehen."
„Ja, ich verspreche es. 100 %. Wir gehen morgen Abend nach Perelada. Ich hole dich ab. Eigentlich am bekannten Ort, unterhalb des Kreisels. Auf der Seite der Polizeikaserne."
„Also gut. Ich werde dort sein." Und dann sagt Nick noch eindringlich, er solle genug Geld mitnehmen: „Je mehr du mitbringst, umso mehr bringst du nach Hause. Also tschüs."

Yves klappt das Handy zu und denkt nach. Er ist ein bisschen beunruhigt. Jetzt kommt ihm wieder Lydia in den Sinn. Was hat er ihr versprochen? Eigentlich hat er ihr noch gar nichts versprochen.

Aber ich will doch gar nichts mehr mit Drogen unternehmen. Ich bin eindeutig dagegen und ich stehe felsenfest auf der anderen Seite. Aber er hat mir ja versprochen, dass wir nichts mit Drogen unternehmen. Also werde ich morgen ein bisschen Geld von meinem Konto abheben und morgen Abend um sechs Uhr am bekannten Warteplatz stehen.

In lockerer und aufgeräumter Stimmung verbringt nun Yves den späteren Nachmittag und denkt, nachdem die Sonne langsam am Verschwinden ist, er könne jetzt noch zu Charlotte gehen. Er muss noch mit jemandem reden. Allerdings will er ihr von diesen Telefonaten nichts erzählen, das ist eine ganz private Sache. Und so fährt er bald nach unten, geht ins Restaurant, wo etwa zehn Personen an unterschiedlichen Tischen sitzen. Er geht in die Nähe des Tresens und führt ein lockeres Gespräch mit Charlotte. Dann fragt Charlotte: „Möchtest du etwas essen?"

„Ja, was kannst du servieren?"

Charlotte sagt, was sie für sich und die Servierin kochen wird. Yves sagt, er nähme das auch. So geht der Abend vorbei. Gegen 9.00 Uhr fährt Yves wieder hoch und geht ins Bett.

9. Unfall

Yves steht im Bankschalterraum unten am Hanggrund. Die Bank ist auf einer Etage in einem Geschäftshaus untergebracht. Yves sieht, dass von den drei Schaltern zwei besetzt sind und der dritte geschlossen ist. Er spekuliert, welcher Schalter zuerst frei werden soll. Von hinten sieht er die Kunden. Es sind zwei Frauen. Links scheint eine Hausfrau ein Bankgeschäft abzuwickeln. Rechts meint er eine Rentnerin zu sehen. Jetzt denkt er, die Rentnerin wird wahrscheinlich früher fertig sein. Sie wird ein bisschen Geld abheben. Also stellt er sich hinter den Schalter mit der Rentnerin. Es ist alles ruhig. Man hört im Schalterraum eigentlich nichts, denn der Kopf des Kunden befindet sich zwischen zwei Plexischalen. Zusätzlich ist hinten noch leicht von oben nach unten eine winzige Plexischale angebracht. Das dient alles zur Sicherheit, wie auch die modern ausgestatteten Schalter. Es steht dort ein kleines Kästchen, wo man die Bankomat-Karte einstecken muss. Gleichzeitig wird der rechte Zeigefinger auf eine Plattform – gleich an diesem Kästchen – aufgelegt, und unbemerkt vom Kunden wird die Regenbogenhaut registriert. Durch diese dreifache Kontrolle ist es praktisch unmöglich, dass ein Unbefugter am Bankschalter Geld abheben oder Geldgeschäfte tätigen könnte. Yves hat sich entschlossen, das Geld bar abzuheben. Es ist neutraler als online.

Noch rührt sich nichts. Die beiden Frauen sind noch immer beschäftigt. Hin und wieder kommt ein bisschen Bewegung in sie. Yves meint zu glauben, dass sie irgendetwas unterschreiben oder ausfüllen. Langsam wird er nervös und denkt: Immer wenn man auf etwas wartet, dauert es zu lange. Jetzt kommt in ihm plötzlich der Gedanke hoch, ob er wohl doch wieder hinausgehen solle? Lässt er sich da nicht in ein Abenteuer ein? Nick hat zwar fest versprochen, nichts mit Drogen zu unternehmen. Er sprach nur vom Spielen. Er hat so deutlich und überzeugend geredet, dass er es ihm eigentlich glauben müsste. Da kommt ihm Lydia in den Sinn. Was hätte sie wohl dazu gesagt? Sollte er sich mit ihr noch besprechen? Nein, nein. Er wollte sich selber beweisen, dass er da standhaft sein konnte. Es geht ihm nur darum, Geld zu gewinnen. Wenn es eben nur das Doppelte sei, das sei auch schon recht schön. Aber wenn es mehr wäre, dann müsste man das Experiment wiederholen. Jetzt tritt die Frau am mittleren Schalter – also die Rentnerin, wie er meint – nach links außen und kommt ihm entgegen. Er schätzt die Frau gegen 60 bis 65, sie ist noch rüstig und geht hinaus. Als das Licht zur Aufforderung für den nächsten Kunden aufflammt, geht Yves nach vorn. Er stellt sich auf, schiebt seine Karte ins Kästchen rein, legt seinen Finger auf und fragt den Bankangestellten, wie groß sein Kontostand sei. Nach kurzer Zeit schiebt dieser unter der schusssicheren Plastikglasplatte einen Zettel zu ihm hin: 26'257.40 Euro. Dann fragt Yves, wie viel er abheben könne. Der Bankangestellte schaut ihn ein bisschen konsterniert an und sagt: „Ohne einmonatige Kündigung kann man 10'000 Euro abheben."

„Also gut, ich nehme 10'000."

Dann schaut der Angestellte Yves lange an und sagt: „Wir müssen die Kunden unterrichten und darauf aufmerksam machen, dass man vorsichtig mit so viel Bargeld umgehen soll. Wollen Sie nicht die Beträge – ich nehme an, Sie brauchen für das Wochenende etwas Bargeld – mit der Kundenkarte an den entsprechenden Kassen zahlen?"

„Das geht nicht. Ich brauche dieses Bargeld jetzt. Übrigens, am Montag bringe ich es wieder zurück und wahrscheinlich sogar noch mehr."

Darauf übergibt nach Erhalt der Unterschrift der Beamte Yves 10'000 Euro. Yves packt sie in seine Jacke und verabschiedet sich. Inzwischen ist niemand mehr im Schalterraum erschienen, und die junge Frau ist noch immer am Schalter. Yves kehrt in die Wohnung zurück und liest im Internet in der Tageszeitung. Etwa eine halbe Stunde später ruft seine Mutter zum Essen. Yves geht ins Badezimmer, wäscht sich die Hände und kommt ins Gesellschaftszimmer. Da sitzt schon sein Vater an seinem üblichen Platz und – nach einer kurzen Begrüßung – kommt Yvonne mit dem Mittagessen herein. Sie lassen die Teller auf dem Tischtellerwärmer leicht wärmen und halten lockere Gespräche. Der Vater sagt: „Ich habe heute Nachmittag zwei Besprechungen mit unserem Architekten. Es geht um die Süderweiterung der Hangstadt. Wie ihr wisst, haben wir begonnen. Auf der anderen Seite sind die Kanäle und die Löcher bereits ausgegraben, und am nächsten Montag soll unten Baubeginn sein. Am frühen Abend habe ich einen Termin mit unseren Juristen, es muss noch einiges geklärt werden. Am Abend – wie gewöhnlich am Freitag – haben wir eine Sitzung im Stiftungsrat. Es wird also spät werden, und ich sehe dich heute nicht mehr, Yves."

Dann sagt Yves: „Ja, ich verstehe."

Yvonne bemerkt nach einiger Zeit, dass auch sie weggehen müsse. Sie habe am späten Nachmittag ebenfalls eine Zusammenkunft. Zuerst mit einer Freundin für das wöchentliche Training. Nach dem Training gingen sie gemeinsam zum Nachtessen. Auch das wird zur Kenntnis genommen, und nach einer kurzen Zeit begibt sich Yves wieder in sein Zimmer. Längere Zeit unternimmt Yves nichts Bestimmtes. Schließlich surft er wenig im Internet, bis er auf eine Dokumentation über den brasilianischen Regenwald im Amazonasgebiet stößt. Jetzt kann er sich verweilen. Plötzlich klopft Yvonne an seine Zimmertür und sagt: „Ich gehe jetzt, Yves. Wir sehen uns diesen Abend."

„Nein, ich glaube nicht. Ich gehe heute Abend aus. Ich habe mich telefonisch mit einem Freund verabredet."

„Ich wünsche dir viel Vergnügen. Denk aber an dein Versprechen. Lass dich ja nicht mehr in die Szene einschleusen."

„Nein, nein! Da kannst du sicher sein. Ich bin vollständig gewillt, einen neuen Lebensanfang zu machen."

Fünf vor sechs am Abend. Yves steht auf dem Trottoir auf der Kasernenseite, etwa 40 bis 50 Meter unterhalb des Kreisels und er denkt: Nick hat gesagt, um sechs Uhr, aber ich denke, der kommt so oder so etwas später. Er war auch früher nie pünktlich.

Plötzlich hält ein Kleinwagen am Rand des Trottoirs und aus dem Wagen tönt Claires Stimme. „Hallo, Yves. Ich habe heute noch Spätdienst im Spital. Ich fahre jetzt in die Stadt. Willst du mitkommen?"

„Nein danke, ich werde nächstens abgeholt."

„Also gut, viel Vergnügen. Auf später."

Claire fährt fort. Yves sieht, wie sie die Hangstrasse nach unten fährt und der Wagen immer kleiner wird, bis er unten nach der „Palme" verschwindet. Jetzt denkt Yves wieder an sein Treffen. Er schaut auf die Uhr. Tritt von einem Bein auf das andere und denkt wieder: Es ist fünf nach sechs. Er war schon immer unpünktlich.

Zu dieser Zeit fährt eine schwere, schwarze Limousine von Narbonne herkommend auf die Vorstadt von Perpignan zu. Als die ersten Häuser auftauchen, tönt aus dem GPS der Befehl „nächste Straße nach rechts abbiegen". Die Straße ist unmittelbar rechts vor dem Auge des Fahrers. Er reißt plötzlich das Steuerrad scharf nach rechts herum und donnert durch eine junge Hecke der Gartenwirtschaft zur Olive hindurch, direkt in den Stamm einer Platane. Ein lauter Knall ist zu hören, und das Auto ist links total verbeult. Die Platane ist sehr stark beschädigt. Vier Meter daneben steht der Olivenwirt, der gerade dabei war, Gartenstühle an ihren Platz zu stellen. Er ist so erschrocken, dass er auf einen der Stühle fällt. In einem schockähnlichen Zustand bleibt er sitzen, seine Beine schlottern. Jetzt kommt seine Frau aus dem Restaurant und stößt einen Schrei aus. Das bringt den Wirt wieder hoch. Er geht langsam auf das Auto zu. Überall Stille. Die rechte Tür des Autos ist leicht verbeult und eingeklemmt. Die Fahrertür steht geöffnet, aber vollständig zusammengekrümmt und ohne Glas. Auch die Frontscheibe ist auf der linken Seite gesplittert. Rechts halten die Glasscherben in einem feinen Netz von Rissen noch knapp zusammen. Der Olivenwirt schaut in die Türe rein und fragt: „Wie geht's?"

Keine Antwort. Er fragt noch einmal: „Sind Sie verletzt?" Keine Antwort. Jetzt sieht er, dass der Fahrer im Gesicht voller Blut ist. Die linke Hand und der Arm sind im Steuerrad eingeklemmt und in einer ungewöhnlichen Stellung. Es stinkt aus dem Auto nach geborstenem Airbag. Unten, zwischen Motorraum und Sitz, ist der Raum recht eng geworden. Das linke Bein ist eingeklemmt. Erst jetzt holt der Wirt sein IPhone aus der Tasche und ruft die Polizei an: „Hallo, da spricht der Wirt zur Olive. Bei mir ist ein schreckliches Unglück passiert. Ein Autofahrer ist bei mir in die Gartenwirtschaft hineingerast. Bitte veranlassen sie sofort eine Hilfe." Dann setzt er sich wieder auf den Stuhl, versorgt sein Handy und sagt zu seiner Frau, die ebenfalls nach rechts zum Auto gehen will: „Nichts berühren." Die Frau hält sich daran und beide warten stumm.

Schon nach zwei Minuten fährt ein Ambulanzwagen vor und ein Streifenwagen folgt hinterher. Die Polizisten gehen auf den Parkplatz und kümmern sich um die notwendigen Vorkehrungen. Ein junger Polizist kommt mit Handschuhen zum Fahrzeug. Er sagt zu seinem Kollegen, ein noch jüngerer Polizist: „Nimm die Protokollblätter aus dem Auto und komm so schnell wie möglich zu mir."

Der Polizist schaut sich das Auto an und versucht, die rechte Vordertüre zu öffnen. Geht nicht. Dann geht er um den Wagen herum. Die linke Türe ist ja offen, und er fragt: „Wie geht es Ihnen?" Keine Antwort. Dann nimmt der Polizist sein Handy hervor, ruft in der Zentrale an und verlangt die Spurensicherung sowie die Unfalldetektive. Jetzt beginnt er vorsichtig, den Fahrer zu bewegen. Er will ihn ein bisschen in den Fahrersitz zurücknehmen. Dann denkt er, dass er eigentlich nichts machen sollte und er entscheidet sich, alles so zu belassen, wie es ist. Damit sollte die Spurensuche auf die Unfallursache schließen können. Er schaut das Auto hinten an. Die Hecktür ist offen, und im Kofferraum ist eigentlich nichts außer einer Jacke zu sehen. Dann geht er wiederum links nach vorn und versucht, mit dem Fahrer ein Gespräch aufzunehmen. Der scheint sich leicht zu bewegen. Der Polizist fragt nochmals: „Wie geht es?" Da kommt nur ein Lallen. Schließlich kann der Polizist daraus entnehmen, dass der Mann Schmerzen hat. Er spricht von höllischen Schmerzen. Man solle ihm doch helfen, er sei unbeweglich. Er sei eingeklemmt. Jetzt klingelt in der Jackentasche des Fahrers ein Telefon. Der Fahrer kann seinen linken Arm nicht bewegen und das Telefon nicht herausnehmen. Das macht nun der Polizist. Er hat ja seine Handschuhe angezogen, und er wird keine Spuren hinterlassen. Als er das Telefon herausgezogen hat, sagt er: „Oh, das ist ja ein Globophone. Herrschaft! Mit diesem Globophone kann man wirklich alles." Auf dem Display ist angegeben, was man machen muss. Das Telefon läutet, Knöpfe leuchten auf, und der Polizist bedient sie. Schließlich heißt es auf dem Display: „Jetzt sprechen." Der Polizist sagt nur „Hallo" und in diesem Moment kommt von der anderen Seite Yves' Stimme: „Hallo Nick, ich warte hier schon seit einer Viertelstunde. Warum bist du noch nicht gekommen? Du bist eigentlich nie pünktlich, aber so lange musste ich auf dich noch nie warten. Warum sagst du nichts?"

Da antwortet der Polizist ins Telefon: „Hallo. Nick kann im Moment nicht reden. Wo warten Sie?"

„Am bekannten Ort, oben an der Kaserne, auf der Kasernenseite auf dem Trottoir."

„Nick hat hier einen Unfall gemacht. Es wäre gut, wenn wir Sie hier hätten, damit wir abklären können, was mit diesem Auto überhaupt los ist."

„Ich möchte nicht kommen."

„Es geht nur um die Erkennung, Sie müssen Nick nur identifizieren. Warten Sie. Wir holen Sie in zwei Minuten ab."

Inzwischen hat sich auch ein Fahrzeug der Spurensicherung eingefunden und zwei weitere Polizisten, wahrscheinlich Detektive. Der Polizist meldet jetzt diesen Kollegen, dass noch eine weitere Person, die offensichtlich im Unfallgeschehen involviert sei, abzuholen sei. Er übergibt das Globophone der Spurensicherung und sagt: „Sie müssen zuerst noch den Wirt einvernehmen. Er hat zwar nichts gesehen, weil er abgewandt hier draußen stand. Aber er kann bestimmt einige Informationen geben. Ich werde in ca. zwei bis drei Minuten wieder hier sein." Dann gehen er und der jüngere Kamerad zum Auto und fahren auf der Hinterseite auf die Hangstrasse nach oben. Sie fahren um den Kreisel herum und sehen Yves dort stehen. Als sie bei ihm sind, fordert der jüngere Polizist aus dem Fenster Yves auf, hinten einzusteigen. Yves beteuert, dass er nichts mit diesem Unfall zu tun habe. Er sei hier oben gewesen und hätte bloß auf Nick gewartet. „Das ist gut und recht. Sie können uns weiterhelfen. Sie sind ein wichtiger Zeuge, obwohl sie nichts gesehen haben. Steigen Sie ruhig ein. Wir bringen Sie nachher nach Hause."

Yves steigt ein. Der Polizist fährt die Hangstrasse hinunter und geht um den Kreisel herum. Sie fahren wieder auf den Parkplatz. Yves wird an das Unfallauto herangeholt und gibt seine Personalien an. Die Männer der Ambulanz haben nun versucht, die rechte Türe zu öffnen, weil dort der Motorraum kaum eingestoßen ist. Der Mitfahrer trug aber keinen Gurt und ist vorn aufgeschlagen. Er ist tot! Er starb wahrscheinlich beim Aufprall. Auf der anderen Seite sieht Yves Nick. Yves schaut Nick an, der kaum merklich den Kopf dreht. Dabei öffnet er leicht sein rechtes Auge und sagt: „Hallo Yves. Ich wollte dich doch vorhin abholen. Yves, ich bringe dich sicher wieder auf die Kurve. Ich habe das bereits öfter fertig gebracht."

Nick spricht sehr undeutlich, und alles, was jetzt gesagt wird, wird notiert. Jetzt fragen die Polizisten. „Yves, wie heißen Sie sonst noch?"

„Yves Coglier. Ich wohne in der Hangstadt."

„Und wer ist der Fahrer hier?"

Yves antwortet: „Nick."

„Und wie noch?"

„Das weiß ich nicht. Ich kenn ihn nur als Nick."

„Ja, wir haben vorhin bereits die Autopapiere herausgenommen. Das Auto gehört einem Herrn Chevrolet, 58-jährig. Bei Herrn Nick kann es sich also bestimmt nicht um diesen Herrn Chevrolet handeln."

„Das weiß ich nicht", erwidert Yves. „Ich kenne nur als Nick."

„Sind Sie schon oft mit ihm gefahren?"

„Ja, früher vielleicht viermal."

„Wohin wollten Sie gehen?"

„Nach Perelada, zum Spielen", sagt Yves.

Das wird wiederum alles protokolliert. „Wir raten Ihnen, dass Sie die Wahrheit sagen."

„Das ist die Wahrheit. Wir haben gestern telefoniert und vereinbart, dass wir nach Perelada zum Spielen gehen würden. Er hat mir gesagt, dass er eine neue Methode zum Spielen entwickelt hätte, eine todsichere Methode. Deshalb habe ich heute ein bisschen Geld geholt."

Da fragt der Polizist, wo er Geld geholt hätte.

„Oben, bei der Bank im Hanggrund, heute Morgen, das können Sie nachprüfen."

„Also, ihr wolltet nach Perelada. Aber wieso hat er kein eigenes Auto, dieser Nick?"

Yves sagt: „Doch, hat er, einen Superwagen, wie ich von früher weiß."

„Wie kommt er dann zu diesem Wagen?"

„Das weiß ich auch nicht", sagt Yves. „Das ist mir ehrlich gesagt auch ein Rätsel. Und von einem Mitfahrer hat er gestern auch nichts gesagt. Ich habe gemeint, dass wir zwei allein dorthin gehen würden."

Weiter wurde nichts gefragt. „Yves, Sie können dort hinten ins Spurensicherungsauto gehen. Dort wird das, was wir besprochen haben, aufgeschrieben. Wir werden es Ihnen vorlesen, und Sie müssen es überprüfen und unterschreiben. Wenn etwas nicht stimmen würde, können Sie das noch verbessern. Bitte gehen Sie mit meinem Kollegen."

Jetzt hat die Ambulanz den Toten und den Schwerverletzten aus dem Auto befreit und in den Ambulanzwagen gelegt. Es werden noch einige Spuren gesichert, und dann wird der Schwerverletzte ins Spital gefahren. In dieser Zeit hat Yves im Polizeiauto das Protokoll angehört und selber durchgelesen. Es wurden noch einige zusätzliche Angaben über die Gartenwirtschaft und die Örtlichkeit hinzugefügt, ansonsten stand im Protokoll eigentlich nur das, was Yves gesagt hatte. Am Schluss stand, dass dies alles der Wahrheit entsprechen würde.

„Haben Sie das gelesen?", fragt der Beamte.

Yves bejaht und unterschreibt ohne zu zögern mit Yves Coglier. Dann – es war ungefähr Viertel vor sieben – sagt der Polizist, der zuerst vor Ort war: „Wir können Sie jetzt nach Hause bringen."

Yves war ganz verdattert. Erst jetzt dachte er über das ganze Geschehen nach und sah vor seinem geistigen Auge in das Antlitz von Nick. Es war mit Blut überströmt, das linke Auge eingedrückt, die krummen Finger und schließlich das eingeklemmte Bein. Er möchte jetzt nur nach Hause und wünschte, nach oben gebracht zu werden. Er setzte sich ins Auto und wurde nach Hanggrund gebracht. Sie kamen auf dem Parkplatz an, wo es bereits dunkel geworden war. Yves stieg aus, griff in seine Tasche und merkte, dass sein Geld noch da war. Er war beruhigt und ging unter der Hangstrasse hindurch nach Hause. Daheim ging er sofort in sein Zimmer und legte sich ins Bett.

10. Vor dem Treffen mit Lydia

Mittwochabend. Yves ist allein zu Hause. Er sucht sich etwas zum Nachtessen aus dem Kühlschrank. Yvonne ist am Nachmittag zu einer Freundin gefahren, und sie bleibt bis am Abend weg. Aber sie hat Yves versprochen, dass sie ungefähr um acht Uhr zu Hause sein werde und ihm dann ihren Kleinwagen zur Verfügung stelle. Er ist sehr ruhig und er fragt sich immer wieder, wie das Treffen heute Abend wohl ausgehen werde. Aber dazu muss es zuerst beginnen, und wie soll er den Anfang machen? Darüber hat er sich verschiedene Gedanken am Nachmittag gemacht. Überhaupt hat er sich erholt von seinem Erlebnis am letzten Freitagabend. Er war am anderen Tag und am Sonntag wie gelähmt und wortkarg, zwischendurch wieder nervös. Die Eltern fragten, was er hätte, und nach langem Hin und Her erzählte er ihnen das Wichtigste. Offen und ehrlich sagte er, was er beabsichtigte. Er wollte mit reiner Absicht nach Perelada gehen und beweisen, dass er nichts mehr mit Drogen zu tun hätte. Die Eltern versuchten, ihn aufzurichten. Mehr oder weniger war er am Sonntagabend wieder gefasst. Am Montag und Dienstag versuchte er, verschiedene Ziele aufzuschreiben. Ziele, die er jetzt verfolgen müsse. Immer kam er wieder zu dem Gedanken, dass ihm da Lydia helfen müsse. Er brachte das Geld am Montag wieder auf die Bank zurück. Davon hatte er allerdings den Eltern nichts gesagt. Sie wussten nicht, dass er einen so hohen Betrag von der Bank abgehoben hatte.

Nachdem er etwas gegessen hatte, kam um Viertel vor acht seine Mutter zurück, übergab ihm die Karte fürs Auto und arbeitete etwas für sich. Jetzt kam Yves noch in den Sinn, dass Lydia Sozialwissenschaften studierte. Er geht noch ins Internet und versucht, etwas über Sozialwissenschaften herauszufinden. Er merkte, dass da eine Fülle von Themen vorhanden war, durch die er sich nicht arbeiten möchte. Dann liest er „Einteilungen", „Fachrichtungen" und entscheidet sich für „Fachrichtungen". Darunter findet man „Altersfragen", „Gesundheitsfragen", „finanzielle Fragen", „Drogenfragen" ... Halt, das werde ich mir noch schnell nachsehen. Aber auch da trifft er auf eine Unmenge von Antworten, auf eine Unmenge von Ansichten, und vor allem werden immer wieder Autoren zu verschiedenen Werken angesagt und Spezialisten werden erwähnt. Davon wurde ihm der Kopf voll. Er schaltet ab, schaut auf die Uhr: es ist Viertel nach acht. Er kümmert sich noch um den Weg, schlägt die Karte im Internet auf und lässt den Computer arbeiten, bis er ihm den Weg zu Lydia aufzeigt. Es ist nicht ganz einfach, aber das GPS wird ihn dort hinführen. Er macht sich virtuell ein Bild ihres Quartiers. Verschiedene Bilder werden ihm vorgeführt, und er stellt fest, dass die Häuser in diesem Quartier recht ansprechend aussehen und von einer bestimmten Größe sind. Die Straßen sind breit.

11. Lydia und Yves am Strand

Drei Minuten vor neun fährt Yves an Lydias Wohnsitz vorbei. Gleich nach 30 Metern kann er nach rechts in eine Seitenstraße abbiegen und dort den Kleinwagen am Trottoirrand parken. Er steigt aus, geht um die Hausecke herum und stellt fest, dass es ein vierstöckiger Bau ist. Unten sieht er zwei Haustüren, also schätzt er acht Wohnungen. Er geht bei der ersten Tür vorbei, schaut auf die Hausnummer und sagt sich, die nächste Haustüre muss die richtige Nummer sein. Jetzt sieht er, wie Lydia aus diesem Hauseingang kommt. Ja, das ist Lydia, erinnert er sich. Über einer bunten Bluse trägt sie ein Jackett. Es ist trotz frühlingshaftem Wetter noch etwas frisch am Abend. Eine gewöhnliche Jeanshose bedeckt ihre Beine. „Hallo, Lydia." Sie begrüßen sich mit einem Handschlag, und Yves bemerkt gleich darauf: „Hübsch siehst du aus. Du bist schöner geworden – noch schöner, seit ich dich das letzte Mal gesehen habe."

Lydia bedankt sich und sagt: „Hast du dir schon überlegt, wohin wir gehen wollen?"

„Ja, seit anfangs März sind die Strandrestaurants wieder geöffnet. Da habe ich gedacht, wir können an den Strand fahren. Dort kenne ich aus früheren Besuchen als Kind mit meiner Mutter das Restaurant Wattvogel."

„Also gut." Lydia schaut ihn ein bisschen bange an, und schließlich sagt sie: „Bist du mobilisiert?"

Yves versichert: „Ich habe den Kleinwagen meiner Mutter für heute Abend gekriegt."

„Oh, das ist gut." Sie gehen um die Ecke des Hauses, noch einige Schritte auf dem Trottoir nach vorn und steigen in den Kleinwagen. Sie sprechen über dies und jenes. Lydia erinnert sich an das letzte Schuljahr und fragt schließlich, wie es Yves gegangen sei.

„Ja", sagt Yves. „Die letzten Monate waren sehr gut, aber das Jahr zuvor war eigentlich schlimm. Ich muss auf die Straße achten. Ich muss das GPS einstellen – oder kennst du den Weg zum Strand?" Er fährt „allgemeine Richtungen" nach Osten und stellt dann das GPS ein. Sie sprechen auf der Fahrt über ihre Mitschüler. Lydia erzählt, was andere tun. Sie weiß es nur etwa von der Hälfte der Klassenkameraden so ungefähr. Bei weiteren hat sie Vermutungen. Bei nur gerade zwei ehemaligen Mitschülern weiß sie ganz bestimmt, was sie tun. Nur rund die Hälfte ist an der Universität.

Nach einer dreiviertelstündigen Fahrt steht Yves mit seinem Wagen auf dem Parkplatz vor dem „Wattvogel". Sie steigen aus und Yves fixiert auf dem Boden seinen Kleinwagen mit dem Ladegerät. Sie schauen sich ein bisschen um und gehen dann direkt auf das Restaurant zu. In der Gaststube sehen sie hinten in einer Ecke fünf Personen, die das Nachtessen einnehmen. Sie reden halb laut, und man versteht eigentlich kein Wort. Zwei Tische weiter weg sitzen zwei Männer vor einem Bier. Gleich dahinter sitzt ein Ehepaar mit einer halbwüchsigen Tochter. Yves und Lydia gehen auf die andere Seite und setzen sich so, dass Lydia den Blick in die Gaststube hat. Yves schaut zu Lydia und auf die Wand hinter ihr. Nachdem sie ein süßes Sprudelwasser bestellt haben, beginnen sie miteinander zu sprechen. Yves fragt Lydia, wie es ihr eigentlich gehe, und Lydia beginnt ruhig und sachlich zu erzählen. Sie spricht in der Hauptsache von ihrer Arbeit an der Universität. „Wie ich dir am Telefon schon mitteilte, bin ich in der Fakultät der Sozialwissenschaften immatrikuliert. Ich habe das erste Semester hinter mir und das Studium gefällt mir sehr. Es ist streng. Wir haben ziemlich viele Vorlesungen und bereits schon Vorgaben für gewisse Arbeiten in den verschiedensten Richtungen erhalten. Die erste Semesterarbeit habe ich abgeschlossen. Gestern war ich an der Uni und habe sie abgegeben. Ich musste eben gestern und vorgestern noch einige Stunden in diese Arbeit investieren. Im ersten Semester sind in meiner Fakultät sehr viele Kommilitonen. Die überwiegende Zahl sind Frauen … Jetzt musst du mir aber erzählen, was du im letzten Jahr getan hast." Yves beginnt, seine Eindrücke wiederzugeben: „Ich war nach der Abschlussprüfung vollständig in einem

Tief. Tiefer hätte ich nicht mehr fallen können. Ich wurde – ich weiß es nicht mehr, aber man hat es mir später erzählt – am Tage der Abschlussfeier in einem Hinterhof von der Polizei aufgegriffen. Dann hatten sie mich vorerst zu einer entsprechenden Ausnüchterung und dann zu einer Entgiftung gebracht. Ich bin vollständig isoliert gewesen, hatte keinen Kontakt nach außen und wurde nach zehn Tagen in die Rehabilitation geschickt. In der Nähe von Toulouse kam ich in eine Imkerei, und das war für mich der blanke Horror. Ich hatte keine Ahnung, um was es ging. Man hat mich in diese Arbeit hineingestoßen. Ich musste vorerst putzen, reinigen, tote Bienen ausräumen. Ich kann dir sagen, Lydia, ich brauchte etwa acht Tage, bis ich mich endlich daran gewöhnt hatte. Von da an ging es aufwärts. Schließlich haben mich die Bienen interessiert. Ich habe viel gesehen und wurde von meinem Meister und Rehabilitator zwar fest in die Hand genommen, aber er war immer freundlich zu mir und hat mich in allen Dingen unterrichtet. Ich fand die Arbeit immer interessanter und bekam schließlich Freude daran. Erst etwa nach drei Monaten durfte ich mit meinen Eltern Kontakt aufnehmen, dann kamen sie mich regelmäßig besuchen. Das hat mich aufgestellt und – was wichtig war – ich kam immer mehr von den Drogen ab. Am Anfang war es noch eine ganz harte Zeit. Ich hatte körperliche und seelische Schmerzen. Ich konnte in der Nacht nicht schlafen. Es wurde mir tagsüber noch schlecht und vor allem mit dem Essen hatte ich Mühe. Die Drogen waren immer noch allgegenwärtig im Körper und im Geist. Aber Monat für Monat rückte das in den Hintergrund. Wenn ich irgendwo eine Andeutung auf Drogen sah, bei einer Reklame oder in der Zeitung, dann wurde es fast unwiderstehlich für mich. Ich wurde nervös, lief hin und her, bis sich das dann nach einer Stunde wieder beruhigte. Es ging dann – Gott sei Dank – immer besser. Gestern vor acht Tagen haben mich dann meine Eltern nach Hause geholt, und ich bin immer noch auf der Suche nach einem neuen Leben. Ich habe noch keine Orientierung. Ich bin noch vollständig unschlüssig, was ich tun soll. Meine Eltern wollen mir helfen, aber irgendwie fühle ich mich doch nicht zu Hause. Irgendwie habe ich Abstand von ihnen, und doch erhoffe ich von ihnen irgendeine Lösung. So habe ich jetzt diese Woche mehr oder weniger überstanden. Aber ich muss dir beichten, dass ich inzwischen beinahe abgestürzt wäre."

„Was", sagte Lydia. „Hat dir jemand Drogen angetragen? Oder bist du an alte Freunde geraten?"

„Nein, nein, Lydia. Am letzten Donnerstag, nachdem ich mit dir telefoniert hatte, sah ich eine Nummer auf meinem IPhone. Ich war zuerst konsterniert. Wer will mich anrufen? Dann meldete ich mich. Nick, mein alter Drogendealer Nick, antwortete. Ich war so erschrocken und wollte sofort das Telefon weglegen und sagte noch, dass ich von ihm nichts mehr wissen wolle. Ich sei clean und wolle von den Drogen wegbleiben. Dann sagte Nick heftig ins Telefon, er wolle nichts dergleichen, er hätte einen ganz anderen Vorschlag, etwas ganz Gutes. Und dann erzählte er mir, wie er mit seinem Computer eine todsichere – das hat er drei- bis viermal gesagt – Methode herausgefunden hätte, wie man im Spielcasino Geld verdienen könne. Er hat mir das lang und breit erläutert. Schließlich schlug er vor, mit mir am nächsten Tag, also am letzten Freitag, nach Perelada zu gehen. Ich willigte nur unter der Bedingung ein, wenn keine Drogen im Spiel seien. Das versprach er mir hoch und heilig. Am nächsten Tag wartete ich bei uns unten auf der Straße auf Nick. Ich wartete zwanzig Minuten, und dann telefonierte ich. Er antwortete nicht, sondern ein Polizist sprach mit mir. Ich wurde skeptisch. Ich sagte dem Polizisten, ich wolle nicht mit ihm sprechen. Dann erklärte er mir, es sei ein Unfall passiert. Schließlich einigten wir uns. Die Polizei holte mich ab und ich musste zum Unfallort gehen. Er war unten an der Hangstrasse beim Restaurant Olive. Da war Nick mit einem schweren Wagen in die Gartenwirtschaft gerast und direkt in einen Baum geknallt. Das Auto hatte einen Totalschaden. Nick war schwer verletzt. Daneben war noch ein Mitfahrer, der – wie sich später herausstellte – tot war. Ich wurde ausgefragt. Ich musste Nick identifizieren. Aber ich kenne nur den Namen Nick. Ich konnte also nichts über den Nachnamen aussagen. Die Polizei hatte anscheinend auch keinen Fahrausweis gefunden, und deshalb wurde ich nach einer Stunde oder so wieder entlassen. Sie haben mich nach Hause gefahren, und ich war während des ganzen Wochenendes in einem Schockzustand. Ich wusste nicht, wie mir geschehen war. Ich konnte den Gedanken nicht loslassen, was passiert wäre, wenn der Unfall zehn Minuten später passiert wäre und ich im Auto gewesen wäre. Ich habe mich schließlich auf dich, Lydia, konzentriert. Ich habe mir vorgestellt, wie du und ich etwas unternehmen könnten. Ich habe mir auch Gedanken aufgeschrieben und mitgebracht."

Lydia wartet einen Moment, schaut Yves an und sagt: „Yves, ich habe das Gefühl, dieser Unfall ist dir zugutegekommen."

„Wie meinst du das?"

„Ja, wenn es keinen Unfall gegeben hätte, wärst du doch mit Nick zum Spielcasino nach Perelada gefahren. Wie alle Welt weiß, ist in Perelada einer der größten – allerdings versteckt – Umschlagplätze für Drogen."

„Ja, das habe ich mir auch überlegt. Aber er hat mir doch versprochen, zu spielen. Ich habe noch extra auf der Bank Geld geholt. Das habe ich am Montag wieder zurückgebracht. Aber du hast vielleicht schon recht, dass dieser Unfall für mich ein Glücksfall war."

„Also, lassen wir das", sagt Lydia. „Jetzt wollen wir überlegen, was mit dir zu tun ist. Du musst wieder in die Gesellschaft aufgenommen werden. Du musst – sagen wir mal – dein Lebensschiff besteigen und positiv zu deinem Glück fahren. Du musst dein Leben selbst gestalten, und das geht nur, wenn wir einige Punkte berücksichtigen. Du kaufst dir einen Block im Taschenbuchformat, den du in einem Lederetui oder ähnlich einschließen kannst. Dieser Block, den musst du immer bei dir haben. In diesem Block wollen wir die verschiedenen Gesichtspunkte aufschreiben, die für dich nötig sind."

„Ja, hast du denn so etwas mitgebracht?"

„Nein, nein, habe ich noch nicht. Aber wir werden uns bald wieder treffen. Dann bringst du diesen Block mit. Wir müssen verschiedene Punkte aufschreiben, und vor allem musst du Ziele vor Augen haben. Diese Ziele schreiben wir auf. In welcher Form dies gemacht wird, werden wir besprechen. Wir gehen locker von Seite zu Seite. Es könnte auch ein Heft sein, dann können wir von vorn nach hinten blättern. Beim Block muss man immer die Blätter von vorn nach hinten legen. Schau mal, ob du eine Art Tagebuch findest. Du hast ja Zeit. Du kannst das in den nächsten Tagen erledigen. Dann hast du auch eine Aufgabe."

„Ja, das leuchtet mir ein. Aber wenn du sagst, damit ich etwas zu tun hätte, dann müsste ich eigentlich arbeiten. Anders geht es nicht."

„Richtig. Überleg dir mal. Ich kann dir nichts raten. Ich weiß nicht, welche Vorlieben du hast: ob du studieren oder einen Beruf erlernen möchtest, kann ich nicht sagen. Willst du Autodidakt werden? Das scheint mir aber nicht so ideal für dich. Überleg dir das mal. Besprich dich mit den Eltern, das ist gar nicht schlecht."

Inzwischen ist es elf Uhr geworden und die beiden gehen nach draußen. Yves bemerkt jetzt, dass die anderen Gäste immer noch da sind, außer das Ehepaar mit der Tochter. Draußen sagt Yves: „Es ist eine so herrlich kühle Luft am Strand. Wollen wir noch eine Viertelstunde hin und her gehen? Es ist menschenleer."

Lydia ist einverstanden, und sie entwickelt ihre Theorien weiter. Sie gehen nebeneinander, langsam, und Lydia spricht mit Yves, dass jetzt vor allem sein Wille gefordert sei. „Du, das ist das Wichtigste: dein Wille und dein ‚Ja, ich will'. Was will ich als nächstes Ziel erreichen? Das muss dir immer präsent sein."

Yves ist immer ruhiger geworden. Schließlich bemerkt Lydia, dass er weint. Dann dreht sie sich zu ihm hin: „Was hast du, Yves? Was fehlt dir jetzt?"

„Mir ist meine ganze Schuld und Drecklage wieder in den Sinn gekommen und dass ich beinahe schon in den ersten Tagen gescheitert wäre. Das macht mich …"

Er schluchzt, er kann nichts mehr sagen und er weint hemmungslos. Lydia wendet sich ihm zu, fasst ihn an den Händen und sagt: „Aber Yves, wir sind jetzt auf einem guten Weg." Und sie zieht Yves ein bisschen zu sich: „Beruhige dich doch."

Aber Yves weint immer heftiger. Er legt seinen Kopf auf die linke Schulter von Lydia und weint und weint. Lydia ist ruhig, lässt ihn weinen und überlegt, was zu tun sei. Sie denkt: Lass ihn zuerst ausweinen, dann musst du ihm helfen. Wahrscheinlich bin ich die Person, die ihm helfen kann. Sie überlegt hin und her und Yves weint unaufhörlich, benetzt die Jacke mit seinen Tränen, und nach einigen Minuten ist die Jacke über der ganzen Schulter vollständig nass geworden.

Jetzt rafft sich Lydia auf. Sie wird ein wenig größer, stellt sich aufrecht und merkt plötzlich: Hier bist du gefordert. Da muss ich helfen. Und sie spürt, wie ihr Wille wächst, ihre mentale Stärke wird spürbar größer. Sie spürt völlig die Energie, die in ihr aufsteigt und schließlich ihren ganzen Kopf, das ganze Hirn erfüllt. Zugleich empfindet sie tiefes Mitleid mit ihrem ehemaligen Mitschüler und sagt: „Jetzt ist es genug."

Sie holt aus der Jackentasche ihr Taschentuch heraus, ein winzig kleines Taschentuch, sauber zusammengefaltet. Das entfaltet sie, hebt Yves den Kopf hoch, fährt ihm mit dem Taschentuch über die Augen und putzt ihm das tränenverschmierte Gesicht ab. Nach drei, vier Wischbewegungen ist auch dieses Taschentuch vollständig durchnässt. „Yves, hast du noch ein Taschentuch?"

Yves holt sein Taschentuch heraus. Er hat jetzt aufgehört zu weinen. Er wollte sich das Gesicht selbst abputzen, aber Lydia nimmt sein Taschentuch in ihre Hand und wischt Yves das Gesicht vollständig ab. Er hört jetzt auf zu weinen. Schließlich ist das Gesicht halbwegs trocken, aber das Taschentuch ist total nass. Lydia legt es weg und sie spürt, dass sie jetzt vom neunzehnjährigen Mädchen zu einer reifen jungen Frau geworden ist. Sie nimmt das Gesicht von Yves in beide Hände und drückt ihm einen scheuen Kuss auf die Lippen. Yves bedankt sich, und dann gehen sie wortlos zum Auto und fahren nach Hause. Vor der Haustür sagt Lydia: „Am nächsten Samstag nehme ich dich mit. Wir gehen in unsere Mensa. Da können wir mit der Arbeit beginnen. Ich werde dir noch den genauen Zeitpunkt mitteilen. Gib mir deine Nummer." So verabschieden sie sich.

12. Treffen bei Luc und Yvonne

Am Samstagmittag treffen sich Lydia und Yves in der Mensa. Sie essen gemeinsam, und Yves stellt fest, dass etwa ein Drittel der Mensa gefüllt ist, vor allem mit jungen Menschen. Er staunt darüber, dass sich doch noch so viele am Samstag an die Arbeit machen. Die paar älteren Personen sind – so schätzt Yves – Professoren. Nach dem Mittagessen fragt Lydia: „Hast du ein Tagebuch mitgebracht?"

Yves bejaht und sagt, er habe in einer Papeterie etwas ausgesucht, das diesem Zweck genüge.

„Yves, du wolltest letzte Woche eigentlich auf dein Lebensschiff aufsteigen. Unbewusst hast du dir das vorgenommen. Dein sogenannter Freund Nick hat dich am Aufsteigen behindert. Vielleicht war das dein Glück, aber jetzt musst du versuchen, aufs Neue dein Schiff zu erreichen, und ich meine, es sollte jetzt gleich ein größeres Schiff sein. Versuch auf einen Frachtdampfer aufzusteigen. Das soll dein erstes Ziel sein. Dieses musst du verfolgen. Dies schreiben wir so in deinem Heft auf." Sie besprechen jetzt weitere Ziele, die er erreichen soll. *In der Gesellschaft Fuß fassen*, dies ist sein Hauptziel, welches Yves schließlich in sein Tagebuch groß umrahmt aufschreibt. Sein zweites Hauptziel, *eine Arbeit aufzunehmen* – dazu solle er in den nächsten Tagen schlüssig werden. Wenn er da konkrete Meinungen habe, dann sei ein erster Schritt getan. Und man versuche, miteinander in dieser Richtung weiterzugehen. Sie sprechen noch eine ganze Weile über Ziele, über Fortschritte, über Gefahren, über Klippen, die zu überspringen sind, und schließlich sagt Lydia: „Jetzt gehe ich noch an meine Arbeit, schreiben. Willst du mitkommen? Vielleicht kannst du mir in irgendeiner Weise helfen. Aber auf jeden Fall wäre ich froh, wenn wir den Nachmittag auf eine fruchtbare Weise verbringen könnten." Die Mensa ist jetzt beinahe leer. Offensichtlich haben sich alle wieder zur Arbeit oder nach Hause begeben.

Die beiden gehen wieder in die Bibliothek, wo alle Bücher zur Verfügung stehen. Sie arbeiten noch etwa drei Stunden, dann gehen sie nach Hause.

Samstag, 26. März, ist der Tag des Treffpunkts zum Mittagessen bei Luc. Die drei Ehepaare sind bereits angekommen. Luc empfängt sie beim Eingang und führt sie in sein Gesellschaftszimmer respektive in die große Stube. Da ist ein Aperitif-Buffet bereitgestellt. Ein fremdes Paar steht dahinter und Luc sagt stolz zu seinen Freunden: „Ich habe einen Party-Service bestellt. Das Ehepaar Mongolfier wird uns den ganzen Mittagnachmittag bedienen. Kommt näher und genießt das Buffet." Alle streben zum Buffet hin und lassen sich einen Aperitif servieren und knabbern die vorhandenen Snacks. Luc nutzt die Gelegenheit und sagt: „Ich bin euch eine Erklärung schuldig betreffend unserem Sohn. Ich habe euch letztes Mal bei Paul gefragt, ob ihr eine Arbeit für Yves vorschlagen könntet. Wir müssen für Yves einen neuen Lebensweg finden. Vor zehn Tagen, am vorletzten Dienstag, haben wir ihn in Toulouse nach Hause geholt, und am letzten Freitag wäre er beinahe in ein schlimmes Abenteuer geraten."

Claire sagt sofort: „Am letzten Freitag habe ich ihn doch unten auf dem Trottoir gesehen. Ich wollte ihn in die Stadt mitnehmen, und er sagte mir, er würde abgeholt. Dann habe ich ihm viel Vergnügen gewünscht und bin weitergefahren."

„Ja", sagt Luc. „Das war es eben. Yves wurde eigentlich abgeholt, oder er meinte, er würde abgeholt. Er hatte mit seinem ehemaligen Freund ein Treffen abgemacht. Er wollte mit ihm nach Perelada fahren, am Freitagabend. Aber – wie ihr wisst – Perelada ist als Drogenumschlagplatz berüchtigt. Aber Yves meinte, er gehe mit seinem Freund nur zum Spielen. Sie wollten Geld verdienen, wie Yves uns danach mitteilte. Während Yves aber wartete, hatte sein sogenannter Freund bei der Olive einen Unfall gebaut. Er fuhr in eine Platane und wurde dabei schwer verletzt. Ich erspare euch die weiteren Einzelheiten. Yves wurde von der Polizei zum Unfallplatz geholt und musste seinen Freund identifizieren. Aber das konnte er gar nicht. Ich weiß inzwischen warum. Als ich die näheren Umstände von diesem Unfall von Yves erfahren hatte, versuchte ich am Montag, die Polizei zu kontaktieren. Ich meldete mich als Vater von Yves, und man versicherte mir von der Polizei, dass ich in den nächsten Tagen orientiert würde. Nun haben sie den Unfall untersucht, und gestern habe ich den Bericht von der Polizei bekommen – den gleichen Bericht, den Yves bekommen hat. Er hat mir allerdings davon noch nichts erzählt. Gemäß Untersuchungen und Spurensuche der Polizei war dieser sogenannte Freund gar nicht Nick, sondern er hieß Robert Chevrolet. Er fuhr mit dem Auto seines Vaters, eine große Limousine, und fuhr mit überhöhter Geschwindigkeit in die Gartenwirtschaft der Olive. Bereits drei Wochen früher hatte dieser Robert Chevrolet mit seinem eigenen Auto einen Raserunfall verübt. Ihm wurden der Fahrausweis und das Auto weggenommen. Deshalb bediente er sich des Autos seines Vaters. Im Auto fand die Polizei eine Unmenge von Drogen, darunter auch zwei Päckchen, die mit *Yves* angeschrieben waren. Vater und Sohn Chevrolet führten je ein Immobiliengeschäft. Sie arbeiteten sich in die Hand und waren gegen Konkurrenten gut geschützt. Sie machten Absprachen und andere Gaunereien. Dies erwähnte die Polizei nur in einem kurzen Satz. Der Vater wusste eigentlich nichts – wie er versicherte – von der Autofahrt seines Sohnes. Angeblich wusste er auch nichts von dessen Tätigkeit als Drogenhändler, mit der sich Robert Chevrolet alias Nick ein beträchtliches Einkommen verschaffte. Bei diesem Unfall wurde Robert Chevrolet schwer verletzt. Er verlor sein linkes Auge und sein Unterkiefer wurde gebrochen. Die Finger waren einzeln gebrochen und der Unterarm war ebenfalls gebrochen, das Knie vollständig demoliert. Es scheint, dass er – weil ohne Fahrausweis und das zweite Mal als Raser unterwegs – nie wieder ein Fahrzeug lenken darf. Sein Mitfahrer im Auto war übrigens sofort tot. Diese Bilder und die Tatsache, dass er seinen ehemaligen Freund Yves wieder in die Szene locken wollte, hatten unserem Sohn einen Schrecken eingejagt. Er ist zwei, drei Tage mit einem Schock zu Hause gewesen und hatte sich erneut gesagt, dass er nie wieder in die

Szene zurück wolle. So, jetzt habe ich euch lange genug mit unseren Sorgen belastet. Ich möchte nochmals fragen, ob sich jemand etwas ausgedacht hatte, was wir mit unserem Yves anfangen können? Welche Arbeit könnte er aufnehmen? Wir sind uns noch nicht schlüssig geworden. Habe ich Anregungen zu erwarten?"

Pierre meldet sich nun zu Wort: „In unserer Anstalt im meeresbiologischen Institut brauche ich immer Leute, die die Fischgehege reinigen, die unter Wasser reinigen, die die Muscheln umsetzen und die mit den Tintenfischen umzugehen wissen. Vielleicht hätte er da Interesse?"

Renate meint: „Ich weiß nicht, sollte er nicht irgendwo in einem Büro arbeiten?" Während Pia sich eher für einen sozialen Beruf ausspricht. Und Paul fügt nickend hinzu: „Hat er nicht in Erwägung gezogen, mit dem Studieren anzufangen? Hat er eine Idee, was er studieren könnte?"

Und Claire meint: „Vielleicht wäre er in einem Pflegeberuf glücklich, da fehlt es dauernd an Personal, z. B. als Hilfspfleger oder in der Administration."

Charles sagt schließlich: „Ich habe da eine Idee. An unserem Institut ist ein Assistent ausgefallen. Er hatte einen Unfall und braucht eine langjährige Pflege. Er wird nicht mehr zur Arbeit zurückkommen können, denn er ist 61. Bis er gesundheitlich wieder auf dem Damm ist, steht er kurz vor der Pensionierung. Man wird ihn nicht mehr einstellen können. Könnte Yves nicht diese Stelle einnehmen? Vielleicht nur vorübergehend. Ich denke, weil er mit den Honigbienen so viel Freude hatte, könnte er auch bei den Ameisen Freude bekommen. Es geht vor allem darum, die Formikarien zu reinigen, die Ameisen zu füttern, sie zu beobachten und Protokolle zu führen. Das scheint mir, das liege ein bisschen in der Richtung von Yves."

Luc bedankte sich bei allen Anwesenden und sagt zu Yvonne gewandt: „Was meinst du? Wir müssen diese Vorschläge in Erwägung ziehen und mit Yves sprechen. Gleich morgen, wenn es geht. Heute ist er nämlich mit einer ehemaligen Schulfreundin verabredet und wird erst gegen Abend oder später zu Hause sein.

Also, bitte, meine Herrschaften, wir gehen jetzt zu Tisch. Jeder kann einen Platz aussuchen. Wir werden vom Ehepaar Mongolfier bedient. Ich wünsche allen einen guten Appetit."

Yvonne fügt hinzu: „Ich hoffe, es schmeckt euch. Wir haben uns Anfang der Woche mit dem Party-Service in Verbindung gesetzt, und wir kennen die Leute von früher. Es ist immer eine perfekte Arbeit zu erwarten." Alle setzen sich zu Tisch und werden bedient. Zuerst wird die Vorspeise aufgetragen und Luc stellt zwei Weinkaraffen auf den Tisch: „Jedermann kann sich selber bedienen." Yvonne bringt noch Sprudelwasser herbei, und man beginnt zu tafeln.

Pierre wendet sich nun und fragt Luc, wie es sich eigentlich mit dieser Stiftung Hangstadt verhalte, seit wann diese bestehe. Er sei beeindruckt über das Ausmaß. Er habe gehört, es seien etwa 800 Häuser an diesem Hang vorhanden.

Luc beginnt zu erzählen: „Etwa vor 13 Jahren habe ich mit einigen Bekannten darüber gesprochen, dass man diesen Hang mit Terrassenhäusern überbauen könnte. Nach einigen Sitzungen haben wir uns vorgenommen, das Projekt zu realisieren. Wir gründeten eine Stiftung. Wir mussten das Geld aufbringen. Ein Stiftungskapital wurde zusammengebracht. Verschiedene Unternehmen sind eingebunden worden, und nach etwa zwei Jahren, nachdem wir intensiv das Projekt studiert und geplant hatten, konnte mit dem Bau begonnen werden. Zwei Architekten und ein Ingenieur wurden von der Stiftung angestellt. Man hat ihnen den Grundgedanken unterbreitet und sie arbeiteten die Idee aus, bis die Pläne für die ganze Hangstadt vorhanden waren, bis ins Detail: mit den Zugängen, mit den notwendigen Parkplätzen, mit den Zusatzbauten und mit der Infrastruktur, die es zu dieser Überbauung brauchte. So haben wir begonnen. Zuerst wurde die Umgebung errichtet, d. h. zuerst wurde das Stiftungsgebäude gebaut, das heute noch unten im Hanggrund gleich an der Ecke an der Hanggrundstraße steht. Ein recht respektables Gebäude, wo die Sitzungszimmer, die Arbeitszimmer und die Büros untergebracht sind. Im ersten Stock befindet sich das Restaurant mit dem großen Saal daneben. Dann wurden die Parkplätze vorgesehen. Weil das Ganze finanzintensiv war, haben wir uns mit einer Bank in Verbindung gesetzt. Der Bank wurde ebenfalls ein Geschäftshaus gebaut, und zwar als dritter Block: zuerst Stiftungshaus, dann der riesige Garagenkomplex und gleich daneben das Geschäftshaus, in dem heute unten Geschäftsräume angemietet sind. Im ersten Stock ist die Bank untergebracht. Im zweiten und dritten Stock hat es noch weitere Geschäfte, die eigentlich erst im Laufe der Zeit, nach drei Jahren, besetzt wurden. Man hat sich auch Zeit gelassen, diese langsam anzusiedeln. Nach diesen ersten Bauten ging es darum, Häuser aufzubauen. Man begann unten. Zuerst wurden die Funiculaires errichtet und links und rechts begann man, Terrassenhäuser zu bauen, pro Reihe 40 Häuser. Am ganzen Hang wurden zehn Funiculaires zwischen diesen Häuserreihen bis zum Ende der Hanggrundstraße errichtet. Oberhalb des Hangterrains Hanggrundstraße hat die Stiftung noch Land zur Verfügung. Oberhalb der Terrassenhäuser ist eine Ebene, die sich nach hinten erstreckt, ein paar hundert Meter weit. In diese Ebene hat man die Straße bis zur ersten Reihe der Häuser geführt. Aber nicht genug damit. Man musste auch für das Wasser sorgen. Man hat in den Pyrenäen etwa vier oder fünf Quellen entdeckt, die zu Bächen und kleinen Wässerchen führen. Man hat diese Quellen erfasst und hat die Leitungen zur Hangstadt geführt, in ein Wasserschloss. Dieses Wasserschloss, ein riesiges Gebäude, sammelt alles Frischwasser von den Pyrenäen her. Zusätzlich ist ein Auffangbecken für Meteorwasser angeschlossen. Das Wasser wird auf die ganze Hangstadt verteilt: Trinkwasser, Frischwasser, Badewasser und dann das Wasser für die Toiletten. Zum Teil wird das Abwasser aus Küche und Badezimmer unten wieder gefasst, nach oben gebracht und noch einmal für die WCs verwendet. Allerdings werden die Toiletten, wenn es zu wenig Wasser zur Verfügung hat, vom Frischwasser gespeist. Neben diesem Wasserschloss wurde ein mittelgroßes Gebäude für die Energieverteilung gebaut. Wir produzieren Strom in den Pyrenäen mit Windrädern, und die Kernfusion ist ebenfalls Teil der Stromproduktion. Auch Solarzellen auf den Dächern dieser Infrastrukturhäuser liefern Strom. Wir sind also in der Stiftung Hangstadt vom Energiebezug unabhängig. Wir verfügen über genügend eigene Energie. Wir können sogar noch der Stadt eine Menge Energie abgeben. Deshalb ist die Energie für uns gratis! Oben auf dem Plateau steht zusätzlich eine riesige Weinkellerei, die später erweitert wurde. Vorerst waren Tankanlagen für 50'000 Liter Wein in diesem Gebäude. Nach deren Erweiterung haben wir nochmals 50'000 Liter Kapazität hinzugefügt. Ich werde euch zeigen, was mit diesem Wein geschieht. Der Wein, den ihr jetzt trinkt, der kommt von oben aus dieser Weinkellerei. Aber das werde ich noch später erklären."

Pierre und Renate wundern sich, dass der Wein quasi gerade vor die Haustür geliefert wird. Pia und Paul haben schon davon gehört und Charles und Claire kennen die ganze Geschichte, weil sie ja auch in der Hangstadt wohnen. Man rühmt das gute Essen und lobt den vorzüglichen Wein. Auch bei der Bedienung bedankt man sich über den hervorragenden Service. Kurze Gespräche, Small Talk, und jetzt kommt wieder Pierre und fragt: „Die Hangstadt ist eine ausgezeichnete Anlage. Ich denke mir, das können sich nur reiche Leute leisten. Das ist doch sicher ein bevorzugter Platz! Wie ist denn die Nachfrage? Wenn ich pensioniert sein werde, muss ich aus meiner Dienstwohnung ausziehen und muss mir dann auch überlegen, wo ich mit meiner Familie hinziehen will. Wie werde ich im Alter wohnen? Wäre dies eine Möglichkeit? Aber wie ich sehe, ist die ganze Anlage fertiggestellt, und da müsste man Glück haben, wenn jemand eine solche Wohnung verkaufen würde. Könnte ich mir das finanziell überhaupt leisten?"

„Ja, das sind gute Fragen", antwortet Luc. „Wir wollen das Hangstadtprojekt weiter ausbauen. Nach Süden hat die Stiftung deshalb noch einmal ein doppelt so großes Landstück gekauft, welches sich ebenfalls am Hang befindet. Das Hangprofil ist nicht ganz so günstig wie hier, aber wir sind in der Planung, die ersten Häuser können schon bald gebaut werden. Der erste Funiculaire – vielleicht habt ihr ihn schon gesehen – ist im Bau. Auf der Unterseite der Hanggrundstraße haben wir das Land, alles, was noch frei ist, bis hinunter zur ‚Palme' aufgekauft. Weiteres Land haben wir im Vorkaufsrecht reserviert. Ich bin überzeugt, dass wir für die nächsten zehn bis zwanzig Jahre einiges zu tun haben."

„Aber wie viel kostet so ein Haus?", erkundigt sich Renate.

„Wir haben vor zehn Jahren den Finanzierungsplan ausgearbeitet", sagte Luc. „Wir haben uns zum Ziel gemacht, die Kosten möglichst tief zu halten und längerfristig zu bewohnen. Wir wollen keine Kostensteigerung zulassen und damit zur Preisstabilität im ganzen Immobilienmarkt beitragen. Natürlich hat es dann verschiedene andere Organisationen gegeben, die uns das nachmachen. Zu unserem Glück! Wir konnten so in der ganzen

Gegend eine Beruhigung des Finanzmarktes erreichen, insbesondere sind die Preise für die Immobilien mehr oder weniger stabil geblieben. Wenn wir wieder mit sehr vielen Häusern ein günstiges Angebot machen können, dann muss auch die Konkurrenz mit den Preisen tiefer bleiben. So können wir eine Beruhigung nicht nur im Finanzmarkt, sondern im ganzen Wirtschaftsbereich erreichen! Also, Renate, du möchtest wissen, wie viel so ein Haus kostet. Ich kann dir sagen, es kostet immer noch so viel wie vor zehn Jahren, als wir die ersten verkauften. Wir hatten uns damals auf 500'000 Euro festgelegt. Gleichzeitig mussten wir uns auch sagen: Die untersten Häuser sind etwas weniger wert als die obersten, und dies aus bekannten Gründen: Aussicht, Frischluft, Lärm (letzterer Grund spielt bei uns eigentlich eine untergeordnete Rolle, denn wir sind in einem eher ruhigen Quartier). Aus diesen Gründen haben wir festgelegt, die untersten fünfzehn Häuser zu 475'000 Euro anzubieten. Die nächsten zehn zu 490'000 Euro und die folgenden zehn zu 510'000 Euro. Die obersten fünf Häuser – in diesem Bereich sind wir beim Haus 77 – fallen in die Kategorie von 525'000 Euro pro Haus. Man muss mindestens 100'000 Euro anzahlen können. Die 100'000 Euro bleiben immer dem Stiftungsvermögen erhalten. Der Restbetrag kann entweder durch die Stiftung übernommen oder von dem Käufer einbezahlt werden. Der von der Stiftung übernommene Betrag kann dauernd abbezahlt werden. Die letzten 100'000 Euro bleiben immer in der Stiftung, denn das Haus gehört immer mit 100'000 Euro der Stiftung. Das belehnte Geld muss verzinst werden. Ich kann es frei und offen sagen: Vorletzte Woche habe ich die letzten 100'000 zurückbezahlt. Jetzt muss ich nur noch den Zins für die 100'000 der Stiftung bezahlen. Ich lebe also relativ günstig in unserem Haus."

Inzwischen ist man mit dem Essen fertig geworden. Luc fordert nun die Freunde auf, mit ihm die Wohnung zu besichtigen. Allerdings haben Claire und Charles kein großes Interesse, denn sie hausen in einer vergleichbaren Wohnung.

Luc sagt: „Wie ihr festgestellt habt, haben wir einen mit Plattenwärmen integrierten neuen Tisch gekauft. Diesen habt ihr heute ausprobiert. Vor drei Jahren haben wir die Küche renoviert. Wollen wir zuerst dorthin gehen? Das Haus besteht aus fünf Zimmern, welche sich um den in der Mitte befindenden und relativ großen Gesellschaftsraum gruppieren. Die fünf Zimmer können zum Beispiel wie folgt benutzt werden: die beiden Zimmer links als Kinderzimmer, dann kommen ein Badezimmer und ein Elternzimmer. Neben dem Elternzimmer befindet sich ein Arbeitszimmer und daneben – zur Außenwand hin – ein Abstellraum sowie ein Kellerabteil. Letzteres kann auch als Waschraum benutzt werden. Die Möglichkeiten sind unbegrenzt. Aber zuerst will ich euch die Küche zeigen."

Sie gehen in die Küche, wo alle Platz haben, weil Claire und Charles ja nicht bei der Besichtigung dabei sind. Die Küche ist relativ geräumig, und Luc sagt: „Wir haben vor drei Jahren alles neu montiert. Alle Geräte und der Kochherd, Backofen sowie Mikrowelle, alles ist auf dem neuesten Stand. Laserstrahlen beherrschen diesen Raum. Zum Teil sind die Geräte kombiniert: Backofen und Mikrowellenofen und Dampfgarer sind alle in einem einzigen Gerät untergebracht. Die Technik ist so ausgewählt, dass man die eine oder andere Gerätefunktion benutzen kann. Hier im großen Abwaschbecken sehen wir, wie Heißwasser aufbereitet wird. Das Becken ist übermäßig groß, mit nach links und rechts schwenkbarem Ausguss für heißes Wasser und Frischwasser, welches vom Wasserschloss kommt. Dies ist ein Novum, welches wir für die Hangstadt entwickelt haben: Rechts vom Abwaschbecken ist noch ein kleineres Becken mit einem Ausgusshahn." Luc holt ein Glas herbei, hält es unter den Ausgusshahn und öffnet ihn, und Wein sprudelt heraus. Erstaunen bei den Gästen. Und Luc fügt hinzu: „Diesen Wein haben wir heute getrunken. Alle Wohnungen haben einen Anschluss für den Wein, allerdings nur Rotwein, und einige Häuser – ich weiß nicht genau, vielleicht etwa 10 bis 15 – wünschten diesen speziellen Anschluss nicht und haben ihn versiegeln lassen. Übrigens: Bei denjenigen Haushalten, wo der Wein direkt in die Wohnung sprudelt, misst eine separate Messuhr die pro Jahr verbrauchten Liter. Diese werden jährlich in Rechnung gestellt. Alles wird in einem Büro der Hangstadt-Stiftung über dem Restaurant ausgerechnet. Dort wird überhaupt die ganze Buchhaltung für das Weingut gemacht. Vielleicht wisst ihr, dass die Stiftung über das zweitgrößte Weingut dieser Region verfügt. Es wurden immer wieder neue dazu gekauft, so sind vielleicht fünf oder sechs verschiedene Weingüter inzwischen dazugekommen. Diese Weingüter produzieren mehr Wein, als wir konsumieren können; etwa 50 % bis 60 % unserer Weinerzeugung geht in den Verkauf. Wir verkaufen nach Amerika und sogar nach Australien. Dies ist eine wichtige zusätzliche Einnahmequelle für die Stiftung." Dann gehen sie wieder in den Gesellschaftsraum zurück, wo sie gegessen haben, und gehen zur großen Fensterfront. „Jetzt gehen wir noch auf die Terrasse hinaus, die liegt über dem unteren Haus und gewährt uns, wie ihr seht, einen feudalen Ausblick über die ganze Meeresbucht."

Auf dem Meer sehen sie ein recht großes Schiff Richtung Süden fahren. Sonst ist es ruhig auf der See. Halb rechts unten sieht man das Häusermeer von Perpignan. Dank verschiedener Bauweise kann man die unterschiedlichen Stadtteile recht gut erkennen. Nach einiger Zeit sagt Luc: „Wir wollen noch den Nachtisch genießen. Gehen wir wieder hinein." Sie setzen sich wieder an die gleichen Plätze und werden mit dem Nachtisch bedient. Gespräche hin und her. Die Frauen reden vor allem über ihre Kinder. Die Männer besprechen die neueste Politik, und so geht der Nachmittag zu Ende. Man bedankt sich, wünscht einen schönen Sonntag und viel Glück für Yves. So gehen alle wieder nach unten in der Hoffnung auf ein gutes Jahr und fahren nach Hause – außer Claire und Charles, die noch ein wenig bleiben und mit Luc einige Dinge zum Haus besprechen. Kleinere Probleme gibt es immer, wie dies oder jenes gelöst werden könne. Dann gehen auch sie zu Fuß nach Hause.

13. Yves beginnt mit der Arbeit im Labor

Am Montagmorgen, fünf Minuten vor halb acht, steht Yves vor der Haustüre von Charles Lager. Gestern, am Sonntagmittag, hatte Yves mit seinen Eltern über seinen weiteren Lebensweg diskutiert. Die Eltern haben ihm die Vorschläge der befreundeten Familien, die am Tag vorher bei ihnen zu Besuch waren, vorgetragen. Sie haben diskutiert, Vor- und Nachteile gesucht, begutachtet, verworfen. Yves konnte sich für nichts erwärmen. Sie gingen dann alle Vorschläge noch einmal durch, bis Yves schließlich sagte: „Einen sozialen Beruf kann ich mir nicht vorstellen. Ich will ebenfalls nicht im Büro oder einem Dienstleistungsbetrieb arbeiten, da hätte ich ebenfalls große Mühe. Ein bisschen mehr interessiere ich mich für Charles' Vorschlag, die Arbeit mit den Ameisen. Die Aufgaben in der Imkerei, die Arbeit mit den Honigbienen haben mir recht große Freude bereitet. Auch die Lebensweise dieser Tiere hat mir sehr imponiert, und ich habe mich gerne dafür interessiert. Ich könnte mir vorstellen, dass die Arbeit mit den Ameisen etwas Ähnliches ist. Es sind ja auch Staaten bildende Insekten. Vielleicht sollte ich mit Charles mal telefonieren."

Diese Idee unterstützten die Eltern und ermunterten Yves, er solle gleich Charles anrufen. Vermutlich sei er zu Hause. Gesagt, getan. Yves unterhielt sich mit Charles und ließ sich die Arbeit erklären. Charles zählte ihm Vor- und Nachteile der Arbeit auf. Letztere waren aus Sicht von Yves eher Kleinigkeiten, und er kam zu der Überzeugung, dass dies eine spannende Möglichkeit wäre. Allerdings sagte er Charles, dass dies für ihn nur eine vorübergehende Sache sei. Charles sagte trotzdem zu und meinte: „Wir sind überhaupt nicht gebunden. Ich kann dich einstellen, wie ich will. Ich kann das selber entscheiden. Am Zoologischen Institut bin ich für die Einstellungen zuständig, und wenn es dir nicht mehr passt oder wenn du das Gefühl hast, du müsstest etwas anderes tun, dann kannst du ohne Weiteres wieder gehen."

Yves sagte also zu und fragte, wann er beginnen könne. Charles meinte, wann er wolle, und so haben sie es dann abgemacht. Charles bot Yves an, ihn am nächsten Morgen zur Arbeit gleich mitzunehmen und ihm die entsprechenden Anweisungen zu geben, d. h. er würde ihn dem ersten Assistenten übergeben. Und so haben sie es abgemacht.

Nun steht Yves vor der Haustüre von Charles Lager, und Charles erscheint am Hauseingang und die zwei Männer begrüßen sich.

„Guten Morgen, Charles, ich bin froh, dass wir eine Lösung gefunden haben."

„Ja, wir gehen jetzt nach unten und fahren ins Institut."

Kurz vor acht kommen sie im Zoologischen Institut an und treffen im Gang auf einen mittelgroßen, dunkelblonden, etwa 35-jährigen Mann. Charles stellt die beiden einander vor und sagt zu Yves: „Ich überlasse dich jetzt unserem ersten Assistenten. Er wird dich in alle Arbeiten einführen und mit dir den ganzen Tag verbringen. Ich muss jetzt gehen. Du bist am Mittagessen auf dich selber angewiesen. Du wirst wahrscheinlich – nehme ich an – in die Mensa gehen. Am Abend musst du selber für die Heimkehr verantwortlich sein."

Er verabschiedet sich und begibt sich am Ende des Ganges in sein Büro. Yves geht nun mit seinem Betreuer in die andere Richtung. Am anderen Ende des Ganges sieht er auf der linken Seite eine Tür, die mit „Formikarienraum" angeschrieben ist. Sie gehen hinein und kommen in einen recht großen Saal mit vielen in zwei Höhen angeordneten Tischen. Etwa die Hälfte der Tische ist rund 70 cm hoch und die größeren etwa 90 cm, vielleicht bis 1m. Auf allen Tischen stehen Plexiglasbehälter. Beim Näherkommen sieht Yves, dass diese Glasbehälter oben offen sind. Unten auf dem Boden befindet sich jeweils eine weiße Platte. Er weiß nicht, ob es Gips oder irgendein Kunststoff ist, ähnlich wie Sagex. Das Material scheint ihm etwas härter zu sein. Jetzt erklärt ihm sein Betreuer, das seien Formikarien, also Nester für Ameisen. Einige wenige seien mit Gipsböden ausgestattet, das seien die älteren. Die meisten, die neuen, seien mit Kunststoff bestückt. Der Kunststoff sei viel leichter als Gips, und das mache die Arbeit – wenn man diese Behälter herumtragen müsse – viel angenehmer.

Yves bemerkt, dass diese Böden nicht einfach glatt sind, sondern sie sind in eine Art Landschaft geformt, und einzelne Gegenstände überragen oder stehen am Boden. Ihm erscheinen diese Gegenstände wie kleine Sträucher oder eine Art von Bäumchen. Bei einem oder zwei Kästen sieht er eine Art Brücke, einfach einen Übergang. Nach oben sind alle Kästen offen, aber ein 2 cm breiter aufgeschweißter Plexiglasstreifen schließt die Kästen oben ab. Yves bemerkt, dass im Innern der Kästen ein emsiges Treiben herrscht. Ameisen wandern hin und her.

Sein Betreuer sagt nun: „Die Ameisen können nicht an der Glaswand hochklettern. Wenn aber eine trotz allem zufälligerweise bis nach oben klettern könnte (die Wände sind 30 cm hoch), kann sie aufgrund der Plexiglasstreifen trotzdem nicht hinaus. Sie müsste kopfunter unter dem waagerechten Plexiglasstreifen nach vorn krabbeln, und da würde sie todsicher nach unten fallen. So hat auch Frischluft besseren Zutritt zu den Formikarien. Die Ameisen produzieren Kohlendioxid, das weißt du wahrscheinlich. Da die Ameisen also Kohlendioxid ausscheiden und Kohlendioxid etwas schwerer als Luft ist, bleibt er am Boden liegen. Er würde sich mit der Zeit anlagern, Zentimeter um Zentimeter, und neue Schichten bilden. Das wäre tödlich für die Ameisen. Ausgeschiedenes Kohlendioxid ist Gift. Deshalb muss man dafür sorgen, dass das Kohlendioxid weggeschafft wird. Du siehst: Auf jeder Seite, in entsprechender Höhe gleich über dem Boden, sind kleine Fenster in das Plexiglas gehauen, d. h. auf der Längsseite beidseitig je drei und auf der Schmalseite je zwei solche Öffnungen. Diese Öffnungen sind mit einem feinen Drahtgitter vermacht. Gas kann hindurch, die Ameisen aber sind im Innern gefangen. Dies ergibt einen natürlichen Abzug. Das schwerere Gas wird von der Luft, die darüber steht, durch diese Gitter hindurchgedrückt. So bleibt der Kasten immer giftfrei."

„Aber, wie ich sehe, sind da zwei oder sogar drei Kästen miteinander verbunden? Es gehen kleine Röhren von dem einen

Kasten in den anderen. Gehören einem Ameisenvolk drei ganze Kästen, oder sind in den anderen Kasten andere Völker?"

„Nein, nein, die gehören jeweils nur einem Volk. Ein Volk kann nur ein Nest besetzen, aber die Nester sind erweitert. Wie in der Natur müssen ja die Tiere eine Umgebung haben, wo sie die Nahrung holen und wo sie Abfälle hinbringen. Das werde ich dir gleich bei diesem Kasten – wo wir gerade stehen – zeigen. Dieses Nest besteht aus zwei Teilen. Hier, links, ist eine Landschaft eingebaut, d. h. in der Ecke ist der Boden höher ausgestattet und der obere Teil ist abnehmbar. Im Innern befindet sich eine ziemlich verbreitete Höhlung. In diese gehen die Ameisen hinein und bauen sich ein Nest. In dieser Höhlung wohnt auch die Königin. In der freien Natur hat es in einem Ameisennest – es kommt auf die Art an – mehrere Königinnen. Jede Königin hat ihre Betreuer. Und so funktioniert es auch in unseren Nestern. Die Königin ist im Zentrum eines Ameisennestes …"

Da unterbricht Yves ihn: „Ja, ich verstehe, ich habe mit Bienen gearbeitet, da ist es genau gleich mit der Bienenkönigin."

„Ja, aber es bestehen schon noch Unterschiede zu den Bienen. Du wirst das noch alles kennenlernen. Also, da drinnen sind die Betreuerinnen für die Königin. Sie hat auch einen erweiterten Hofstaat: Ameisen – Arbeiterinnen wie bei den Bienen –, die die verschiedensten Aufgaben übernehmen müssen. Es gibt die Futtersucher. Sie müssen ausschwärmen und Futter ins Nest zurückbringen. Dann gibt es die Soldaten. Sie wachen im Bereich um das Nest und halten fremde Eindringlinge oder kranke beziehungsweise verletzte Ameisen ab. Dann gibt es die Kundschafter. Die müssen die Umgebung erforschen. Im Nest drinnen gibt es schließlich die ganz persönlichen Betreuerinnen der Königin. Solche, die die Königin füttern und solche, die die Königin reinigen. Wiederum andere sind der Königin bei der Eiablage behilflich. Die Ammen bringen die Eier sofort an einen entsprechend geschützten Ort, an welchem es wieder Ammen hat. Sie sind für die Eier besorgt, reinigen sie und geben ihnen Sauerstoff, d. h. sie fächern ihnen Luft zu und schauen, dass die Temperatur stimmt. Die Temperatur wird mit verschiedenen Methoden geregelt, das musst du noch alles lernen … Dann kommt es zu den Larven. Die ausschlüpfenden Larven müssen gefüttert werden, damit sie wachsen und größer werden, bis sie sich verpuppen. Das sind dann die langen, weißen – wir haben früher Ameiseneier gesagt – Puppen. Diese werden von den Puppenammen nach draußen an die Sonne und frische Luft getragen, werden dort gewendet, geputzt und gereinigt, nur bei schönem Wetter. Am Abend kommen sie wieder in das Nest hinein an ihren angestammten Platz. Erst wenn aus der Puppe die fertige Ameise hervorkommt, ist die Arbeit mit der Brut beendigt. Eine Ameise, die aus der Puppe kommt, hat sofort ihre Aufgabe zu erfüllen. Instinktiv tut sie das Richtige. Aber wie gesagt, du musst dies auch in den Büchern lesen, die werde ich dir noch zeigen. Ich werde dir nun die praktische Arbeit an diesen Formikarien erläutern. Wir werden heute gemeinsam die Arbeiten ausführen."

Yves schaut sich noch ein bisschen um. Es interessiert ihn, und er ist begierig zu lernen. So geht der Assistent mit Yves weiter, der sich nun bereits als Hilfsassistent fühlt. Yves schaut gespannt zu, wie sein Betreuer nun mit einer Pinzette versucht, ein Krümelchen Dreck aus dem ersten Kasten zu nehmen.

Der Assistent sagt: „Die Reinigung der Kästen ist gar nicht so aufwendig, es ist relativ wenig Dreck vorhanden. Es sind unter Umständen Dinge, die von oben hineinfallen oder irgendwelche Reste, die von der Ameisenstraße – von denen sind zwei bis drei pro Nest vorhanden, die sich teilweise auch kreuzen – liegen gelassen werden. Diesen Dreck musst du herausnehmen. Im Allgemeinen entsorgen die Ameisen ihren Dreck aber selber, wie du das beim nächsten Kasten siehst: Vom ersten eigentlichen Nestkasten geht eine Röhre mit einem flachen Boden in den nächsten Kasten. Es ist also eigentlich keine richtige Röhre, weil sie im Querschnitt rechteckig oder viereckig ist. So können die Ameisen möglichst gut auf dem Boden in dieser Röhre laufen und von einem Nest ins andere gelangen. Wenn nur eine Röhre in den nächsten Kasten führt, muss sie etwas größer sein. Somit ist dann in beiden Richtungen ein Strom möglich. Die einen Ameisen gehen hinüber, andere haben drüben ihre Arbeit verrichtet und kommen zurück oder kommen mit Futter nach Hause. Alles ist genau geregelt: die Laufbahn und die Rücklaufbahn sind voneinander getrennt. Du siehst in diesem zweiten Kasten, hier hinten auf der Seite, ein Häufchen Abfall. Jetzt siehst du gleich eine Ameise kommen, die ein weißes Stück bringt. Das ist Kunststoff, der irgendwo abgebröckelt ist. Manchmal kommt es auch vor, dass die Ameisen an irgendeiner Stelle versuchen, die Höhlung zu erweitern. Gemeinsam – wenn sie die Masse ein bisschen mit Speichel aufgelöst haben – können sie mit großer Mühe etwas aufbrechen. Das ist Schwerarbeit! Anschließend bringen Ameisen diese Stücke ebenfalls hierher. Du siehst, der Haufen ist noch nicht groß. Wenn er aber eine entsprechende Größe erreicht hat, müssen wir ihn entfernen, da das Nest ja größenmäßig begrenzt ist. Dies ist der Nachteil gegenüber den Nestern in der Natur draußen. Ein paar kleine Unratbrocken lässt man zurück, damit die Ameisen immer wieder an der gleichen Stelle ihren Unrat ablegen ... Dann sehen wir im dritten angeschlossenen Kasten noch eine weitere Möglichkeit. Der dritte Kasten ist mit zwei etwas kleineren Röhrchen verbunden. Wichtig dabei ist, dass die Eingänge in die Röhre entsprechend gestaltet sind. Es braucht eine kleine Rampe, und die Röhre ist mit Kunststoff untermauert. Die Ameisen können über diese Rampe hinauf in die Röhre gelangen. Du siehst immer wieder einzelne Ameisen durch die zwei Röhren gehen: eine ist für den Hinweg, die andere für die Rückkehr. Die sind entsprechend ..."

Yves unterbricht jetzt und fragt: „Warum wissen die Ameisen, dass sie bei der linken Röhre zurückkommen und bei der rechten hinaus müssen?"

„Ja, das ist eine Sache der Information. Da hast du viel zu tun, denn das ist genau eine Frage der Forschung. Wir wollen Verschiedenes herausfinden, und du bist in diesem Gebiet ein Mitglied der Forschungsgruppe."

„Ah, das interessiert mich jetzt. Was muss ich machen?"

„Du musst viel beobachten. Das gehört ebenfalls zu deiner Arbeit. Du musst beobachten, wie sich die Ameisen verhalten. Unter Umständen bekommst du im Verlaufe des Tages noch mehr zu hören. Ich werde mit dir auch noch über das eine oder andere sprechen und dir die Hilfsmittel erläutern, die du einsetzen kannst. Es gilt also vor allem herauszufinden, wie sie sich gegenseitig informieren. Man weiß schon Einiges darüber, aber es sind immer noch viele Fragen offen, an denen wir arbeiten. Dein Professor, Herr Lager, ist der große Spezialist für Ameisen. Er ist auf der ganzen Welt bei den Ameisenforschern bekannt. Und er, respektive das Institut, arbeitet mit mehr als 20 Forschungsstationen auf der ganzen Welt eng zusammen. Du kannst ja Englisch."

„Ja, ja, das ist kein Problem."

„Also Englisch ist die Sprache, die die Ameisenforscher wie alle Wissenschafter auf der Welt pflegen. Komm hierher. Hier siehst du auch einen Haufen toter Ameisen. Das ist der Friedhof. Aus dem Nest werden die toten Ameisen weggeschafft und hier abgelegt. In der freien Natur werden die natürlich mit der Zeit aufgelöst und entsorgt, wie es ähnlich mit allen toten Tieren passiert: Sie werden entweder gefressen, sie verwesen oder werden – wenn sie ganz trocken sind – vom Winde fortgetragen. Bei uns müssen wir diese toten Ameisen von Zeit zu Zeit wegschaffen. Das gehört ebenfalls zu deiner Aufgabe. Zwei bis vier der Ameisen lässt du normalerweise liegen, damit nicht immer an einem neuen Ort ein Friedhof eingerichtet wird. Bei uns sind die Nester dazu zu klein. In der Natur kommen in einem Ameisennest fünfzig, sechzig bis hundertfünfzigtausend Individuen vor, die in einem Staatenverband leben. Dies ist bei uns aus Platzgründen nicht möglich. Wir haben deshalb bloß eine Königin. Das Volk wächst über den Sommer trotzdem ziemlich stark an. Insgesamt sind da in diesem dreiteiligen Nest, das mit drei Kästen ausgestattet ist, allenfalls 10'000 Ameisen drin und diese müssen gefüttert werden. Das will ich dir heute ebenfalls noch zeigen, sobald wir den Rundgang beendet haben."

„Warum sind einige Nester tiefer? Wir haben hier auf 90 cm diese drei Kästen und zwei oder drei Tische wurden zusammengeschoben. Warum sind darunter, auf nur 70 cm Höhe, nochmals gleich große Kästen? Wie ich sehe, sind einige sogar noch kleiner?"

„Du siehst das ganz richtig. Das hat folgenden Grund. Es macht ja keinen Sinn, ein Nest auf 90 cm und andere auf nur 70 cm zu haben. Bei den unteren Nestern handelt es sich um Zwischenstationen, somit kommt man auf etwa 20'000 Individuen. In diesen Nestern braucht es entsprechend mehr Futter. Immer wenn das Futter zur Neige geht – die Ameisen holen es sich und bringen es zu sich ins Nest –, musst du es nachfüllen. Welches Futter du geben musst, werde ich dir sagen. Yves, jetzt ist es Zeit für die Kaffeepause. Ich lade dich auf eine Tasse Kaffee ein."

Die zwei gehen in den Mensaraum und trinken einen Kaffee. Der Assistent begrüßt drei andere Personen, die in der Nähe sind, und er stellt Yves vor: „Unser neuer Hilfsassistent, Yves Coglier."

Yves nickt und grüßt freundlich. Jetzt beginnt sein Betreuer wieder, die Einrichtungen zu kommentieren, wie man von da nach dort gelangt, was man unbedingt wissen müsse, wie man sich in der Mensa verhalten solle, wie man günstig zu dem oder jenem kommt – und er spricht auch vom öffentlichen Verkehr. Wie dieser günstig eingerichtet sei, um zur Arbeit zu gelangen. Yves erkundigt sich, wo die nächste Busstation sei, und es wird ihm erklärt. Er kennt keinen Menschen in diesem Raum: Charles ist nicht hier, er sieht ihn nicht. Er weiß ja nicht, dass Charles seinen Kaffee meistens in seinem eigenen Büro trinkt.

Schon bald gehen die beiden Arbeitskollegen wieder zurück und arbeiten bis Mittag weiter. Yves wird noch mehr erklärt. Für das Mittagessen geht er mit seinem Betreuer und zwei weiteren Mitarbeitern, die er kennengelernt hat, wiederum in die Mensa. Nach dem Mittagessen schließt der Betreuer einen theoretischen Teil an: über die Forschung, über die schriftlichen Arbeiten und auch über die möglichen Informationen, die sich Yves selbst beschaffen kann. Abends um 5 Uhr verlässt Yves die Universität. Er muss von seinem Institut nur über die Straße gehen, 100 Meter nach rechts zur Bushaltestelle an der Hauptstraße. Er findet die Linie Nr. 14, die direkt in die Hangstadt fährt. Nach ein paar Minuten kann er bereits einsteigen und fährt nach Hause.

Zu Hause sieht er, wie seine Mutter Yvonne den späteren Nachmittagstisch zubereitet. Das eigentliche Nachtessen wird im

Süden Frankreichs erst gegen 9 Uhr eingenommen. Bei ihnen ist dies aber nicht so, weil der Vater fast jeden Abend auswärts isst. Yvonne und Yves sind jeweils froh, wenn sie bereits früh etwas essen können, dann haben sie den ganzen Abend zur freien Verfügung. Yves erzählt begeistert von seinem Tagesablauf, und Yvonne merkt, es hat ihn gepackt. Sie hofft insgeheim, dass sein Interesse anhält. Nach dem Essen geht Yves auf sein Zimmer und macht sich am Internet über die Ameisen kundig. Es ist eine Unmenge, was er da findet. Er muss deshalb entscheiden, was er an diesem Abend lesen kann. Dann ruht er sich aus und ruft danach Lydia an. Sie meldet sich sofort und Yves redet mit ihr begeistert über den Tag: „Ich glaube, die Ameisen haben es mir angetan!"

Lydia gratuliert ihm und sagt, sie freue sich, dass es bei ihm vorangehe: „Ich glaube, Yves, du hast dein Lebensschiff nun bestiegen."

„Ja, das stimmt. Das kommt mir ebenfalls so vor."

„Also, pass auf, Yves, du hast ein Frachtschiff bestiegen und du musst unten anfangen. Du bist nun bei der Reinigungsequipe. Das macht nichts, da wir uns ehrgeizige Ziele vorgenommen haben."

„Ja, ja. Ich habe diese ja aufgeschrieben."

„Weißt du, Yves, ich bin ein bisschen im Druck, ich schreibe an meiner Semesterarbeit und verarbeite ein Protokoll eines Probanden. Ich muss dieses Protokoll heute Abend fertig haben. Aber du kannst mit mir später in dieser Woche telefonieren, und wir können uns am nächsten Samstag wieder in meiner Mensa treffen. Geht das?"

„Ja, wir werden es später in dieser Woche genauer abmachen. Tschüs, Lydia. Ich danke dir."

Yves geht wieder ans Internet zu seinen Ameisen.

Yves beschäftigte sich die ganze weitere Woche mit den Ameisen: im Institut, zum Teil zu Hause und im Internet. Er wurde immer interessierter und stellte erstaunliche Parallelen mit den Bienen fest, aber entdeckte trotzdem eine ganz neue Welt bei den Ameisen. In jener Woche rief er auch zweimal Lydia an und sie sprachen über seine Arbeit. Yves berichtete nur Positives über seine neue Beschäftigung. Lydia war hoch erfreut, und sie sagte beim zweiten Telefonat: „Yves, ich habe das Gefühl, du bist auf dem richtigen Dampfer angekommen. Und wenn ich mir das so überlege, wie du die Arbeit angenommen hast und damit umgehst, kannst du vom Frachtschiff bereits auf einen Personendampfer umsteigen. Du bist also bereits eine Stufe hochgeklettert. Was meinst du dazu?"

„Ja, das nehme ich gerne zur Kenntnis, und ich will mich einrichten. Ich verspreche dir, ich werde mich bemühen, alle abgemachten Forderungen zu erfüllen. Ich will neue Ziele anstreben und höher steigen. Du hast mir gesagt, ich sei bei der Reinigungsequipe auf dem Frachtschiff. Jetzt glaube ich, dass ich zum Leichtmatrosen aufgestiegen bin." Er lachte.

„Richtig! Gut, ich nehme das zur Kenntnis. Also, Leichtmatrose, am nächsten Samstag treffen wir uns wieder in meiner Mensa, und zwar wie gewohnt zur gleichen Zeit. Wir werden dann das weitere Fortgehen besprechen, und ich will auch mit dir an meiner Semesterarbeit weiterarbeiten."

Am Samstagmittag treffen sich Yves und Lydia in der Mensa. Lydia begrüßt Yves. „Hallo, Leichtmatrose, wie geht es Ihnen?"

Yves lacht und sagt: „Mir geht es gut. Ich habe in dieser Woche viel erlebt."

„Ja, ich glaube, du hast deine Linie beibehalten. Ich befördere dich gleich zum Mat."

„Oh, da bin ich erfreut."

Unter fröhlichem Geplauder nehmen sie das Mittagessen ein, und danach schlägt Lydia vor, dass sie zur Arbeit gehen, aber zuerst seine Angelegenheiten regeln müssten. Sie gehen in ein Arbeitszimmer und Lydia fragt nach dem Taschenbuch von Yves. Yves holt es aus seiner Tasche und schlägt es auf. Auf der ersten Seite steht „Lebensweg", und darunter sind verschiedene Ziele eingetragen. Lydia fragt, ob er bereits ein Ziel erreicht hätte, und Yves antwortet: „Ja, ich meine schon. Ich bin doch jetzt eigentlich in die Gesellschaft zurückgekehrt."

„Ja, bedingt. Für deine Ansicht bist du in die Arbeitswelt zurückgekehrt, aber mit der allgemeinen Gesellschaft hast du noch keinen Kontakt. Das muss noch besser werden. Setzen wir gleich ein weiteres konkretes Ziel ein: Gesellschaftssituation positiv suchen."

Yves schreibt auf und fragt, was das solle, und Lydia erklärt ihren Gedanken: „Ich weiß es auch noch nicht genau, aber wir müssen vielleicht am kulturellen Leben der Stadt teilhaben oder wir müssen gemeinsame Gesellschaftsaktivitäten aufsuchen … oder du allein. Ich will dir aber dabei helfen. Ich denke etwa an eine Theateraufführung oder einen wissenschaftlichen Vortrag, der dich interessiert. Das müssen wir noch besprechen. Auf jeden Fall ist das ein weiteres Ziel und bringt dich in deiner Karriere – wenn wir das so durchführen – eine Sprosse auf der Leiter weiter nach oben. Jetzt bist du Mat, und dein Ziel sollte sein, zum Obermat zu rücken." Die beiden lachen kurz, dann fügt Lydia hinzu: „Wir müssen jetzt arbeiten. Ich bitte dich, mir behilflich zu sein. Ich habe ein Protokoll mit einem Probanden zu verarbeiten. Der Proband ist auf der tiefsten Stelle angelangt. Er ist vollständig süchtig. Er ist in einem Niemandsland. Er ist ohne Hoffnung und weiß kaum, wie er sich finanziell über Wasser halten kann. Sein Einkommen ist so gering, dass er kaum noch weiß, wie er Nahrungsmittel beschaffen kann … Ich versichere dir, wir machen das so, dass es dich überhaupt nicht belastet."

So arbeiten sie in den nächsten zwei Stunden miteinander. Lydia kommt sehr gut voran. Ihre Arbeit macht Fortschritte, und Yves lässt sich von diesen tristen Aussagen des Probanden nicht beeinflussen. Er spürt eigentlich ein bisschen Mitleid mit diesem Menschen, kann aber immerhin Lydia einige Tipps geben, wie es einem zumute sein kann. Nach etwa zweieinhalb Stunden sagt Lydia: „Jetzt ist es genug. Wir haben unser Wochenende verdient. Yves, ich glaube, du hast diesen Nachmittag mit Bravour bestanden, und ich mache dich zum Obermat auf deinem Schiff."

Yves lacht und bedankt sich. Es sei ihm ein Vergnügen gewesen, mit ihr zu arbeiten. Sie verabschieden sich. Beide gehen nach Hause, und Yves surft noch etwas im Internet. An den nachfolgenden Tagen vertiefte sich Yves im Internet noch intensiver in sein Aufgabengebiet der Ameisen. Gelegentlich telefoniert er mit Lydia. Auch Lydia ruft ihn ab und zu an, und immer geht es um die Lebensqualität von Yves. „Wie hast du dich aufgeführt?" „Wie wurdest du angenommen?" „Wie geht es dir?" „Was tust du?" Weil Yves eigentlich Lydia immer positive Antworten gibt, kommt Lydia eines Tages zum Schluss: „Yves, du hast nun eine zusätzliche Stufe erreicht. Wir schicken dich in die Schule für Marineoffiziere."

„Ja, das tue ich gern, aber ich habe keine Ahnung von diesem Beruf."

„Macht nichts. Du musst dich im Internet erkundigen, welche Erwartungen an dieses Anforderungsprofil gesetzt werden."

„Ich will mich daran halten und versuchen, ein guter Marineoffizier zu werden."

„Am Samstag kann ich dich nicht zur Arbeit herbeordern. Wir sind familiär gebunden. Es geht um eine Familienfeier, aber das interessiert dich ja nicht."

„Doch, ich kenne deine Familie überhaupt nicht. Ich möchte sie kennenlernen."

„Ja, gut. Sobald es sich ergeben wird, werde ich dich mal zu Hause vorstellen."

„Das passt mir sehr gut. Auch ich würde dich gern als meine Retterin meinem Vater und meiner Mutter vorstellen. Wir können das zum Beispiel bei einem Mittagessen machen."

„Gut, ich freue mich, mehr von dir und deiner Familie zu erfahren. Aber jetzt muss ich aufhören. Ich habe tatsächlich noch Einiges zu erledigen."

14. Überfall

Am übernächsten Freitag hat Luc – wie jeden Freitagabend – eine Stiftungsratssitzung. Der Stiftungsratspräsident, die Gerantin Charlotte (die ebenfalls im Stiftungsrat sitzt) und zwei weitere Beisitzer sind an der Sitzung anwesend. Es geht vor allem um die Süderweiterung der Hangstadt. Es stehen Fragen an, die in nächster Zeit zu beantworten sind. Der Stiftungsratspräsident ergreift das Wort: „Eines steht fest: Die Hangstadtsüderweiterung wird die Fläche der bisherigen Hangstadt mehr als verdoppeln. Wir müssen sie in Hangstadt West und Hangstadt Süd unterteilen. Wir hatten das Glück, mehr Land kaufen zu können, als dies bei der Siedlung Hangstadt West der Fall war. Dieses Stück Land wollen wir für weiteres Wohneigentum nutzen. Die Ausdehnung wird gleich sein wie bei unserer aktuellen Anlage, aber es wird mehr Reihen geben. Gemäß Auskunft unserer Architekten können wir vierzehn oder sogar fünfzehn Reihen bauen. Mit einer geschätzten Anzahl Häuser von 1200 bedeutet dies Wohnraum für ca. 2500 Menschen. Was meinen die Anwesenden zu diesen Plänen?"

Da alle mit diesen Vorschlägen einverstanden waren, führt der Stiftungspräsident fort: „Es stellt sich noch die Frage, was auf der Unterseite der Hanggrundstraße geschehen soll. Wir können sie wie die obere Seite gestalten. Es steht ja schon die Polizeikaserne, und anschließend sehe ich vermutlich – wie auf unserer Seite – ein Parkhaus und auf der Unterseite einen noch größerer Parkplatz."

Charlotte stimmt dieser Idee zu, und einer der Beisitzer fragt, wie weit das Land der Stiftung denn gehöre und wie groß das Stiftungsland auf der Unterseite der Hanggrundstraße sei, und der Stiftungsratspräsident antwortet: „Wir hatten in den letzten Monaten das Glück, eine riesengroße Fläche bis weit nach unten zu kaufen. Ihr wisst dies ja, weil ihr die Kaufverträge unterschrieben habt. Was damit geschieht, wissen wir eben noch nicht ganz genau. Das ist eine Frage, die der Stiftungsrat in ein paar Jahren angehen muss. Was meinen die anderen dazu?"

Luc äußert sich ziemlich zurückhaltend. Er habe auch daran gedacht, dass man die Hangstadtsiedlung in irgendeine Beziehung zum Sportgeschehen setzen könnte.

„Wie wäre es, wenn wir uns mit einem Sporthotel und einem riesigen Sportzentrum beschäftigen würden? Ein Sportzentrum nämlich, das Gäste und auch kurzfristige Pensionäre anziehen könnte?"

Die Idee wird von den anderen Anwesenden gelobt, und sie schlagen vor, diesen Gedanken zu einem späteren Zeitpunkt wieder aufzunehmen. Nach einigen anderen Fragen zu Unklarheiten schließt der Präsident die Sitzung gegen zehn Uhr, und er fragt Charlotte, ob sie alle noch in ihr Restaurant auf ein Glas Wein kommen könnten. Dem stünde nichts im Wege. Jetzt habe ihre Servierfrau den Laden für ein paar Stunden übernommen. Sie könnten nun aber alle gleich hinübergehen.

Die beiden Beisitzer haben irgendeinen Grund zum Nichtkommen. Sie verabschieden sich, und so gehen der Präsident, Luc und Charlotte ins Restaurant Hangstadt. Es sind nur noch zwei Gäste da, vor einem Bier etwas abseits sitzend. Die Gesellschaft setzt sich vor ein Fenster und der Präsident bestellt einen halben Liter Rotwein, selbstverständlich aus der eigenen Weinkellerei. Sie unterhalten sich über alles Mögliche: von Politik über Kultur zu Gesellschaftsfragen. Die Unterhaltung ist locker. Man spricht auch über den eigenen Wein und die anfallenden Arbeiten auf den Weingütern. Der Präsident erwähnt, dass er in nächster Zeit eine Zusammenkunft mit dem Oberkellermeister haben werde. Dabei würden die Frühlingsarbeiten besprochen sowie verschiedene Fragen zum Verkauf des letztjährigen Weines – ein besonders guter Jahrgang.

Es kommt ein weiterer Gast in die Gaststube. Er setzt sich an den Tisch gleich neben dem Tresen und bestellt ein Bier. Dann nimmt er ein Handy hervor, stellt eine Nummer ein und sagt halblaut: „Es ist günstig. Es sind nur zwei Männer und eine Frau hier." Danach setzt er das Handy wieder ab.

Jetzt wird Luc aufmerksam. Er hat mit einem halben Ohr das Gespräch gehört, und er wird stutzig und überlegt sich, was der Mann mit „es ist günstig" wohl meinte. Er beobachtet weiterhin den Gast, der jetzt an seinem Bier nippt. Nun stürmen zwei Männer in die Gaststube, mit je einem Baseballschläger in der Hand. Luc ist sofort zur Stelle und bereit, diesem Treiben ein Ende zu machen. Er ist hoch gewachsen und von sportlicher Figur. Er war als Student in Lyon Universitätsmeister im Boxen. Luc steht auf, und sofort sagt der angebliche Gast: „Ruhig, meine Herren, das ist nur ein kleiner Überfall."

Luc erinnert sich, dass beim Bau der Polizeikaserne die Sicherheitsvorschriften neu überdacht wurden. In allen Gebäuden – also im Stiftungshaus, in der Bank und in den Geschäftsräumen daneben – richtete man eine Alarmeinrichtung mit direkter Verbindung zur Polizeikaserne ein. Im Restaurant sind diese Alarmknöpfe an drei Wänden – einigermaßen versteckt – unter den Fensterbrettern angeordnet. Er stellt sich auf und bekommt den Befehl von diesem vermeintlichen Gast: „Bleiben Sie sitzen! Sie müssen keine Dummheiten machen, sonst werde ich meine ‚Mitarbeiter' auf Sie ansetzen! Wir wollen nur die Kasse mitnehmen. Wenn Widerstand geleistet wird, schlagen meine Herren Mitarbeiter alles kurz und klein!" Die beiden mit Baseballschlägern ausgerüsteten Männer gehen an den Tresen und fordern die Servicefachangestellte auf, ihnen die Tageseinnahmen zu geben. Während der allgemeinen Unaufmerksamkeit kann sich Luc ans Fenster begeben und den Alarmknopf drücken. Im Restaurant sagt die Servicefachangestellte, dass sie keinen Zugriff zur Kasse habe. Nur ihre Chefin Charlotte könne dies erledigen. Charlotte hatte bis jetzt einen kühlen Kopf bewahrt und geht nun langsam zum Tresen und moniert, dass praktisch nichts in der Kasse sei. Die Räuber erwiderten forsch: „Das spielt keine Rolle! Wir nehmen alles, was drin ist. Wir kennen den Erlös, der drin sein sollte."

Inzwischen bemerkte Luc, dass der Gast, der sogenannte Chef der drei, sich dem Tresen zugewandt hatte. Luc machte einen Sprung, fasste ihn von hinten und umklammerte den Brustkorb dieses doch eher kräftigeren Mannes. Dieser schrie seine zwei Mitarbeitenden an: „Hierher, hierher, schlagt ihn nieder!"

Luc erwidert ganz ruhig: „Achtung, sobald ihr einen Schritt näher kommt, reiße ich ihm den Kopf nach hinten, sodass er euch keine weiteren Befehle mehr geben kann." Die anderen stehen verblüfft da und warten auf einen Befehl ihres Chefs.

Inzwischen wurde in der Polizeikaserne der Alarm bemerkt, und die ersten vier Polizisten sind bereits ausgerückt. Sie kommen mit einem Auto gegenüber dem Restaurant an und werden auf ein falsch geparktes Auto aufmerksam. Sie parken dahinter und drei Polizisten steigen schnell aus dem Auto. Sie gehen mit den Waffen im Hüftanschlag auf das Auto zu und sehen, dass der Fahrer wegfahren will. Einer der Polizisten reißt die Fahrertüre auf und sagt mit auf den Fahrer gerichteter Waffe: „Halt!"

Der Fahrer bleibt verdutzt mit dem Fahrzeug stehen und sagt: „Ich habe nichts verbrochen. Habe ich falsch parkiert?" „Dann wird es still. Der Fahrer wird zum Aussteigen aufgefordert und er wird gefragt, auf wen er denn warte. Er gibt keine Auskunft. Inzwischen kommen vier weitere Polizisten zu Fuß an die Überfallstelle und stürmen in die Gaststube. Luc hält immer noch den Mann im Arm, und die beiden anderen stehen unschlüssig davor. Beide Räuber sind nun erschrocken. Jetzt geht es schnell. Die Polizei verhaftet alle Übeltäter im Restaurant sowie den draußen wartenden Fahrer. Das Fahrzeug wird beschlagnahmt. Somit ist die Aktion im Hangrestaurant abgeschlossen! Man spricht darüber, während die Polizei nun die Männer zu ihrem Stützpunkt mitnimmt. Dort erfolgen die nötigen Untersuchungen, und nach einer langen Zeit – bis weit nach Mitternacht – werden die Männer in Untersuchungshaft genommen. Ein Polizeioffizier kommt nochmals ins Hangrestaurant zurück, um sich um die näheren Umstände dieses Überfalls zu kümmern und um zu fragen, was man für die Herrschaften noch tun könne. Alle im Restaurant sind wohlauf und meinten, sie würden die weiteren Abklärungen der Polizei überlassen. Es sei ja glimpflich verlaufen. Man sei froh darüber und man verabschiedete sich voneinander.

15. Sitzung und Nachtessen

Genau eine Woche nach dem Überfall hat Pascal Nicolet, der Stiftungspräsident, den engeren Stiftungsrat kurzfristig zu einer Sitzung in sein Büro eingeladen. Luc und Charlotte treffen pünktlich um sieben Uhr ein. Pascal begrüßt beide kurz und sagt, er habe gestern ein Telefonat mit dem Polizeioffizier gehabt, der vor einer Woche am Abend im Restaurant die Spurensicherung aufgenommen habe. Der Offizier habe ihm gestern gesagt, die Übeltäter seien noch immer in Untersuchungshaft. Man verhöre sie einzeln. Am meisten sei bisher vom Chauffeur des Überfallswagens ausgesagt worden. Der Offizier bittet sie aber, von diesem Überfall nichts weiter verlauten lassen, außer was sie selber im Restaurant erlebt hatten. Denn die Polizisten hätten den starken Verdacht, dass sie hier einer riesigen Organisation auf der Spur seien. Diese Organisation sei wahrscheinlich landesweit verteilt, und man möchte ihnen durch subtile Untersuchungen langsam, und ohne dass es die Täter merkten, auf die Spur kommen.

Ein paar wichtige Hinweise hätten sie bereits schon nachkontrollieren können, und verschiedenste Personen in Frankreich, Spanien sowie in Belgien würden untersucht respektive überwacht. Damit diese Leute nichts ahnen, wird die ganze Untersuchung geheim gehalten. „Also, bitte möglichst mit niemandem über diese Sache sprechen! Die Untersuchung ist vorläufig Geheimsache. Ich habe ihm das selbstverständlich versprochen und ich gebe euch dieses Versprechen weiter. Ich habe ebenfalls in eurem Namen gebürgt und gelobt, dass wir schweigsam sein werden."

Luc und Charlotte nicken und sagen, dass dies selbstverständlich sei und die Angelegenheit geheim bleiben solle. Nun fügt Pascal hinzu, dass er die Sitzung angeordnet habe, weil über den Baukredit abgestimmt respektive zugestimmt werden müsse. Die neue Überbauung, Hangstadt Süd, habe ja begonnen. Der Funiculaire sei bereits weit fortgeschritten, er könne ihn von seinem Haus aus sehen. Er habe die entsprechenden Papiere, welche die Geldangelegenheiten mit der Bank regeln. Er habe sie in fünf Ausführungen vor sich, und er bittet die beiden, den Text genau durchzulesen. Wenn keine Einwände mehr vorhanden seien, sollten sie die fünf Dokumente unterschreiben. Er schiebt jedem der beiden die Dokumente hin, und sie vertiefen sich in die Lektüre. Auf einer Seite sind die wichtigsten Punkte festgehalten, wie sie das schon in früheren Papieren abgemacht haben.

Nach kurzer Zeit sagt Luc: „Das ist klar, wir müssen das unterschreiben. Es geht also um einen Baukredit von 20 Millionen Euro, das heißt für die ersten vierzig Häuser von unten her in zwei Reihen. Es ist ja alles deutlich angegeben. Die entsprechende Verzinsung ist mir ebenfalls klar. Ich bin damit einverstanden." Charlotte meint: „Ich bin ebenfalls einverstanden. Wir können dieses Geschäft abschließen."

Beide unterschreiben. Pascal hat schon als Stiftungspräsident unter alle Dokumente seine Unterschrift gesetzt, und jetzt kommen noch darunter die Namen von Charlotte und Luc. Nach Erledigung sammelt Pascal die Dokumente wieder ein und erwähnt: „Ich schicke die gleich morgen – spätestens am nächsten Montag – durch meine Sekretärin an unsere Bank zurück. Die Bank hat ja auch schon unterschrieben, und so steht diesem Geschäft nichts mehr entgegen. Jetzt kann ich noch mitteilen, dass für die neuen Häuser bereits neun Kaufverträge vorliegen. Die sind durch die Sekretärin bereits ausgeführt worden und ich habe meine Unterschrift bei allen darunter gesetzt. Ich bitte euch auch für diese Verträge um eure Unterschriften. Für jeden Kaufvertrag stehen zwei Exemplare bereit. Bitte lest sie genau durch, bevor ihr sie unterschreibt."

Es ist ja klar, immer dasselbe. Und alle hoffen, dass es weiterhin so positiv verlaufen wird. Neun Verträge in doppelter Ausführung, das braucht achtzehn Unterschriften von jedem. Ein Dokument nach dem anderen wird unterschrieben.

Als alles erledigt ist, räuspert sich der Präsident und sagt: „Wie ihr auf die Schnelle festgestellt habt, ist die Grundbedingung ein Eigenkapital von 100'000 Euro. Das restliche Geld kann aufgeteilt sein. Wie ich mich recht erinnere, sind zwei Verträge vollständig übernommen, die bezahlen also 400'000 Euro aus dem eigenen Sack. Vier Verträge sind auf 300'000 Euro aus dem eigenen Sack angegeben und ein Vertrag ist mit 200'000 Euro ausgefüllt."

Luc fragt noch: „Was sind das für Käufer? Hast du ihre Kreditwürdigkeit überprüfen lassen?"

Pascal bejaht: „Es sind alles sichere Käufer, auch diejenigen, die nur mit 100'000 einsteigen können. Ihr Einkommen ist gut. Die meisten verdienen überdurchschnittlich, und zwei oder drei sind im mittleren Einkommensbereich anzutreffen. Wir müssen keine Bedenken haben."

Das Geschäft ist erledigt. Man bespricht noch das eine oder andere, z. B. über die Bauweise und über eventuelle neue Konzeptionen.

Luc sagt dann: „Wir müssen das von Fall zu Fall wieder festlegen. Welche Geschäfte kommen wieder zum Zuge für die Bauausführung? Wir haben mit ihnen gute Erfahrungen gemacht."

„Wenn die Anzahl der Kaufverträge steigt, d. h. wenn in Zukunft eine intensivere Nachfrage herrschen wird, dann werden wir weitere Baugeschäfte einbeziehen", so Pascal. „Diese können vom Knowhow der angestammten Firmen ebenfalls profitieren. So werden wir effizienter bauen und können noch mehr Häuser errichten."

Jetzt ist es Viertel nach acht geworden, und zur Überraschung von Luc sagt nun Pascal: „Weil alles so glimpflich mit dem Überfall abgelaufen ist – übrigens es gab keinen Schaden, wie ich von Charlotte erfuhr –, müssen wir die Versicherung nicht angehen. Der Polizeioffizier sagte uns, bei Versicherungsforderungen könnten wir die Verantwortlichen auf die laufende Untersuchung sowie auf das polizeiliche Protokoll aufmerksam machen. Also. Weil alles so gut verlaufen ist und weil sich der Baubeginn der Neuanlage Hangstadt Süd so gut gestartet ist, lade ich euch zwei – Charlotte weiß es schon – zu einem Nachtessen ein. Das geht auf Kosten der Stiftung."

Charlotte sagt, sie habe gestern mit Pascal gesprochen, und sie habe auch für heute Abend ein rechtes Nachtessen bestellt. Dieses sei wahrscheinlich schon eingetroffen. Auf jeden Fall habe sie ihre Angestellten vor der Sitzung gebeten, für sie drei den Tisch zu decken und eine Flasche Wein auf dem Tresen bereitzustellen. Sie persönlich hätte die Flasche Wein aus dem Keller geholt. Somit gehen die drei ins Restaurant von Charlotte. Wenige Gäste befinden sich im Restaurant. Da und dort wird halb laut geredet. Die drei begeben sich an ihren gedeckten Tisch und nehmen Platz. Charlotte holt den Wein und gibt Anweisungen an ihre Angestellte. Charlotte kommt mit einer Flasche Rotwein zurück: „Ein Hangstädter, ein 57er. Das war damals der beste Wein aus dem Weingut. Er wurde sogar prämiert. Schaut auf die Etikette." Sie erntet anerkennende Worte beider Herren. Sie öffnet die Flasche und gießt den Wein ein. Schon wird der Salat aufgetischt. Es ist eine Mischung aus Salat, Tintenfisch und Crevetten an einer pikanten Soße. Sofort beginnen sie zu essen. Nach der Vorspeise bringt die Serviceangestellte die Suppe, Kürbiscrème, speziell provenzalisch gewürzt. Mit Genuss wird gegessen, und die verschiedensten Themen werden diskutiert.

Hin und wieder geht Charlotte an den Tresen, hilft dies und das zu erledigen. Zwischendurch serviert sie selber bei den Gästen und kommt schließlich wieder zurück, um den nächsten Gang zu servieren. Als Hauptgang hat sich Pascal ein Filet im Teig gewünscht. Mit Teigwaren und Gemüse garniert werden die Filets serviert, und Charlotte kommentiert: „Ich hätte das Menü auch als Ganzes auf einer Platte bringen können, aber wegen der Bedienung habe ich davon abgesehen. Denn es geht einfacher, wenn das Gericht jedem gleich zugemessen wird. Es hat noch einmal so viel! Wir können nachfragen und es kann nachgeschöpft werden."

Und so blieb es ein angenehmer Abend. Als man fertig gegessen hatte, fügte Charlotte hinzu: „Jetzt habe ich auch noch eine kleine Überraschung." Sie geht weg und kommt mit drei Früchtekuchenstücken zurück. „Ich habe diesen Früchtekuchen nach meinen Angaben machen lassen und habe dazu einheimische Früchte verlangt." Oben auf dem Stück stehen eine Traube, ein Orangenschnitz sowie etwas Banane. Dankend wird es angenommen. Der Abend geht in aller Freundlichkeit aus. Als sie sich etwa gegen 11 Uhr nach Hause begaben, sind nur noch drei Gäste im Restaurant anwesend.

16. Lydia und Yves sind fleißig

Yves hatte sich im Zoologischen Institut recht gut eingewöhnt. Die Arbeit gefiel ihm immer besser. Besonders interessant fand er die Beobachtung der Ameisen. Wenn er irgendetwas beobachtete, das für ihn besonders neu war, schrieb er es sofort auf. Seine Protokolle waren hervorragend. Charles, sein oberster Chef, war begeistert, und er rühmte Yves immer aufs Neue. Das freute Yves natürlich auch. Yves telefonierte hin und wieder mit Lydia, erzählte ihr von seiner Arbeit, und normalerweise trafen sie sich wie gewohnt in der Mensa.

In einem Arbeitszimmer haben sie jeweils den ganzen Nachmittag miteinander an der Semesterarbeit von Lydia geschuftet. Die Arbeit ging gut voran, sie war sogar in der Zeit voraus und sie dankte jeweils Yves für seine Mitarbeit. An einem Samstagnachmittag sprachen sie auch wieder über Yves' Stufenleiter auf dem Schiff. Er hatte jetzt den Steuermann erreicht und – weil er sich im Internet neben seinen Nachforschungen über die Ameisen immer wieder über die Schifffahrt interessierte – bekam auch Einsicht, was die Arbeit der einzelnen Stufen beinhaltete. Er hatte Kenntnis bekommen von verschiedensten Einrichtungen und Instrumenten, die auf dem Schiff eingesetzt und gebraucht werden. Das eine oder andere hatte er Lydia mitgeteilt. Lydia sagte bei einer weiteren Begegnung: „Yves, du hast dich jetzt außerordentlich gut gehalten. Sowohl bei deiner Arbeit – wie ich das merke – als auch als Steuermann. Du hast deine Pflichten erfüllt. Ich befördere dich zum Dritten Offizier."

Yves lacht: „Das freut mich, in der Marine eine Stufe höher gekommen zu sein. Aber warum bist du eigentlich auf diese Idee gekommen, von der Stufenleiter bei der Marine? Eine Karriere bei der Marine zu machen, ist doch für mich eigentlich nicht das Wichtigste?"

„Nein, so ganz zufällig war das nicht. Ich bin in der Schifffahrt etwas bewandert. Ein Bruder meiner Mutter ist Zweiter

Offizier auf einem Überseedampfer. Er fährt ziemlich häufig von Frankreich aus über den Atlantik nach Südamerika. Er wohnt in Bordeaux. Früher, als wir noch kleine Kinder waren, hat er uns die abenteuerlichsten Geschichten erzählt. Später berichtete er von hochinteressanten Erlebnissen. Er hat auch viel über seine Arbeit und die Organisation auf Schiffen gesprochen. Deshalb bin ich also nicht so unerfahren in dieser Materie. Immer wenn er Landurlaub hatte – zwei Mal im Jahr –, kam er zu uns auf Besuch und hat uns unterhalten."

„Ach so, deshalb deine guten Kenntnisse. Aber wie kann er immerfort auf Reisen sein? Hatte er keine Familie?"

„Nein. Er ist ledig. Eine Art Eigenbrötler, ein Hagestolz. Er lebt allein in einer luxuriösen Wohnung in Bordeaux. Dort verbringt er seinen Landurlaub und – ich kann dir sagen – ist eigentlich ein Genießer in jeder Hinsicht. Er ist kulturell sehr interessiert, und er ist ein Gourmet."

„So, und ist er wohl noch ein Weinkenner?"

„Ja, das ist er auch. Er besitzt zudem eine bescheidene Sammlung echter Kunstbilder. Zwei bis drei Stücke sind recht teuer, habe ich mir sagen lassen. Er geht auch gern in die nobelsten Restaurants. Im Grunde genommen kann ich sagen: Er lebt ein recht gutes Leben."

„Sehr aufregend. Hast du noch andere so außergewöhnliche Verwandte? Bei mir kenne ich niemanden. Meine Mutter starb, als ich etwa zwei Jahre alt war. Von dieser Seite kenne ich die Verwandtschaft überhaupt nicht. Ich habe vage das Gefühl, schon mal etwas von meiner Großmutter mütterlicherseits gehört zu haben. Vater hat sie vielleicht einmal erwähnt, aber gesehen habe ich sie nie. Sie lebt wahrscheinlich noch, aber ich weiß nicht wo. Vater hat uberhaupt keinen Kontakt mit Verwandten, auch nicht auf seiner Seite. Und so war es nie ein Thema. Vater spricht nur von der Hangstadt, von deren Problemen und über die Stiftung. Er kann auch über seinen Beruf reden und gelegentlich über Chemie – über wichtige chemische Errungenschaften. Gelegentlich interessiert er sich für Lokalpolitik. Generell ist mein Vater ja oft weg, und so können wir nur wenig miteinander kommunizieren.

Meine persönlichen Anliegen, meine Interessen und Sorgen sind bei uns zu Hause kein Thema. Vielleicht hat das den Vorteil, dass ich recht selbstständig geworden bin, schon früh. Ich habe schon in der Primarschule meine kleinen Angelegenheiten selbst in die Hand genommen, und so habe ich mich von meinen Eltern – mindestens vom Vater – ziemlich stark entfernt."

„Das bedaure ich. Aber immerhin kann es dir von Nutzen sein, wenn du so selbstständig geworden bist, dass du jetzt dein Schicksal in die eigenen Hände nehmen kannst. Das, scheint mir, ist dir jetzt ziemlich gut gelungen."

17. Besuch bei Renate und Pierre

Renate und Pierre haben die drei befreundeten Ehepaare auf heute, den 7. Mai, zum Essen eingeladen. Pünktlich um zwölf Uhr dreißig kommt Pierre aus seinem Haus. Sein Haus und drei genau gleich gebaute Häuser stehen am Rand der Strandstraße, schräg gegenüber der meeresbiologischen Station. Die Häuser gehören zum Institut und sind Dienstwohnungen.

Schon kommen die drei Ehepaare vom Parkplatz her und steuern auf das Haus von Renate und Pierre zu. Pierre begrüßt seine Freunde und erwähnt, dass diese vier Häuser zum Zoologischen Institut der Universität Perpignan gehören. Sie seien eigentlich mehr als hundertjährig, aber vor ein paar Jahren renoviert worden. Er zeigt von unten her auf sein Haus und erläutert die Einteilung: „Ebenerdig befindet sich eine große Garage und daneben ist ein Bürozimmer. Dazwischen liegt die Haustür und der Gang nach hinten zum Treppenhaus. Im ersten Stock ist die Küche." Er zeigt mit dem Finger nach oben links. „Rechts daneben sind drei Fenster zu sehen, welche zur Stube gehören. Dahinter versteckt – zur Hinterseite blickend – sind zwei kleinere Zimmer sowie Abstell- und Lagerräume. Darüber im zweiten Stock sind vier Schlafzimmer gleichmäßig verteilt. Auf der dritten Etage sind schließlich zwei große Zimmer im Dachgeschoss eingebaut. Aber bitte, kommt herein, wir gehen gleich nach oben."

In der Stube steht Renate und begrüßt ihrerseits die Freunde. Man plaudert ein bisschen, schaut sich um, und Renate fordert die Gäste auf, sich an die Tische zu setzen. Um zusätzlich Plätze zu schaffen, mussten sie noch einen Tisch in die Stube stellen. Renate geht wieder in die Küche und bittet Pia, ob sie ihr helfen könne. Pia bejaht gleich und begibt sich ebenfalls in die Küche.

Pierre wendet sich mit folgenden Worten an seine Gäste: „Bei Festessen, an Feiertagen und an besonderen Anlässen teilen wir uns die Arbeit des Kochens. Ich bin immer nur für das Fleisch verantwortlich. Ich kaufe es ein und ich bereite es auch zu. Meine Frau kümmert sich um Salate, Suppen, Gemüse und Dessert. Zugegeben, sie hat mehr Arbeit auf sich genommen. Heute Morgen sind wir früh weggegangen. Ich ging auf den Fischmarkt und Renate auf den Gemüsemarkt. Aber bitte, lasst euch nicht beirren."

Inzwischen kommen die beiden Frauen aus der Küche, je mit zwei Desserttellerchen in der Hand. Darauf sind drei Austern präsentiert. Sie stellen die Tellerchen vor die Gäste auf den Tisch. Zuerst bekommen die Frauen ein Tellerchen und dann geht es zu den Männern. Renate hat ihre zwei Vorspeisen schon serviert und geht in die Küche zurück. Sie kommt gleich nochmals mit zwei Portionen heraus und Pia macht dasselbe. Als Pia die Teller bringt, haben die anderen schon begonnen – auf Geheiß des Hausherrn hin –, die Muscheln auszuschlürfen. Pia kommt mit den zwei letzten Austerntellern an den Tisch und stellt eine Portion vor Renate. Die Letzte behält sie für sich selber. Pierre hat die drei Austern bereits ausgeschlürft und beginnt jetzt zu erzählen: „Wie ihr wisst, bin ich der Freund von Paul, und zwar seit meiner Kindheit. Wir wuchsen zusammen in einem Grenzdorf zur Schweiz, nahe bei Genf, auf. Sein Vater war Messmer in der katholischen Kirche und mein Vater war Metzger. Er führte die einzige Metzgerei in diesem kleinen Dorf. Gemeinsam gingen wir in die Primarschule, das heißt, ich bin ein Jahr jünger als Paul und wurde ein Jahr später eingeschult. Als Paul nach Genf ins Gymnasium ging, begann ich an meine Zukunft zu denken. Eines war mir von Anfang an klar: Metzger will ich nie werden! Das war auch nicht nötig, denn mein älterer Bruder war damals schon bei einem Meister im Nachbardorf in der Metzgerlehre. Er lebte noch bei uns zu Hause und radelte jeden Tag mit dem Velo bis zu seinem Arbeitsplatz. Ich dachte – wie gesagt – über mein Leben nach: Welchen Beruf soll ich ergreifen? Ich hatte keine Ahnung. Ich ging verschiedene Berufe durch. Keiner passte mir, und schließlich wurde ich immer sicherer, dass ich ebenfalls ins Gymnasium nach Genf gehen wollte. In der Schweiz in eine höhere Schule zu gehen war für Jugendliche aus der Grenzregion ohne Weiteres möglich. Denn das nächste Gymnasium war vielleicht 50 km weit weg, und der Schulweg dorthin wäre beschwerlich gewesen. Eine andere Möglichkeit wäre, als interner Schüler auf eine entferntere Schule zu gehen. Ich ging also aufs grenznahe Gymnasium und schon bald radelten Paul und ich gemeinsam nach Genf. Wir nahmen jeden Tag unsere Räder – außer bei ganz schlechtem Wetter, da beanspruchten wir die Genfer Verkehrsbetriebe. Aber es gab auch Tage, an denen mein Vater uns zusammen mit einem Metzgerburschen im Lieferwagen nach Genf fuhr. Mein Vater lieferte an drei Tagen die Woche Fleisch in die Schweiz. In der Schweiz war das Fleisch teurer, und mein Vater verkaufte etwa die Hälfte der eigenen Fleischproduktion in der Schweiz, wo er 60 % bis 70 % seines Umsatzes machte. So wurde er innerhalb weniger Jahre ein reicher Mann. Später kaufte mein Vater mir einen Kleinwagen. Damit fuhr ich täglich nach Genf, und selbstverständlich nahm ich Paul mit. Nach erfolgreichem Abschluss der Matura ging ich nach Lyon und studierte dort Biologie. Nach zwei Semestern wollte ich in Richtung Fischbiologie mein Studium ausrichten und setzte deshalb mein Studium in Marseille fort. Dort studierte ich auch neben der allgemeinen und speziellen Fischbiologie die Meeresbiologie und kam dann immer näher zur Meeresökologie. Schließlich machte ich das Abschlussexamen als Biologe und wollte mich noch in der Biologie der Haifische und im Mittelmeerschutz weiterbilden. Die Umweltbiologie sowie die Ökologie für das Mittelmeer hatten mich gepackt, insbesondere nach Annahme meiner ersten Stelle hier in Perpignan. Ich zog also nach Perpignan, und ich traf wieder auf Paul. Ich war Assistent am fischbiologischen Institut der Universität Perpignan, und dieses Institut, die meeresbiologische Meeresstation, steht – wie ihr wisst – hier. Ich arbeitete zwei Jahre lang und vertiefte mich immer mehr in mein Aufgabengebiet. Ich wurde ein Spezialist in Haifischfragen und fand heraus, dass das beste meeresbiologische Institut für diese Wissenschaft in Algier in Nordafrika sei. Ich siedelte nach Algier, wo ich als erster Assistent arbeitete. Es gefiel mir sehr gut, und ich lebte mich schnell am neuen Ort ein."

Inzwischen sammelten die zwei Frauen die leeren Teller ein und man merkte, dass in der Küche weitere Vorbereitungen getroffen wurden. Wie beim vorhergehenden Gang kommen beide Frauen wieder mit je zwei Tellern in den Raum und servieren sie den Gästen. Skeptisch wird auf die Teller geschaut: Da liegt ein eigenartiges, längliches Gebilde, etwa in der Größe einer Banane, eigenartig grau und weiß, mit Falten und Spalten. Man fragt den Nachbarn: „Was ist denn das?" Charles denkt, dass es sich um Fischhirne handelt! Pierre hört diese Bemerkung und bestätigt: „Das stimmt. Ich bin heute Morgen auf dem Fischmarkt gewesen, sehr früh gegen sieben Uhr. Dort habe ich beim Händler, der vier Thunfische vorrätig hielt, nachgefragt, ob ich von diesen recht schönen, mehr als ein Meter langen Exemplaren die Hirne haben könnte. Es ist ein bisschen ungewohnt, das gebe ich zu! Der Händler sagte, er bräuchte die Köpfe eigentlich nicht. Kurz entschlossen schnitt er die Schädelknochen auf und holte die Hirne heraus. Ich habe sie dann mit einigen Miesmuscheln und Tintenfischkringeln nach Hause gebracht. Bei den Tintenfischkringeln handelt es sich um die Tentakel, die Fangarme von kleinen, mittleren Tintenfischen, welche quer geschnitten werden. Vielleicht habt ihr diese in Konserven gekauft. Nun aber wieder zu den Hirnen: Was ihr auf dem Teller habt, sind tatsächlich halbe Hirne von Thunfischen. Ich habe sie in einem Spezialsud weich gekocht und hoffe, es wird euch schmecken. Die Muscheln habe ich aus den Schalen genommen und entsprechend präpariert. Dann habe ich das Ganze noch mit einer exquisiten Fischsoße überdeckt. Guten Appetit!"

Da fragt Yvonne, was die rot-grünen Salatblätter seien.

„Ja, das ist Meerestang. Und die sind ebenfalls im gleichen Sud wie die Hirne gekocht worden. Sie mussten etwas länger gekocht werden. Ich hoffe, es mundet euch!"

Pierre ist als erster fertig und fährt mit seiner Erzählung fort: „Also, ich kam nach Algier und traf im Institut bereits am ersten Tag eine bildhübsche Frau. Wir wechselten ein paar Worte und stellten uns gegenseitig vor und sprachen kurz über unsere Forschungsgebiete. Die schöne Frau arbeitete als Assistentin in der Moluskenabteilung und erforschte die Ökologie der Molusken, vor allem der Tintenfische. Später – nach etwa drei, vier Tagen – sah ich sie wieder in der Mensa, und da ich sie als einzige bekannte Person erkennen konnte, setzte ich mich an ihren Tisch. Wir wechselten ein paar Worte und erzählten Weiteres von unserer Arbeit. Ich dachte mir, dass sie entweder eine Berberfrau sei oder zur weißen Rasse mit einer attraktiven Hautfarbe gehöre. Sie hatte wunderbare Haare. Auf jeden Fall war mein Interesse für sie bald geweckt. Ich begann mich zu erkundigen, und ein Mitarbeiter sagte mir dann: Ach so, du meinst die Bergfee! Bergfee?, sagte ich. Ja, das ist die Renate aus dem Atlasgebirge. Sie ist – soviel ich weiß – aus dem Volk der Tuareg und ist Biologin! Schon bald etablierte sich bei uns die Gewohnheit, dass wir täglich die Mittagspausen in der Mensa verbrachten. Wir wurden uns immer bekannter. Ich begann sie zu lieben. Ich ließ ihr Aufmerksamkeiten zukommen und merkte bald, dass sie an mir ebenfalls Interesse hatte. Dann lud ich sie mal zu einem Kinobesuch ein, mal zu einem Gesellschaftsanlass. Wir gingen auch tanzen. Kurz und gut: Wir verliebten uns. So kam es, dass wir eine gemeinsame Wohnung bezogen und später heirateten. In der Folge sind unsere zwei Kinder in Nordafrika auf die Welt gekommen. Unsere Arbeit machte Fortschritte. Renate musste dann in der ersten Zeit – als unsere Kinder noch ganz klein waren – die Arbeit aufgeben. Sie war vollständig zu Hause beschäftigt. Nach einiger Zeit – die Kinder waren ein- und dreijährig – war an der Universität in Perpignan eine Stelle ausgeschrieben. Man suchte einen Ordinarius am Zoologischen Institut mit der Hauptrichtung Meeresbiologie. Fische und die Frage nach der Gesundung des Mittelmeeres sollte besonders Raum und Platz in den Vorlesungen und Übungen haben. Ich meldete mich und kehrte nach Perpignan zurück. Wir haben von Neuem den Kontakt mit Paul und Pia aufgenommen und lebten zufrieden, ruhig und zurückgezogen hier an der Küste. Vor einem Jahr wurde der Direktor der meeresbiologischen Station pensioniert, und nach zwei Monaten hat man mich an diesen Posten gewählt. Seither hatte ich diesen Posten inne und musste meine Lehrtätigkeit zurückschrauben. Ich gebe nur noch Spezialvorlesungen und habe im Übrigen mit der Administration zu tun."

Luc unterbricht: „Das nennt man eigentlich eine Bilderbuchkarriere!"

In der Zwischenzeit waren die Teller wieder leer. Die Frauen tragen ab und verschwinden in der Küche. Pierre meint dann zum Lob von Luc, dass nicht alles Gold sei, was glänze: „Schau mal, Luc, ich habe jetzt eigentlich viel mit der Administration zu tun. Ich muss im ganzen Mittelmeerraum Kontakte pflegen. Im ganzen Mittelmeerraum sind sechs solcher Stationen. Wir tauschen unsere Erfahrungen aus. Jeder Direktor muss darum besorgt sein, dass die Arbeit für die Gesundung des Meeres koordiniert wird, dass wir eine Teamarbeit verrichten, und das bedingt wiederum Kontakte nach außen und Kontakte mit den Mitarbeitenden. Das sind bei uns drei Biologen im Hauptfach, und zwischenzeitlich kommen immer wieder Gastdozenten mit Know-how von anderen Stationen. Übrigens: Renate arbeitet noch im Teilzeitverhältnis in der Forschung über Tintenfische. Wir werden etwas über ihre Arbeit sehen, wenn wir nachher die Anlage besichtigen."

Jetzt kommen die Frauen wieder mit recht großen Tellern in die Stube. Die Teller werden wieder verteilt, und jetzt sagt Renate: „Dieses Seehechtfilet hat selbstverständlich Pierre zubereitet: heute Morgen frisch gekauft, am Vormittag zubereitet und kurz vor Mittag gekocht. Die Hirsefladen dagegen sind mein Werk. Ich habe sie mit einer Spezialgewürzmischung aus dem nördlichen Atlas verfeinert. Die roten und gelben Karotten sind aus unserer Gegend, wie auch der Fenchel, die grünen Böhnchen und die Erbsen. Wir wünschen guten Appetit!"

Pierre erwähnt, dass der Wein ebenfalls aus der Gegend sei. Ein ganz leichter Rosé des letzten Jahres. Er sollte ausgezeichnet zu dieser Menü-Kombination passen. Es wird still, man merkt, alle sind mit dem Essen beschäftigt, und die Köchin und der Koch werden gerühmt. Charles meint, er hätte vom Kochen keine große Ahnung. Er hätte sogar Mühe, ein Spiegelei zuzubereiten. Er kümmere sich nur am Rande ums Kochen. Er helfe seiner Frau gelegentlich beim Zurüsten. Aber beim eigentlichen Braten, Kochen und Dämpfen halte er sich zurück. Er hätte überhaupt keine Ahnung. Luc erwähnt, dass er meilenweit von Haus- und Küchenarbeit entfernt sei. Für ihn sei das in keiner Art und Weise ein Thema. Er bewundere Pierre und frage sich, wie er das fertiggebracht hätte: „Hast du einen Kochkurs gemacht, oder hast du dich mit den Nahrungsmitteln besonders herumgeschlagen?"

Pierre lächelt und meint: „Das Kochen liegt mir im Blut. Mein Vater kochte bereits gerne Fleisch und hat mir verschiedene Geheimnisse dieser Kunst mitgegeben. Ich habe bereits als Kind, als Schüler zu Hause gekocht. Ich hatte immer Freude daran. Ich hatte verschiedene Menüs ausprobiert. Immer mit den besten Fleischstücken. Diese hatten wir ja in unserem Geschäft zur Verfügung. Diese Leidenschaft – ich kann schon sagen, dass es eine Leidenschaft ist – habe ich immer in mir mitgetragen. Es freut mich immer wieder, wenn ich Gäste mit Fleisch verwöhnen kann."

Renate und Pia fragen, wer noch eine zweite Portion möchte. Alle Männer bestellen noch eine zweite Portion: zum Teil von dem etwas mehr, von dem etwas weniger. Von den Frauen ist nur Claire bereit, noch eine halbe Portion anzunehmen. Unter lockerem Geplauder wird das Essen beendet und Pierre sagt nun in die Runde: „Wir lassen die beiden Frauen hier abräumen. Wer Interesse hat, kann mitkommen und ich zeige und erläutere euch die Station. Ich schätze, dies wird etwa eine Stunde beanspruchen. Vielleicht ist es gut, wenn ihr eine Jacke mitnehmen könnt. Eigentlich nein, es ist ja heute sonniges Wetter, wir können die Besichtigung in diesen Kleidern durchführen."

Sie stehen auf, und tatsächlich kommt von den Frauen nur Claire mit. Sie gehen aus dem Haus, müssen an der Strandstraße noch etwas nach Süden gehen, und dann stehen sie vor einem riesigen, schmalen einstöckigen Gebäudeblock, unmittelbar über dem Wasser. Auf Stahlrohren, die im Wasser bis auf den Grund gehen (gleichsam wie eine Pfahlbausiedlung), steht das ganze Institut vor ihnen.

„Im ersten Trakt habe ich meine Büros, das heißt, ich arbeite hier mit zwei Sekretärinnen, die hier ihre eigenen Büros belegen. Hier ist der Kopf der Organisation, von hier aus wird alles geleitet und koordiniert. Seht ihr den Hörsaal? Dort werden Vorlesungen für Studenten abgehalten, welche für Spezialvorlesungen und für weiterführende Arbeiten hierher kommen. Der Hörsaal bietet Platz für dreißig Personen. Er ist mit den entsprechenden Geräten ausgerüstet, und ihr werdet sehen, an den Türen sind die Stundenpläne der Belegung angebracht. Weiter hinten folgen die Büros für die Dozenten und noch weiter unten, das heißt unter diesem Gebäudekomplex aber immer noch über Wasser, sind die einzelnen Arbeitsräume der Assistenten, Doktoranden und des Hilfspersonals untergebracht. Wir gehen jetzt in mein Büro, im Grunde eigentlich nichts Außergewöhnliches."

Sie gehen in das Büro hinein. Die Größe des Büros macht Eindruck, aber schon geht man weiter und besucht je ein anderes Büro. Sie sind ja alle gleich groß: Wenn man eines gesehen hat, hat man alle gesehen. Sie begeben sich in den Hörsaal. Dort verweilen sie etwas länger. Danach steigen sie nach unten und werfen einen Blick in ein Arbeitszimmer eines Assistenten. Bei einem Zimmer steht auf der Tür geschrieben: „Futterkammer für Molusken." Pierre fährt fort: „Da hat meine Frau lange gearbeitet und einen Assistenten betreut, der hier das Futter zubereiten musste. Er war auch für den Behälter zuständig, den wir hier unter Wasser sehen. Assistenten müssen auch die Reinigung vornehmen. Sie arbeiten nach Anweisungen von Doktoranden oder Biologen. Sie reinigen die entsprechenden Käfige oder bauen sie eventuell neu auf. So ist hier ziemlich viel Arbeit unter Tag zu verrichten. Draußen merkt man nicht viel davon. Ich weiß jetzt nicht auswendig, wie viele bezahlte Arbeitsplätze wir hier anbieten können. Es sind bestimmt einige Dutzend."

Sie gehen hin und her, beschauen diese Fischkäfige: große angelegte Gitter unter Wasser und auch kleinere, an die großen Gitter angegliederte Käfige. Die Käfige sind verschließbar oder zum Teil mit kleinen Öffnungen versehen, die für größere Tiere nicht passierbar sind. Die Einzelnen bewegen sich nun dahin und dorthin, überprüfen und kontrollieren das eine und das andere, was ihnen gerade auffällt. Sie fragen Pierre, wenn etwas nicht klar ist, und dieser gibt über alles kompetent Auskunft. Er kennt diese Station wirklich von Grund auf, und sämtliche Anwesende staunen über die Größe der Station. Man sammelt sich wieder und Pierre mahnt zur Rückkehr: „Wir wollen mal sehen, was die Frauen für uns noch zubereitet haben." Man geht wieder ins Haus zurück und an jedem Platz steht auf dem Tisch eine Nachspeise, eine leere Kaffeetasse und drei Thermosflaschen. Renate bitte die Herrschaften an den gleichen Platz wie vorher und sagt, der Kaffee sei in den Thermosflaschen, man müsse sich selber bedienen. Zucker und sonstige Zusätze seien auf dem Tisch. Mit sonstigen Zusätzen meint sie natürlich den Grappa. Charles bemerkt nun nach einigem Räuspern: „Wie ihr wisst, findet das nächste Mittagessen bei uns zu Hause statt. Ich habe mir in der Agenda ein mögliches Datum herausgesucht. Dies war nicht einfach. Ich habe diesen Sommer aber noch einen Vortrag über die Ameisen zu halten, die auf den Pyrenäen stets nach Osten zu uns gewandert sind. Nach Berechnung von uns werden sie etwa in der ersten Junihälfte am Bestimmungsort eintreffen, wo wir sie hinlenken wollen. Denn wir haben bereits festgelegt, an welcher Stelle wir dieses Riesenvolk vernichten wollen. Ihr wisst ja – oder ihr erinnert euch sicher noch –, vor etwa 25 Jahren geschah in Nordamerika die riesengroße Katastrophe mit den Killerameisen. Damals waren einige zehntausend Menschen umgekommen, und das will man bei uns verhindern. Deswegen werde ich einen Vortrag für Interessierte halten, um zu betonen, dass für die Bevölkerung keine Gefahr besteht. Ich werde ebenfalls auf die näheren Umstände, wie die Ameisen auf unserem Kontinent respektive in die Pyrenäen gekommen sind, eingehen. Schließlich werde ich etwas über die Biologie dieser Killerameisen sowie etwas über die Evolution – soweit es bis heute bekannt geworden ist – sagen. Deshalb muss unser nächstes Treffen vor Mitte Juni stattfinden. Wir müssen auch schauen, wie es Claire passt. Sie ist an Samstagen gelegentlich beschäftigt. Es steht uns quasi nur der 4. Juni zur Verfügung. Bitte merkt euch dieses Datum! Ist jemand an diesem 4. Juni verhindert?"

Paul nimmt Rücksprache mit Pia und sagt dann: „Es scheint, dass wir an diesem Tag eine bistumsinterne Besprechung haben.

Allerdings nur eine kurze. Ich will das noch abklären, aber ich meine, wir können dieses Datum annehmen. Ich will diese Besprechung auf den Morgen verschieben."

„Pierre, bei dir geht es auch?"

„Ja, es kommt mir eigentlich nichts in den Sinn. Ich habe in meiner Agenda nichts eingetragen. Wenn wir das jetzt schon wissen, können wir spätere Terminanfragen gleich von vornherein ablehnen."

„Luc, wie passt es dir?"

„Eigentlich habe ich nichts vor. Es können immer wieder unerwartete Terminanfragen für die Hangstadtstiftung anfallen. In diesem Falle sind wir ja mit unserem Präsidenten gut organisiert und wir sind nur wenige Stiftungsräte. Das lässt sich sicher auch einrichten."

„Gut, abgemacht, ich erwarte euch alle am 4. Juni um 12.30 Uhr."

Es wird noch das eine oder andere besprochen. Man macht sich auf den Heimweg und bedankt sich für dieses herrliche Fischessen. Luc und Pierre unterhalten sich, nachdem die anderen sich verabschiedet haben, noch über den Zustand des Mittelmeeres. Da sagt Pierre: „Zum Glück haben wir in den letzten dreißig, vierzig Jahren beachtliche Fortschritte gemacht: dies dank der Sorge, die man dem Meer vonseiten der Forschungsstation und vonseiten der Behörde entgegenbrachte. Nicht zuletzt hat sich auch die Meinung des Volkes deutlich zugunsten des Meeres gewandelt. Wir haben heute die meisten Fischbestände wieder in respektabler Höhe, die Verschmutzung ist weitgehend zurückgegangen, und der Wasserzustand ist eigentlich ideal."

„Das ist schön zu hören, man hat schon Einiges gelesen, aber es ist erfreulich, das auch von einem Fachmann zu vernehmen. Also, ich danke dir noch einmal und wünsche einen schönen Nachmittag. Meine Frau wartet."

So geht auch Luc nach der Verabschiedung von Renate nach unten und fährt mit Yvonne nach Hause.

18. Yves geht mit Kollegen zum Essen

Am folgenden Montagmorgen geht Yves relativ früh aus dem Haus. Auf der Fahrt nach unten sieht er auf der Hangstrasse den Linienbus herankommen. Er denkt, das sei ein bisschen früh für seinen Bus, aber das könnte der vorhergehende Bus sein, der etwas Verspätung hat. Glücklicherweise muss er mit dem Funiculaire nie anhalten. Er kommt bald unten an und trifft gleichzeitig mit dem Linienbus an der Haltestelle ein. Kaum ist Yves eingestiegen, fährt der Bus weg. So kommt Yves im Institut fast 20 Minuten zu früh an. Er schlendert in die Eingangshalle. Yves wirft einen kurzen Blick auf die Plakat- und Anschlagswände in der Halle. Es scheint nichts Neues zu geben, und er geht achtlos weiter. Erst im letzten Moment fällt ihm eine neue Wand mit einem großen Plakat auf, auf dem steht: „Die Ameisen kommen." Yves stutzt und geht näher heran. Jetzt liest er: „Am 26. Mai orientiert Dr. Ch. Lager, Professor an der Universität Perpignan, über die Killerameisen, die in den Pyrenäen Richtung Osten wandern. Interessenten sind herzlich eingeladen. Eintritt frei. Der Vortrag findet in der Aula des Zoologischen Institutes statt."

Yves denkt sofort an Lydia. Das wäre doch eine Möglichkeit, ihr einen Einblick in die Welt der Ameisen zu gewähren, und sie könnte dabei – wenn sie dann käme – Charles kennenlernen, mindestens von der Ferne aus über den Saal hinweg. Er geht nach oben, begrüßt seine Mitarbeiter und beginnt mit der Arbeit. Jetzt kommt ihm in den Sinn, dass er eigentlich seine Mitarbeiter – die drei engsten Mitarbeiter – zu einem Essen einladen könnte. Er hat ja kürzlich seinen ersten Lohn bekommen. Nicht viel Geld, aber für ihn ein guter Zuverdienst, denn sein eigenes Konto wird regelmäßig von seinem Vater aufgefüllt. Er überlegt, und in der Kaffeepause – als die drei Assistenten und Unterassistenten zusammensitzen – sagt er, er würde sie zu einem Nachtessen im Sinne eines Einstandes einladen. Die anderen sind begeistert und sagen zu. Yves war froh, dass er einen Schritt auf seine Arbeitskollegen zu gemacht hat.

Am Abend nach der Arbeit ruft Yves Lydia an. Sie antwortet sofort und Yves erwähnt nebenbei: „Lydia, ich habe heute im Institut gesehen, dass ein Vortrag von Charles ausgeschrieben ist. Er ist Experte für Ameisenbiologie. Von ihm habe ich dir ja schon Einiges erzählt. Am 26. Mai, abends um fünf Uhr, findet der Vortrag statt. Ich schätze, er wird etwa zwei Stunden dauern. Hättest du Lust, mit mir hinzufahren?"

Lydia überlegt einige Sekunden, schaut in ihrer Agenda nach und sagt einige Augenblicke später: „Ja, ich bin an diesem Tag frei. Ich werde es einrichten. Ich komme gerne."

Dann reden sie noch über das eine oder andere. Yves erwähnt, dass er die Arbeitskollegen zu einem Essen eingeladen habe.

„Das ist gut, Yves, das ist sehr gut. Ich habe schon lange gedacht, du solltest auch Kontakt mit Freunden haben. Du solltest dir wieder eine Umwelt aufbauen, und das ist ein guter Anfang."

„Übrigens habe ich ja kürzlich meinen ersten Lohn bekommen, und deshalb habe ich die Mitarbeiter eingeladen. Ich möchte dich ebenfalls zu einem Nachessen einladen. Wann hättest du Lust?"

„Du musst dich jetzt nicht in Kosten stürzen …"

„… das ist doch keine Frage. Ich habe genügend finanzielle Mittel. Ich bin sorglos, ich bin weitgehend unabhängig. Ich lebe bescheiden und kann mir dies jetzt gut leisten. Geht es am nächsten Samstag? Du hast zwar gesagt, dass dir der Termin nicht passen würde …"

„Natürlich kann ich am nächsten Samstag nicht kommen. Ich habe einen Termin bei meinem Professor im Zusammenhang mit meiner Semesterarbeit."

„Klar, dann geht es nicht, dann machen wir das nächste Woche. An welchem Tag würde es dir passen? Ich bin eigentlich jeden Tag frei."

„Du meinst zum Abendessen?"

„Ja, zum Abendessen. Ich möchte nicht am Samstag. Am kommenden Samstag werden wir wieder arbeiten. Aber am Freitag davor, das könnte gehen."

„Gut, ich merke mir dieses Datum. In der Zwischenzeit können wir uns ja über das eine oder andere telefonisch austauschen. Wir müssen immer wieder deine Karriere im Auge behalten."

Lydia lacht und Yves ebenfalls. Sie verabschieden sich, und Yves widmet sich wieder den Aufgaben im Institut.

In dieser Woche hat Yves nun mit seinen Kollegen zu einem Nachtessen eingeladen. Er war großzügig und verwöhnte die Kollegen. Sie waren erstaunt über so viel Freigebigkeit, aber sie wussten ja, dass Yves aus einem vornehmen Haus – wenn man so sagen kann – stammt, mit einem Vater, der als Professor an der Universität arbeitet. Sie kommen sich während des Abendessens näher. Alle sprechen von ihren kleinen Sorgen und Nöten und darüber, was sie besonders interessierte. Man spricht über Sport, über Hobbys, und so geht ein ganz angenehmer Abend schnell zu Ende.

Am anderen Tag telefoniert Yves mit Lydia. Sie sprechen über das eine und andere und plötzlich sagt Yves: „Mir ist etwas Eigenartiges geschehen. Plötzlich hatte ich das Verlangen nach Drogen. Du musst nicht erschrecken. Es war kein körperliches Verlangen. Ich habe dies mental gespürt. Es hat mich im Kopf gedrängt. Dieser Zustand dauerte nur 10 Minuten. Da habe ich begonnen, an das Elend zu denken, das bei Drogensüchtigen herrscht. Ich habe mir ehemalige Fixer vorgestellt. Ich kenne ja niemanden bei Namen. Man ist so oder so in diesen Kreisen miteinander nur mit Vornamen bekannt, sonst weiß man von keinem etwas. Also habe ich mir diese Elendssituation vorgestellt. Ich musste aber gegen dieses Verlangen ankämpfen. Es hat sich dann aber abgeflacht und ist schließlich ganz verschwunden."

„Ja, das Phänomen ist bekannt. Wir haben erst kürzlich in der Vorlesung darüber gesprochen. Dieses Verlangen läuft im Hirn ab. Die Wissenschaft ist heute so weit, dass man das im Hirn sogar lokalisieren kann. Man weiß, wo die Deformation liegt. Man weiß aber nicht, wie die Deformation ausgestaltet ist und kennt nichts über deren Funktion."

„Kann man eigentlich einen Psychologen herbeiziehen und mit ihm sprechen?"

„Nein, leider nicht. Die körperliche Abhängigkeit ist heute ja vollständig bekannt. Man weiß, wie es physiologisch funktioniert. Aber beim mentalen Teil tappt man noch vollständig im Dunkeln. Aber wie ich gesagt habe, hat man die Stelle im Hirn im linken Schläfenlappen gefunden – so wurde bei uns in der Vorlesung gesagt –, und man hat deshalb auch eine zerebrale Medikation entwickeln können. Man hat Pharmaka, das heißt Mittel, die eben im Hirn diese Sucht eindämmen können, entwickelt. Dies bedeutet, geheilt kann dies im Moment nicht werden, mindestens, solange nicht mehr bekannt ist. Dieses Verlangen bleibt also molekulargenetisch in den Hirnzellen bestehen. Deshalb kommen die Pharmaka dort zur Anwendung und wirken. Genauer kann ich das nicht erklären, es ist alles sehr kompliziert."

„Ja, auch ich habe nur geringe Kenntnis von diesen Dingen. Gerade mal das, was wir in der Mittelschule von der Molekulargenetik gehört haben. Wieso können wir uns aber nicht an einen Psychologen wenden? Er muss doch über das Gehirn und die Psyche Bescheid wissen?"

„Das ist ja das Problem. Seit dreißig Jahren ist die Psychologie nicht mehr an den Universitäten ansässig. Das weißt du doch?"

„Nein, dazu habe ich mir keine Gedanken gemacht."

„Pass auf! Man hat vor etwa sechzig Jahren intensiv mit der Hirnforschung begonnen. Diese wurde in Amerika entwickelt und war in den Naturwissenschaften und Psychologie angesiedelt. Man hat sich zaghaft an diese Forschung gewagt, und es ging langsam vorwärts, bis man merkte, dass die psychologischen Probleme nicht mit Experimenten zu lösen sind. Deshalb ist man auch davon abgekommen, die Psychologie in den Naturwissenschaften einzugliedern. So wurde die Hirnforschung immer im Bereich der Naturwissenschaften wichtiger, bis man das Hirn topografisch genau erfasst hatte. Im gleichen Maße wurde die Psychologie ganz generell schwächer und zurückgedrängt. Heute hat sie in der Wissenschaft praktisch keine Bedeutung mehr."

„Aber es gibt ja Psychologen, die eine Praxis führen!"

„Ja, aber alle Erkenntnisse, die Psychologen haben oder haben wollen, sind nicht gesichert. Alles ist unsicher, unklar. Was sie an Lösungen anbieten, gilt vielleicht für eine besondere Gruppe von Menschen, aber eine Wissenschaft muss umfassend sein. Die Theorien müssen ineinandergreifen. Es gilt eine Regel für alles. Kurz und gut, die Psychologie ist auf eine Stufe herabgefallen, wie die Astrologie. Von beiden hält die Wissenschaft nicht mehr allzu viel. Also, lassen wir das. Ich will mit meinem Professor reden und werde ihm deine Lage erklären. Vielleicht können wir – er ist ja Apotheker – für dich speziell eine Tablette oder ein besonderes Medikament festlegen. Dann können wir beginnen, auch die seelische Abhängigkeit in den Griff zu bekommen, wenn du einverstanden bist."

„Ja, das wäre eine Idee, aber wir müssen das noch gründlicher besprechen."

„Ja, vielleicht können wir auch deine Karriere damit beeinflussen. Wer weiß? Also, Tschüs."

19. Vortrag von Charles und Streit mit Badwülser

Lydia und Yves haben etwa zwei- bis dreimal telefoniert, dabei eher unbedeutende Gespräche geführt und sich auf das gemeinsame Treffen gefreut. Nun, am 26. Mai um halb fünf Uhr, ist es so weit. Yves trifft Lydia vor dem Haupteingang des Institutes. Sie ist entsprechend dem warmen, schönen Maiabend nett gekleidet. Sie trägt kurze Hosen und eine schöne Bluse und wirkt locker. Nach der Begrüßung gehen sie ins Gebäude und schlendern rechts am Anschlagbrett vorbei. Man inspiziert kurz die Anschläge. „Alles Schnee von gestern", sagt Yves. „Vielleicht ist dort drüben ein neuer Anschlag vorhanden." Nach einem kurzen Blick sagt er: „Nichts Interessantes. Nichts für uns." Er zeigt Lydia das Gebäude und weist darauf hin, wie groß der ganze Komplex ist. Daraufhin sagt er: „Gehen wir doch noch schnell zu meinen Arbeitszimmern, zu meinen Ameisen."

„Einverstanden, das interessiert mich schon lange."

Sie gehen die Treppe hoch und biegen in einen relativ breiten Gang nach rechts ab. Yves erklärt jeweils, wer in welchen Zimmern arbeitet. Ganz hinten sind die großen Säle mit den Formikarien. Yves zeigt Lydia im letzten Saal die Einrichtungen. Er erläutert die Ameisennester, zeigt kurz, was es für Aufgaben gibt. Um Viertel vor fünf gehen sie wieder hinaus und begeben sich auf die andere Seite des Treppenhauses, wo sich das Auditorium befindet. Die Tür ist offen und Leute strömen ins Innere. Die beiden mustern die ankommenden Menschen. Lydia kennt niemanden. Yves erwähnt, dass er einige seiner Instituts- und Arbeitskollegen erkennen könne. Er zeigt auf einen Dozenten – die meisten Leute sind ihm aber vollständig unbekannt. Dann gehen sie ebenfalls in den Saal hinein. Ungefähr die Hälfte bis drei Viertel der Stühle sind besetzt. Verschiedene Gruppen unterhalten sich. Lydia und Yves gehen nach vorn, um in der ersten oder zweiten Reihe Platz zu finden. Da entdecken sie in der zweiten Reihe freie Plätze. Als sie dort auf zwei Stühlen Platz nehmen wollen, entdeckt Lydia vor ihnen zwei bekannte Gesichter, zwei ehemalige Lehrer von ihnen. Lydia macht Yves darauf aufmerksam und sagt: „Wir wollen sie begrüßen." Yves überlegt ein bisschen. „Gut." Sie melden sich. Die beiden Herren wenden ihre Köpfe und sie sehen ihren ehemaligen Englisch- und daneben den Biologielehrer. Die beiden erkennen sofort ihre alten Schüler, Lydia und Yves. Sie begrüßen sie freundlich. Bei Yves sind sie ein bisschen reservierter, aber immerhin, ein Gespräch kommt sofort zustande. Die Herren erkundigen sich selbstverständlich nach ihrem Wohlergehen. Lydia erzählt dem Englischlehrer, was sie studiert. Yves unterhält sich mit dem Biologielehrer und sagt, er würde hier im Institut mit den Ameisen arbeiten.

„Ach so?" Der Biologielehrer ist überrascht. „Gut, demzufolge mit Professor Lager zusammen."

„Ja, er ist mein oberster Chef, aber ich habe nur einmal wöchentlich beim Rapport mit ihm zu tun."

„Gut."

Nach einiger Zeit wünschen sie sich alles Gute und sie setzen sich wieder auf ihre Plätze. Allgemeines Gemurmel, halb lautes Sprechen im Saal. Pünktlich um fünf Uhr kommt Charles aus einer Tür rechts hinter dem Rednerpult. Er geht auf das Pult zu und wird mit lautem Beifall begrüßt. Sofort wird es danach still und der Vortrag beginnt. In ruhigen, klaren Worten spricht Professor Lager von den Killerameisen, wie man sie vor dreißig Jahren in den Rocky Mountains entdeckt hatte und wie man sich mit ihnen beschäftigte: „Allerdings hat man nur wenige Erkenntnisse aus dieser Zeit, bis dann die Ameisen plötzlich nach Osten abwanderten. Das bemerkte man erst, als sie in die mittleren Lagen herunterkamen und als sie einzelne Gehöfte und die ersten Ortschaften überfielen. Es waren – wie man nachträglich feststellen konnte – etwa vier Völker, riesige Staaten, und diese Ameisen waren eben etwas Spezielles gewesen. Sie waren – wie man das allgemein heute anerkennt – eine Neuentwicklung in der Evolution. Wahrscheinlich durch die Klimaerwärmung und auch durch andere Faktoren, die man noch immer nicht richtig im Griff hat, haben sie einen Entwicklungssprung mitgemacht. Man kann heute – die Amerikaner forschen noch immer daran, ich werde noch später darauf zurückkommen – eine molekulargenetische Verwandtschaft aus zwei Richtungen feststellen. Auf jeden Fall war damals die Katastrophe groß in Amerika. Die Älteren unter Ihnen erinnern sich bestimmt noch daran, dass damals einige Tausend Menschen von den Ameisen getötet wurden. Viel später konnte man diese Tiere zurückdrängen und diese Völker töten. Das war eine riesige Aktion, in der die halbe Armee, Feuerwehrleute und viele Polizisten involviert waren. Man wusste erst später, dass noch einige – wahrscheinlich sogar mehrere Völker – sich auf den Rocky Mountains halten konnten. Man hatte dann ein paar Tausend Ameisen eingesammelt und in eine Forschungsanstalt gebracht. Seit dieser Zeit läuft ein intensives Forschungsprogramm. Vor etwa 15 Jahren – so vermutet man – ist plötzlich eine Gruppe von Killerameisen in Europa aufgetaucht. Wahrscheinlich irgendwo in Galizien sind diese Killerameisen mit einem Frachtschiff zusammen mit Orangen oder Bananen zu uns gekommen. Man hat es erst gemerkt, als sie in den Pyrenäen waren. Sie sind vermutlich gleich in die Höhe gestrebt und nach Osten gewandert. Zuerst musste ein Staat aufgebaut werden. Man weiß nicht, wie lange das dauerte. Auf jeden Fall ist man vor rund zehn Jahren auf diese Ameisen aufmerksam geworden, weil in den Pyrenäen ungefähr auf einer Höhe von 2000 Metern über Meer eine breite Schneise entdeckt wurde, vollständig kahl gefressen. In dieser Schneise fand man einen skelettierten Schafhirten und drei vollständig skelettierte Schafe. Sofort nahm man Rücksprache mit den Amerikanern. Gleichzeitig wurde eine Equipe geschaffen, die diesen Ameisenstaat im Auge behalten sollte. Nun wurde die Forschung in Perpignan, in einer Station in Holland und einer zoologischen Station in Spanien intensiviert. Wir Forscher haben uns mit den Amerikanern in Verbindung gesetzt und begannen, jährlich zwei bis vier Wochen in ihren Forschungsstationen zu arbeiten. Wir haben im Team mit den Amerikanern nun schon Einiges über die Entwicklung dieser Tiere erfahren können. Ich muss zuerst vielleicht auf die Biologie und dann erst auf die Paläontologie dieser Tiere eingehen."

Der Professor nimmt einen Schluck Wasser, benetzt sich die Lippen etwas und fährt fort: „Wie wir wissen, sind die Insekten schon mehr als eine halbe Milliarde Jahre auf der Erde vorhanden."
„Falsch."
Alles ist ruhig, man schaut nach hinten, von wo der Ausruf kommt, und jetzt noch einmal: „Es ist falsch, was Sie sagen."
Als es wieder ruhig wird, sagt der Professor ganz ruhig nach hinten gewandt: „Wieso können Sie sagen, dass dies falsch sei? Können Sie uns übrigens sagen, wer Sie sind und wie Sie heißen?"
Hinten steht ein Mann, etwa gleich alt wie Herr Professor Lager. Er spricht in einem holperigen Englisch und er sagt, er heiße Robert Badwülser und sei in Perpignan Gymnasiallehrer.
„Ach, gut. Weshalb behaupten Sie, meine Aussage sei falsch? Können Sie dazu etwas sagen?"
Prompt kommt die Antwort: „Was die Evolutionstheoretiker, die Scheinevolutionäre behaupten, ist falsch. Gehen wir in die Bibel zurück. Da steht es klar und deutlich geschrieben, wie die Schöpfung entstanden ist."
Jetzt sagt am Rednerpult Lager: „Aber was sagen Sie zu den vielen Beweisen, dass die Entstehung der Erde und die Entwicklung des Lebens eine Evolution ist, die etwa bereits viereinhalbtausend Jahre anhält?"
„Das können Sie gar nicht beweisen", meldet sich der Interpellant wieder.
„Doch, das können wir beweisen! Alle Naturwissenschaften sind sich heute einig über das Alter der Erde und über die Evolution. Zuerst eine chemische Evolution, die einsetzte und heute noch anhält, dann eine geologische Evolution, die ebenfalls noch heute anhält. Ich muss Ihnen keine Beweise liefern. Diese sind in der Öffentlichkeit bekannt: Bergstürze, Vulkanausbrüche, Tsunamis beweisen ebenfalls, dass noch immer alles in Bewegung ist … und dann die Evolution des Lebens."
Jetzt kommt wieder Herr Badwülser. Er behauptet, das sei doch alles Lug und Trug: „Das ist von der Wissenschaft erfunden. Ich gebe zu, dass die Schöpfung nicht in sechs Tagen entstanden ist, aber in einigen wenigen Jahren, vielleicht Jahrhunderten.

Wir können es genau in der Bibel nachlesen. Die Erde war zuerst wüst und leer, sie hat sich dann langsam geformt, und Gott hat nach der Erschaffung aller Lebewesen den Menschen erschaffen. Ich wage zu behaupten, dass die Evolutionstheoretiker alle Atheisten sind!"

Ein Gemurmel im Saal erhob sich. Man spürte eigentlich, dass alle mit dem Redner einverstanden waren aber mit den Erläuterungen des – man kann schon sagen: des Ketzers im hinteren Saalbereich – nicht. Einzig die Gruppe Leute, die um Herrn Badwülser saß, murmelt Zustimmung und sagt klar, dass das so sei und dies nicht geleugnet werden könne.

Jetzt kommt Professor Lager wieder und gibt Folgendes zu bedenken: „Ich kann Ihnen die Erschaffung des Menschen erläutern. Es gab in religiösen Kreisen – d. h. in Ihren Kreisen – einen Paläontologen, der vor 150 Jahren lebte. Er war Franzose und machte selbst Forschungen und Ausgrabungen. Er arbeitete vor allem für den Homo Pekinensis. Ich muss Ihnen nicht erläutern, wer das ist, sie sind ja Gymnasiallehrer. Er war Jesuit und hieß De Jardin. Er untersuchte die versteinerten Skelette, maß sie aus und verglich sie miteinander. Aus diesen Forschungen konnte er der Kirche, seinen Oberen und dem Vatikan melden, dass eine Entwicklung zum heutigen Menschen geführt habe."

Ein Gemurmel bei allen im Saal, und dann kommt wieder Badwülser: „Dieser De Jardin war bestimmt auch ein Betrüger. Ich weiß nämlich, dass man mit solchen Skeletten einen groben Unfug betrieben hat. In England hat ein Betrüger aus Ihren Reihen einen menschlichen Schädel – dem er den Unterkiefer wegnahm und mit einem Schimpansenkiefer ersetzte – vergraben. Er grub ihn wieder aus und hat die ganze Wissenschaft an der Nase herumgeführt. Man glaubte, mit diesem Schädel das Zwischenstück gefunden zu haben, das vom Affen zum Menschen geführt habe. Die Wissenschaftler sind diesem Betrug tatsächlich auf den Leim gegangen. Man hat diesen Schädel hundertfach ausgemessen und mit anderen Vormenschen, fossilen Stücken verglichen und hat verschiedene Theorien entwickelt, wie sich der Mensch vom Affen entwickelt habe. Alles Lug und Trug."

Erstaunen im Saal. Fragende Gesichter. Professor Lager nimmt nochmals einen Schluck Wasser und sagt dann: „Gut, Herr Badwülser. Ich will Ihnen das erklären. Der ganze Fall spielte sich in England ab. Ein Gymnasiallehrer wie Sie, ein Biologielehrer – übrigens, was unterrichten Sie?"

Badwülser sagte kurz: „Biologie!" Dies sagt er jetzt in Französisch. Französisch ist ihm geläufiger, weil dies seine Muttersprache ist. Der Professor fährt aus diesem Grund auf Französisch weiter, da alle im Saal Französisch verstehen.

„Also, dieser Gymnasiallehrer hat sich privat mit der Evolution befasst und war davon begeistert. Er träumte davon, eine Entdeckung zu machen. Er hoffte, ein Fossil zu finden. Wie wir alle wissen, ist dies immer ein seltener Zufall, wenn so etwas gefunden wird. Er hat gewusst, dass an einer bestimmten Stelle eine Straße gebaut werden muss. Alles war bereits geplant. Es mussten nur noch einige Abklärungen gemacht werden. An einer Stelle, wo die Straße gebaut werden sollte, war ein kleiner Hügel, und dort musste eine Schneise ausgehoben werden. Eine kleine Vertiefung war schon da, diese musste aber vergrößert werden. Also ging dieser Gymnasiallehrer und vergrub tatsächlich einen menschlichen Schädel mit dem eingeschobenen Schimpansenkiefer. Nach einem Jahr, als man die Straße baute, war dieser Biologe und Möchtegern-Evolutionstheoretiker wie zufällig dabei und verfolgte die Arbeiten. Als der Schädel dann beim Ausgraben zum Vorschein kam, war er sofort zur Stelle und machte klar, dass dies ein wichtiges Stück sei, welches untersucht werden müsse. Er stellte den Schädel sicher und hat ihn an das paläontologische Institut einer Universität geschickt. Die ganze Geschichte passiert in Piltdown. Deshalb heißt dieser Schädel auch der Piltdown-Schädel, das Zwischenstück zwischen Affe und Mensch oder das sogenannte *Missing Link*, auf das man immer gehofft hatte und welches man eigentlich vermisste. Erst als dann vierzig Jahre später die C14-Methode aufkam, das heißt, dass man Fossilien und paläontologische Funde genau nach dem Alter bestimmen kann (damals wurden die Halbwertszeiten der chemischen Elemente bekannt), hat man bei diesem Schädel das Alter bestimmt. Der berühmt berüchtigte Professor und Möchtegern-Theoretiker war in der Zwischenzeit gestorben. Man stellte fest, dass der gefundene menschliche Schädel rezent war, das heißt aus einem Beinhaus stammte. Ebenfalls fand man heraus, dass der Schimpansenkiefer gestohlen war und dass weder Schädel noch Schimpansenschädel ein paläontologisches Alter aufwiesen. Beide stammten aus unserer Zeit. So wurde der Schwindel aufgedeckt, und die Wissenschaft verurteilte dieses Vorgehen. Was sagen Sie dazu, Herr Badwülser?"

„Das sind Lügen", erwidert dieser. Er beginnt wieder Deutsch zu reden. Er hat das Gefühl, er sei dem Professor unterlegen, und er will ihn damit verwirren. Wahrscheinlich ist er aus dem Elsass gebürtig und spricht mit einem holperigen Elsässerdeutsch: „Dies sind alles Lügen. Es sind noch andere Betrügereien bekannt. Wir werden diese Machenschaften in nächster Zeit deutlich publik machen, und es wird eine Kampagne gestartet, die das Volk und die Wissenschaft darauf aufmerksam machen wird, dass die Bibel doch recht hat."

Längere Zeit ist es im Saal ruhig, und jetzt erwidert Professor Lager in einem klaren, guten Hochdeutsch: „Das ist eine Behauptung von Ihnen. Sie können ruhig diese Kampagne starten. Alle Wissenschaften sind davon überzeugt. Wir können es mit Tausenden von Belegen und Fundstücken sowie Messungen beweisen, dass Sie auf dem Holzweg sind." Er fährt wieder auf Englisch weiter: „Meine Herrschaften, wir müssen unseren Vortrag noch zu Ende bringen. Leider haben wir eine halbe Stunde Zeit verloren. Ich muss deshalb den Rest abkürzen. Die Killerameisen sind auf dem Vormarsch und sind in unserer Nähe in den Pyrenäen. Man hat sie immer verfolgt und auf der Fraßspur tote Tiere gefunden, immer vollständig skelettiert. Das größte Tier war erstaunlicherweise ein Wolf, das den Ameisen zum Opfer gefallen ist. Ebenfalls fand man Füchse und einige Schafe. Vor zwei Jahren fand man sogar eine Frau. Diese ging wahrscheinlich Beeren oder Pilze sammeln und ist in den Weg der Ameisen gekommen. Seit einem halben Jahr haben wir eine recht große Gruppe von Helfern im Einsatz, die den weiteren Weg dieser

Insekten überwacht und leitet. Wir wollen sie in den Süden von Perpignan locken oder dirigieren. Dies ist noch unsere geheime Waffe. Wir sprechen noch nicht darüber. Wir wollen sie auf einen freien Platz locken, auf eine recht große Alpweide, einen Osthang. Dort auf halber Höhe wollen wir diese Ameisen umkreisen und das ganze Volk vernichten. Wir sind es den Menschen schuldig. Sie bilden eine zu große Gefahr, wenn man sie unkontrolliert über das Land ziehen lässt. Wir werden auch überwachen, was weiter geschieht. Auf jeden Fall kann ich sagen, für die Menschen bei uns ist nichts zu befürchten. Das kann ich beinahe mit hundertprozentiger Sicherheit bestätigen. Ich danke für Ihre Aufmerksamkeit."

Nach dem Beifall verschwindet Charles nach hinten, durch die Tür, aus der er gekommen ist. Alle Leute stehen auf, reden intensiv miteinander und bewundern den Professor. Die meisten Augen wenden sich zu Herrn Badwülser. Eine Gruppe schart sich nun um ihn, die meisten dunkel gekleidet, einige mit uralten Priesterkleidern. Sie sprechen leise miteinander und ziehen ab. Der Saal leert sich, Yves und Lydia gehen ebenfalls hinaus.

20. Yves und Lydia gehen zu Yvonne, das Auto holen/ Nachtessen

Yves und Lydia sind unten in der Eingangshalle. Die meisten Leute strömen aus dem Gebäude hinaus und Yves sagt zu Lydia: „Du, Lydia, wir gehen jetzt zu mir nach Hause. Ich habe nämlich von meiner Mutter das Auto für heute Abend erhalten, und das müssen wir noch holen. Wir können ja zu Hause den Aperitif nehmen. Ich würde dich gerne auch mal meiner Mutter vorstellen."

Lydia ist einverstanden, und sie fahren mit dem Linienbus in die Hangstadt hinauf. Gegen halb acht Uhr treten sie ins Haus ein. Yvonne ist beschäftigt und geht von einem Zimmer ins andere, d. h. sie muss noch einige Dinge ordnen. Sie begrüßen sich: „Ah, das ist deine Studentin, Lydia heißen Sie. Schön, freut mich. Yves hat schon Einiges von Ihnen erzählt."

Lydia begrüßt Yvonne ebenfalls freundlich und sagt bewundernd: „Sie haben ein wunderschönes Haus." Sie schaut zum Fenster hinaus, es ist ja noch taghell. „Und die Aussicht ist großartig."

„Ja, gehen wir doch mal nach unten."

Sie gehen auf die Terrasse hinaus. Yves kommt mit und gibt einige Erklärungen ab zur Umgebung. Er erklärt kurz die Anlage Hangstadt und was unten im Hanggrund steht und wie die ganze Geschichte organisiert ist. Lydia hört mit halbem Ohr zu und stellt die eine oder andere Frage. Dann gehen sie wieder ins Gesellschaftszimmer. Yvonne offeriert einen Aperitif, welchen die beiden jungen Leute gern akzeptieren. Sie setzen sich an den Tisch, der von Lydia inspiziert wird. Mit einem fragenden Blick wendet sie sich Yves zu, und der gibt ihr sofort die nötigen Antworten. Nun kommt auch Yvonne an den Tisch und mixt sich ebenfalls einen Aperitif. Eine lockere Unterhaltung beginnt. Yvonne fragt, wohin sie gehen wollen. Yves sagt: „Weißt du, ich habe noch in Erinnerung, wie wir früher hin und wieder in den ‚Oleanderbusch' essen gingen." Da sagt Yvonne lachend: „In den

,Oleanderbusch', das ist aber ein teures Restaurant. Kannst du dir das leisten?" Schon bereut sie diese Bemerkung, welche sie nicht vor Lydia hätte sagen sollen. Die beiden gehen nicht weiter darauf ein und machen sich bereit für den Aufbruch. Nachdem Yves den Autoschlüssel erhalten hat, gehen sie nach unten auf den Parkplatz. Im Auto sagt Lydia: „Du musst doch nicht in ein solch teures Restaurant gehen. Ich bin mit wenig zufrieden, gehen wir doch …"

„Halt, das ist nun wirklich meine Sache. Ich muss mich noch nicht um meinen Lebensunterhalt kümmern. Für mich ist gesorgt und ich muss keine Reichtümer anhäufen."

Dann ist die Diskussion abgeschlossen und sie fahren durch Perpignan. Yves kennt den Weg mehr oder weniger, doch er hat zur Sicherheit zusätzlich sein Zielgerät eingeschaltet. Nach einer Dreiviertelstunde kommen sie vor dem „Oleanderbusch" an. Yves parkt seinen Kleinwagen und verbindet ihn – nachdem sie ausgestiegen sind – mit der elektrischen Ladevorrichtung. Sie gehen gemeinsam ins Restaurant, ein mittelgroßes Haus mit einer gediegenen Umgebung. Im Restaurant sehen sie vor sich ein Buffet. Links und rechts davor, auf beiden Seiten, befindet sich je ein Speisesaal. Einige wenige Leute sind im Restaurant. Die Unterhaltungen werden halb laut geführt, das Licht ist mäßig, also eine ganz angenehme Atmosphäre. Lydia ist angetan und lässt Yves die Führung übernehmen. Yves erwähnt beim Buffet, er habe zwei Plätze reserviert unter dem Namen Coglier. Die Angestellte schaut kurz nach und sagt ein paar Worte zur Bedienung. Eine freundliche junge Dame kommt auf die beiden jungen Leute zu und lädt sie ein, mit ihr zu kommen. Sie gehen um das Buffet herum, nach hinten in einen abgetrennten Speisesaal. Hier stehen Tische mit zwei und vier Stühlen. Sie setzen sich an den reservierten Tisch, studieren die Speisekarte. Nachdem Lydia einen Blick auf die Karte geworfen hatte, sagt sie leise: „Yves, du bist ja nicht bei Trost. Das hätten wir uns ersparen können."

„Es ist mir eine Freude, mit dir hierher zu kommen. Wir wollen doch jetzt den Abend genießen. Wir wollen nicht über

Geld oder Preise sprechen. Es geht nur um uns! Kommen wir nochmals auf den Vortrag zurück. Wie hat er dir gefallen?"

„Dein Freund, Professor Lager, hat einen sehr guten Eindruck auf mich gemacht. Er hat eine große Ausstrahlung. Was er sagte, hat mich auch interessiert. Ich wurde immer aufmerksamer. Vor allem habe ich die Diskussion zwischen den zwei Kontrahenten genossen. Man hat gespürt, wie der eine immer mehr unterging und der Professor die Oberhand gewann. Es war förmlich spürbar, wie das ganze Publikum – bis auf diese kleine Gruppe dunkel gekleideter Männer – einer Meinung mit dem Redner war."

„Ja, das stimmt. Charles war für mich immer ein Vorbild. Wie du weißt, habe ich von meinem Vater nicht viel erfahren. Er hat einen 150-prozentigen Job an der Uni und war immer viel zu beschäftigt. Dazu kommt sein Engagement in der Hangstadtstiftung, welche unsere Hangstadt ja aufgebaut hat. Alle Bewohner werden in die Organisation einbezogen. Wir sind ja eine Gemeinde für uns, aber wir gehören trotzdem zur Stadt. Ich kann auch ruhig sagen, dass die finanziellen Verhältnisse der Stiftung und der Bewohner davon zeugen, dass wir obere Mittelklasse sind. Es gibt immer wieder Zusammenkünfte sowohl geschäftlicher als auch festlicher Art. Wir kennen also die Nachbarn und einige Anwohner, aber wir bleiben unabhängig. Trotz Vorschriften, die das Leben und Wohnen regeln, können wir tun und lassen, was wir wollen."

„Da habe ich jetzt keine Ahnung von einer solchen Gesellschaft. Ich wohne in einem Achtfamilienhaus mit vier Etagen. Diese acht Familien sind dann noch in zwei Häuser aufgeteilt mit zwei separaten Haustüren. Ich kenne nicht alle in der anderen Haushälfte. Wir wohnen im ersten Stock und haben selbstverständlich Kontakt mit den Nachbarn unten und oben. Wir haben ein freundschaftliches Verhältnis. Die Familie, die unter uns wohnt, ist enger mit uns verbunden. Wir helfen gelegentlich aus. So leben wir eigentlich ruhig. Der Verkehr, der bei uns vorbeigeht, ist ein wenig laut. Aber daran haben wir uns gewöhnt. Die Schlafräume sind ja alle nach hinten in einen Hof gerichtet – so schlafen wir ziemlich ruhig."

„Ich würde gern mal bei euch vorbeisehen. Du könntest mich ja mal deiner Mutter und deinem Vater vorstellen? Oder willst du mich nur als Mitarbeiter deiner Semesterarbeit beziehungsweise dich als meine Betreuerin für meine Karriereleiter ansehen?"

Dann lachen beide. Inzwischen haben sie ein exquisites Menü ausgesucht und die Vorspeise wurde aufgetragen. Sie unterhalten sich weiter. Einige Tische sind in der Zwischenzeit ebenfalls besetzt worden. Lydia kommt dann wieder auf diesen Badwülser zurück. „Mir scheint, der ist ein Religionsfanatiker. Vielleicht sogar ein Fundamentalist in irgendeiner Sekte?"

„Da kann ich gar nicht mitreden. Ich habe keine Ahnung, da ich religionslos aufgewachsen bin. Ich habe nie von diesen Dingen gehört. Weil ich auch viel bei Claire und Charles verbrachte – vor allem mit ihren zwei Kindern –, habe ich das eine oder andere Mal von Gott und Theologie und anderen Themen wie die Beichte und die Taufe gehört. Über die Taufe haben wir insbesondere gesprochen, weil ich ein sogenannter Ungetaufter bin ... Das weißt du ja noch gar nicht. Mein Vater und meine Mutter sind Freidenker und haben gar nichts mit Religion am Hut. Mein Vater und meine Mutter sind zwar – wie ich weiß – getauft worden, aber sie üben keine Religion aus. Mein Vater sagte schon mal, dass man nach der Weltethik leben solle. Was das ist, weiß ich aber nicht wirklich. Weißt du, Lydia, um was es sich da handelt?"

„Ja, in jeder Religion werden bestimmte Vorstellungen und Vorschriften geregelt, die nach Ethik ausgerichtet sind. Es ist ja allgemein das Anliegen der Menschen, dass die Mitglieder anständige Menschen sind. Dazu braucht es eine gewisse Kenntnis, was gut und böse ist. Die Religionen setzen so die Grenzen fest und machen Vorschriften: Das darfst du tun, das nicht. Wenn man keiner Religion angehört oder wenn man nichts von diesen ethischen Grundsätzen hören will und sich sagt, ich lebe, so, wie ich will, dann muss man trotzdem dem Gesetz nachkommen und anständig leben. Man muss das Gute suchen. Dazu gehört ebenfalls, dass man anderen Menschen hilft, die weniger Glück haben oder die unwissend sind. Und, und, und ... Ich will jetzt nicht noch weiter ausholen. Ich will deshalb einige allgemeine Grundsätze, die für alle Menschen gelten, nennen: Du darfst nicht töten, das ist selbstverständlich eine böse Tat. Du musst den Mitmenschen schätzen und leben lassen. Du darfst ihn nicht berauben und das Wohl der Allgemeinheit muss geachtet werden. Aber dies ist dir bestimmt bekannt. Das ist ja jedem Menschen bekannt. In der Erziehung werden Kinder darauf vorbereitet, damit sie in der Gesellschaft bestehen können. Diese allgemeinen Regeln, das Minimum, das ist die Weltethik … Das heißt, diese Regeln gelten global, ganz gleich, ob es sich um einen australischen Ureinwohner handelt ohne gesellschaftliche Vorgaben oder um einen Franzosen. Anders gesagt: Jeder Städter, also auch wir, müssen danach leben. Die ganze Menschheit ist diesen Gesetzen (der Weltethik), die dann in den einzelnen Staaten besonders festgelegt worden sind, unterworfen."

„Du hast gesagt, man spüre es, aber wisse es nicht zwingend?"

„Nun, das ist eine andere Sache, über die wir noch sprechen könnten. Aber wie du mir gesagt hast, bist du nicht getauft worden und bist religionslos aufgewachsen. Nun gut, aber es ist doch so, dass wir in einem bestimmten Kulturkreis leben. Unsere – wie man so schön sagt – abendländische Kultur ist eigentlich zur Hauptsache geprägt und entstanden durch das Christentum. Und diese Kultur wurde nach Amerika – Nord- und Südamerika – mitgenommen. Anders leben die Südostasiaten. Ihre Kultur ist noch viel, viel älter als die unsere. Da könnte man jahrelang diskutieren, wie das alles gewachsen ist. Ich bin auf diesem Gebiet auch keine Spezialistin. Der Buddhismus, der Taoismus und der Shintoismus und was es noch alles gibt, die haben einen asiatischen Kulturkreis gebildet. Wenn wir noch in den Mittleren Osten, nach Afrika und in die vorderasiatischen Gebiete in Mittelasien gehen, dann müssen wir noch zusätzlich von der Islamkultur sprechen. Wir wissen, wann diese und wie diese entstanden ist. Das weißt du ja selber noch aus dem Geschichtsunterricht."

„Ja. Mir kommt noch in den Sinn, dass es noch die jüdische Kultur gibt."

„Ja, richtig. Ich frage mich, Yves, in welchem Kulturbereich eigentlich du lebst? In allen diesen Kulturen sind ja die Religionen entstanden, und das ganze Umfeld ist durch die Religion, durch die Kultur geprägt. Wie bist du geprägt worden?"

„Wie alle anderen auch. Nur war die Religion vollständig ausgeschlossen. Mein Gedankengut ist deinem gleich – außer der Religion, die findet keinen Platz bei mir. Von Religion habe ich keine Ahnung."

„Es ist nicht ganz nachvollziehbar, ich versuche es zu verstehen. Ich muss aber auch sagen, die Religion kann – so wie wir erzogen wurden oder wie Kinder, die in einer Sektenfamilie aufwachsen – in ein moralisches Korsett zwingen. Dann wird man nicht glücklich. Es gibt immer wieder Möglichkeiten oder Situationen, dass man sich wegen der Religion unfrei fühlt, dass man vielleicht von zwei, drei Lösungen nicht die richtige findet oder sich nicht für die richtige entscheiden kann. Dies sind schwere Gedanken. Diese sollten uns nicht belasten. Wir sind ja noch jung, und vielleicht wird mit zunehmendem Alter noch vieles klarer."

Sie warten auf das Dessert und unterhalten sich über belanglose Dinge. Sportliche Ereignisse werden kurz erwähnt. In der Politik ist nichts Besonderes vorgefallen, und Mitstudenten geben irgendeinen Anlass zum Tratschen. Allgemeine Kleinigkeiten aus der Familie werden ausgetauscht. Schließlich bedankt sich Lydia bei Yves herzlich und intensiv für das gute Nachtessen und für den netten, schönen Abend.

Nachdem er bezahlt hat, stehen sie auf und verlassen das Lokal. Yves fährt direkt zur Wohnung von Lydia, und in der Nebenstraße hält er an. Sie plaudern noch etwas und schwelgen in Erinnerungen verschiedenster Art. Sie rücken immer näher zueinander. Yves greift hinter den Rücken von Lydia und zieht sie zu sich heran und – ganz langsam nähert er sich ihrem Gesicht. Sie wendet sich zu ihm hin und er beginnt sie zu küssen. Unmerklich werden die Küsse intensiver, wieder ruhiger, dann wieder heftiger. Jetzt steckt Yves zwei Finger in den Ausschnitt von Lydia und berührt ganz sanft ihre Haut, bewegt die Finger ein bisschen hin und her, spürt die Wölbung ihrer Brust und kommt an den Rand des Körbchens vom

BH. Lydia lässt ihn gewähren. Yves bewegt weiter langsam seine Finger hin und her und genießt die Sanftheit ihrer Haut. Während sie sich noch heftiger küssen, zieht Yves seine Finger zurück und beginnt an Lydias Bluse herumzunesteln. Er versucht den obersten Knopf zu lösen. Jetzt reagiert Lydia anders, als Yves erwartet. Sie nimmt seine Hand von der Bluse weg, hört auch auf zu küssen.

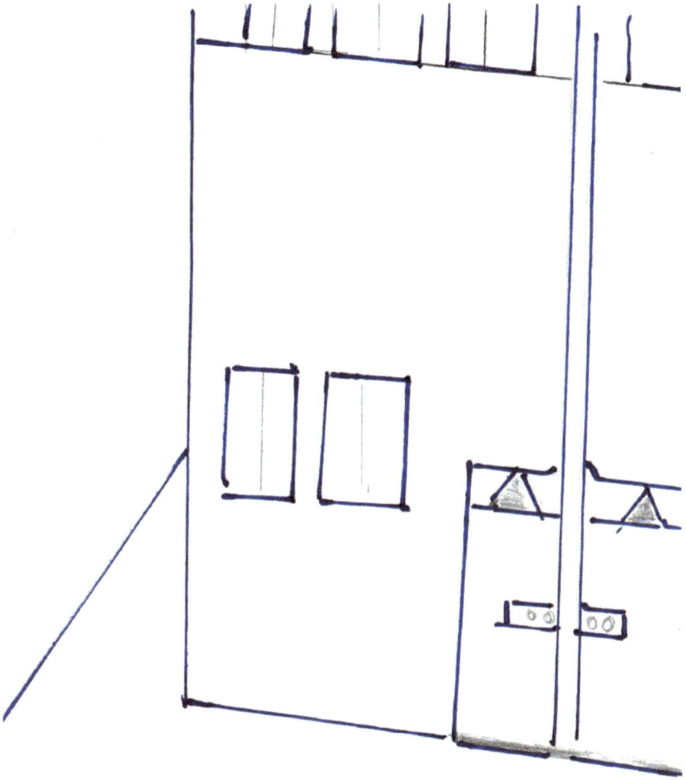

Lydia's Wohnhaus

Yves sagt nun ziemlich erregt: „Ich liebe dich, ich liebe dich."
„Ich dich auch."
„Was hindert uns. Gehen wir zu mir nach Hause. Ich habe ein breites Bett."
„Ach, du Dummerchen. Warte ab. Du bist auf deiner Karriereleiter noch nicht ganz oben."

Yves schaut Lydia erstaunt an. Sie kommt wieder in seine Nähe: „Geh jetzt schön brav nach Hause. Ich gehe allein in unser Haus. Aber ich befördere dich für heute Abend und für diese Augenblicke im Auto zum zweiten Marineoffizier."

Sie drückt ihm einen Kuss auf den Mund, steigt aus und geht sofort um die Hausecke. Bis Yves reagieren kann, ist sie verschwunden. Er kommt wieder in die Wirklichkeit zurück und steuert sein Auto nach Hause.

21. Samstagmorgen: Gespräch mit dem Bischof

Samstagmorgen, Viertel vor acht. Charles sitzt bereits in seinem Arbeitszimmer und arbeitet am Computer. Plötzlich klingelt das IPhone, das neben ihm auf dem Tisch liegt. Es ist eine Nummer, die er nicht kennt. Er hebt ab und meldet sich und hört den Bischof persönlich: „Hier ist der Bischof. Hoffentlich störe ich nicht so früh am Samstagmorgen."

„Guten Tag, Herr Bischof. Nein, Sie stören mich nicht. Was haben Sie für ein Anliegen?"

„Ich möchte Ihnen, Herr Professor, zu ihrem Vortrag von gestern Abend gratulieren. Mich interessierte die Sache mit den Ameisen, von denen man schon lange das eine oder andere hört. Ihre Ausführungen haben
mir sehr viele neue Eindrücke vermittelt. Zum Zweiten gratuliere ich Ihnen zu Ihrem Sieg über Herrn Badwülser."

„Ja das war nicht schwierig. Alle Tatsachen, Beweise und Fakten liegen ja auf unserer Seite. Das werden Sie wohl wissen. Das Verhältnis zur Religion hat sich schon längst geklärt. Nicht nur katholische Würdenträger, sondern auch Verantwortliche der islamischen oder jüdischen Glaubensgemeinschaften haben sich mit solchen Evolutionsfragen auseinandersetzen müssen. Heute ist man sich diesbezüglich einig."

„Ja, schon, aber es gibt immer wieder solche – ich sage jetzt Fundamentalisten –, die die alte Geschichte wieder aufwühlen. Die sich von diesen längst vergangenen Auffassungen nicht lösen können und immer wieder Schwierigkeiten machen. Ich kenne Herrn Badwülser selber. Er ist bei einer Gruppierung, der sogenannten Pius-Gemeinschaft, und hat bereits einige Male Schwierigkeiten bereitet beziehungsweise Leute aufgewiegelt. Seine Ideen verbreitet er insbesondere innerhalb der Pius-Gemeinschaft, welche Zellen hier in Frankreich und in ganz Europa unterhält. Am stärksten sind diese Zellen aber in Frankreich verbreitet, einige befinden sich auch hier in Perpignan. Sie haben am Stadtrand großzügige Liegenschaften gekauft und dort ihre Schulen eingerichtet. Man kann von einer Sekte sprechen, welche so ihre Organisation aufbaut. Ich bin froh, dass Sie gestern den Zuhörern Klarheit verschafft haben. Die Gruppe um Badwülser ist mit ziemlich ‚abgesägten Hosen' nach Hause gegangen. Allerdings bin ich aber überzeugt, dass sie nicht lockerlassen werden. Sie werden bestimmt eine neue Attacke ausarbeiten."

„Ich danke Ihnen für diese anerkennenden Worte und wünsche Ihnen einen guten Tag."

„Bevor Sie aufhängen, habe ich noch etwas!"

„Ja, bitte?"

„Also, drei Viertel der Bischöfe von Frankreich haben sich zusammengetan und haben über den Religionsunterricht unserer Kinder und Jugendlichen diskutiert. Wir sind nicht über die heutige Situation erfreut. Es fehlt einiges. Wir bekommen immer wieder Meldungen von der Basis und Anfragen, ob man nicht irgendetwas tun könnte. Vor allem die jüngeren Bischöfe haben sich nun zusammengerauft und wollen in den nächsten zwei bis drei Jahren den Religionsunterricht reformieren. Er muss anders werden."

„Ja, da haben Sie mir aus dem Herzen gesprochen. Ich habe bei meinen Kindern schon oft gefragt, wenn es um Fragen des Religionsunterrichtes ging, wie es eigentlich bei ihnen stehe. Ich habe es herausgehört, dass beide einen sehr unterschiedlichen Religionsunterricht genießen. Ich kann nicht sagen, dass der eine oder andere falsch ist. Mir scheint aber, dass unser Junge einen besseren Unterricht als unsere Tochter erhält."

„Genau aus diesem Grund haben wir eine Gruppe von Menschen ausgesucht, die mithelfen könnten, den Religionsunterricht zu verbessern. Ich habe mir bereits einen Philosophen, einen Moraltheologen und einen Wirtschaftsmanager ausgesucht und bin nun mit der Bitte bei Ihnen angelangt, ob Sie in diesem kleinen Gremium als Vater und Naturwissenschaftler auch mitmachen würden."

„Ich weiß nicht, was ich dazu beitragen könnte. Ich habe nicht Theologie studiert."

„Das ist gar nicht nötig! Wichtig ist, dass Sie sich Gedanken machen, wie die Naturwissenschaft auf diese Fragen Einfluss nehmen kann und wie der Unterricht nicht nur rein religiös, theologisch, sondern auch im Zusammenhang mit andern Wissenschaften erteilt werden kann."

„Ich muss mir dies zuerst überlegen. Wie haben Sie sich das vorgestellt?"

„Ich werde Ihnen einen Brief zustellen mit ein paar Fragen, die spezifisch die Naturwissenschaft betreffen. Sie überlegen sich dazu die Antworten, machen allenfalls einige Notizen, und wir treffen uns in einer kleinen Sitzung mit den bereits erwähnten Personen. Dann diskutieren wir diese Fragen gemeinsam. Somit erhalte ich ein Grundwissen für eine spätere Besprechung im bischöflichen Kreise."

„Ja, das könnte tatsächlich so funktionieren."

„Wichtig ist mir, dass Sie die Fragen nicht nach persönlichem Gutdünken, sondern nach allgemeiner wissenschaftlicher Basis und Regeln beantworten. Ziel ist, dass damit der Unterricht nachhaltig verbessert werden kann. Leider stellen wir fest, dass die heutigen Jugendlichen, wenn sie aus dem Unterricht entlassen werden, sich nicht mehr viel um die Religion kümmern. Während die Eltern – vor allem etwa die Mütter – sich wieder auf religiöse Fragen konzentrieren und wieder den Kontakt mit den Verantwortlichen der Kirche herstellen wollen. Dies ist bei der Jugend meistens nicht der Fall."

„Ja, das stelle ich auch fest. Ich sage grundsätzlich zu. Ich finde, es ist eine tolle Idee. Wann sollen wir die Arbeit beginnen?"

„Ich habe gedacht, dass wir im Herbst eine oder zwei Sitzungen durchführen, nachdem ich die Unterlagen zugestellt haben werde. Zuerst plane ich noch ein Vorgespräch. Ich vermute, man wird noch ein zweites Vorgespräch benötigen. Dann werden wir für die gemeinsame Sitzung bereit sein."

„Das passt mir. Ich habe jetzt noch ein paar größere Arbeiten zu erledigen, werde aber im Herbst wesentlich weniger ausgelastet sein."

„Ich danke Ihnen außerordentlich und wünsche Ihnen ein schönes Wochenende."

„Ich danke auch. Auf Wiedersehen."

Etwas später spricht Charles mit Claire über dieses Telefonat. Claire ist sofort mit der Idee des Bischofs einverstanden. Charles merkt, dass er eigentlich Claire auch einbeziehen könnte. Von ihrer Seite kämen bestimmt auch fruchtbare Gedanken und Anregungen.

22. Roy im Haus von Luc/Beischlaf mit Yvonne

Luc ist äußerst aufgeregt. Er rennt hin und her, tritt in jedes Büro ein und fragt seine zwei Sekretärinnen nach einem Dokument. Auch die Assistenten belästigt er mit seiner Frage: „Wo befindet sich das Dokument für die Vereinigung der Chemiedozenten Frankreichs? Es muss sich in einem Kartonmäppchen befinden! Ich habe es vor einer Woche erhalten und habe es unterschrieben. Ich meinte, ich hätte es in ein Büchergestell gestellt. Ich habe in meinem Büro schon alles durchsucht, alle Schubladen gezogen und das Dokument nicht gefunden!"

Die Angestellten sind verwundert, dass Luc so etwas passieren kann, denn er ist in Sachen Administration ein Perfektionist. Luc muss in Versailles noch am selben Abend bei der Organisation der Chemiedozenten Frankreichs einen Vortrag halten. Diese Organisation hat etwa 250 Mitglieder. Selbstverständlich werden nicht alle erscheinen, aber er braucht das Dokument dringend bis zum nächsten Abend, wenn sie im Vorstand der Vereinigung die im Dokument festgehaltene Resolution besprechen und diese dann an der Generalversammlung am Folgetag vorlegen müssen. Ausgerechnet dieses Dokument fehlt und es verbleibt nur sehr wenig Zeit: „Verdammt noch mal, um 11.00 Uhr muss ich am Flughafen sein. Ich muss noch zwei Briefe schreiben. Ich habe alles zusammen, nur dieses Dokument fehlt mir!" Er setzt sich auf den Stuhl in seinem Büro und denkt nach: Wo habe ich dieses Dokument bloß unterschrieben? Ich habe es doch hier im Büro unterschrieben und habe es dann gleich weggelegt. Er studiert intensiv, und plötzlich meint er zu wissen, er hätte das Dokument doch noch mit nach Hause genommen. Er musste es mit einer früheren Resolution vergleichen. Es kommt ihm nun in den Sinn, dass es im Computerzimmer gleich hinter dem Laptop im Büchergestell steht. Aber ich habe doch nicht mehr Zeit, wenn ich diese zwei Briefe noch schreiben muss! Ich kann auch nicht

Yvonne beordern. Sie hat ja am Montagvormittag zwei Termine. Meistens ist sie am Mittagessen noch nicht zu Hause. Roy, das ist der erlösende Gedanke. Er ruft seinen Assistenten Roy und erklärt ihm die ganze Geschichte. Es sei dringend! Er übergibt ihm den Schlüssel seines Hauses und erklärt ihm den Weg. Wenn er bei ihm zu Hause sei, müsse er in sein Arbeitszimmer gehen, und wahrscheinlich befände sich das Dokument auf der untersten Etagere im rechten Bereich. Er entlässt ihn und legt ihm ans Herz, möglichst speditiv die Sache zu erledigen. Roy müsse ihn noch an den Flughafen fahren.

Roy begibt sich mit einem Institutsauto in die Hangstadt und fährt mit dem richtigen Funiculaire hoch. Schon steht er vor der Haustür von Luc.

Yvonne war am Morgen in der Stadt und hatte dann erfahren, dass ihr zweiter Termin verschoben würde. Deshalb entschied sie sich, wieder nach Hause zu fahren, da sie noch Verschiedenes erledigen musste.

Es ist ein schöner, sonniger Morgen und schon ziemlich warm. Yvonne hat sich in der Wohnung ein bisschen leichter gekleidet und will vom Gesellschaftszimmer noch kurz etwas nachkontrollieren. Dann hört sie, dass jemand die Haustür öffnet. Vollständig verwundert wendet sie sich der Haustür zu und fragt sich, ob Luc bereits nach Hause käme. Die Tür öffnet sich und vor Yvonne steht ein sportlicher, kräftiger, braun gebrannter athletischer Mann. Ihr schlottern die Knie. Sie ist erschrocken und im Hinterkopf misst sie den jungen Mann mit ihrem Luc. Er ist nicht ganz so groß wie Luc, aber er hat eine unheimliche Ausstrahlung. Roy erkennt Yvonnes Überraschung und denkt: Seine Frau sollte doch gar nicht hier sein! Mein Chef hat gesagt, sie sei auswärts. Deshalb stellt er sich vor: „Roy Bagnol, Assistent Ihres Mannes."

Yvonne hat sich gefasst und sagt: „Was führt Sie hierher?"

„Ja, ich muss im Auftrag Ihres Mannes ein Dokument abholen, das in seinem Arbeitszimmer aufbewahrt ist."

„Kommen Sie mit."

Yvonne führt Roy in Lucs Arbeitszimmer. Roy vermutet das Dokument auf dem Büchergestell. Beide suchen auf dem Büchergestell und Yvonne und Roy sind ziemlich nahe. Ihre Arme berühren sich. Yvonne trägt ein ärmelloses Shirt und kurze Hosen. Yvonne schaut verstohlen nach Roy hin. Roy schaut verstohlen nach Yvonne hin, und jetzt hat Roy das Dokument gefunden. Er inspiziert, d. h. öffnet das Mäppchen und stellt fest, dass das gefundene Papier auf die Beschreibung passt. Gleichzeitig ist Yvonne näher gerückt und schaut ebenfalls in das Dokument. Eigenartigerweise kribbelt es bei ihr. Wie wenn Roy dies spüren könnte – oder vielleicht spürt er es auch –, schaut er sie an, nimmt sie in seine Arme und küsst sie. Yvonne beginnt nach zwei Sekunden ebenfalls zu küssen. Sie küssen sich immer heftiger und beginnen sich gegenseitig auszuziehen. Die Kleider fallen auf den Boden. Als sie praktisch nackt sind, nimmt Yvonne Roy an der Hand und führt ihn ins Schlafzimmer. Dort lieben sie sich, immer heftiger, immer emotionaler. Ohne zu sprechen sind sie miteinander beschäftigt, so intensiv beschäftigt, dass sie voll verschwitzt nach drei bis vier Minuten entspannt zurücksinken. Nach einigen Sekunden sagt Roy: „Es war wunderbar mit dir. Aber jetzt muss ich unbedingt zurück. Ich habe Luc versprochen, sehr schnell zurück zu sein."

Yvonne sagt ihm: „Du musst dich unbedingt zuerst noch waschen." Sie führt ihn ins Badezimmer und gibt ihm einen Waschlappen und ein Badetuch. Roy hat sich in zehn Sekunden abgewaschen und ist wieder draußen auf dem Weg ins Büro. Dort zieht er seine Kleider an und nimmt das Dokument zur Hand und verabschiedet sich von Yvonne. Er nimmt den Funiculaire und auf dem Weg nach unten schrillt sein IPhone. Er nimmt es heraus, stellt die Nummer des Institutes fest und meldet sich: „Wo bist du, Roy? Verdammt noch mal. Ich habe keine Zeit mehr." Roy lügt ins Telefon hinein: „Ich bin auf dem Rückweg, aber ich war beim Herkommen in stockenden Verkehr geraten. Ich glaube, es war ein Unfall. Aber ich bin jetzt unten angekommen und gehe zum Parkplatz." Da fügt Luc hinzu: „Ich werde mit allem bereit sein und unten beim Eingang stehen. Dort kannst du mich mit dem Auto abholen und dann fahren wir sofort zum Flugplatz!"

„Gut, in einer Viertelstunde sollte ich dort sein."

Während Roy zum Institut fährt, bringt Yvonne oben die Wohnung wieder in Ordnung. Sie setzt sich auf einen Stuhl und fragt sich, wie das passieren konnte. Sie bekommt ein schlechtes Gewissen und schämt sich: Warum habe ich Luc das angetan? Dies ist ein einmaliger Fehler, den will ich wiedergutmachen. Ich werde besonders lieb mit meinem Luc sein. Schon denkt sie aber wieder an das Geschehene, genießt die Erinnerung und stellt unwillkürlich Vergleiche an. Luc ist der ruhige Liebhaber, der im Bett alles ein bisschen gemächlich angeht. Luc kann sie aber eigentlich immer beglücken. Jetzt überlegt sie, wie das mit Roy war. Er war viel stürmischer, emotionaler und intensiver und doch zart und liebevoll. Er war eine Nummer oder sogar zwei Nummern besser als ihr Luc. Schon wird ihr Gewissen wieder unruhig. Sie verscheucht ihre Gedanken und beginnt Ordnung zu machen. Sie bezieht das Bett mit frischer Wäsche, lüftet die Wohnung und macht alles blitzblank sauber.

23. Lydia und Yves in der Mensa bei der Arbeit

Am Samstagmittag treffen sich Lydia und Yves wieder einmal in der Mensa zum Mittagessen. Sie haben längere Zeit, d. h. seit drei Tagen, nicht mehr miteinander telefoniert. Yves erzählt ihr, dass sein Chef Charles drei befreundete Elternpaare zu sich einlade, darunter auch den Bischofsvikar und seine Frau Pia. Diese Zusammenkünfte mache jeder in der Gruppe zweimal im Jahr. Im Frühsommer findet das Treffen bei Charles und Claire statt, die nächsten Treffen werden dann erst im Herbst durchgeführt. Er erfahre hinterher manchmal, über was sie gesprochen haben, aber meistens behielten sie ihre Probleme für sich. Jetzt sagt Lydia: „Ist die Frau von Paul Marnier, die Frau des Bischofsvikars, Katechetin?"

„Da habe ich keine Ahnung."

Lydia meint, sie hätte Pia Marnier als Religionslehrerin im Unterricht gehabt und erinnert sich recht gut an sie. Frau Marnier sei sehr umgänglich gewesen. Yves erinnert sich jetzt ebenfalls an Pia Marnier, die Frau des Bischofsvikars. Danach reden Lydia und Yves von anderen Dingen und gehen in ein Arbeitszimmer. Dort arbeiten sie den ganzen Nachmittag an der Semesterarbeit von Lydia. Diese ist fast fertig. Es müssen noch einige Ergänzungen angebracht werden. Zwischendurch – wenn sie Zeit haben – reden sie über Yves und seine Arbeit. Sie reden auch von den Ferien, die bald bevorstehen. Yves sagt, er habe vierzehn Tage früher Ferien als Lydia. Sie ist ganz verwundert: „Warum ist das nicht in allen Fakultäten gleich?"

„Das hängt mit den Ameisen zusammen. Du weißt ja, was Charles in seinem Vortrag sagte. In diesem Sommer startet die Vernichtung der riesigen Ameisen. Man hat berechnet, dass Ende Juni, Anfang Juli irgendwann diese Zeit kommen muss. Die letzten Berechnungen haben das bestätigt. Man ist eher der Meinung, dass schon Ende Juni der Kampf gegen die Ameisen einsetzen wird. Deshalb hat man im Zoologischen und Chemischen Institut die Assistenten für die Aufgabe delegiert. Ich kann dir bereits jetzt verraten, dass ich auch mitmachen werde. Charles hat mir das bereits vor zwei Tagen eröffnet, dass ich ebenfalls – wie ein Assistent aus unserem Institut – als Meldeläufer und Protokollführer dabei sein werde."

„Interessant, du hast also doch nicht Ferien. Du bist dann engagiert?"

„Das kann man so sagen, aber die Arbeit mit den Ameisen findet draußen statt. Es wird Feldarbeit sein."

24. Treff bei Claire und Charles

Heute am 4. Juni ist der letzte Frühjahrsfreundestreff bei Claire und Charles. Pünktlich um halb eins treffen die Gäste ein, und Charles führt sie in die Stube. Beim Hineingehen sagt er beiläufig: „Die Wohnung müssen wir ja nicht besichtigen. Das haben wir das letzte Mal bei Luc getan, und wie ihr wisst oder ahnen könnt, sind alle Häuser der Hangstadt gleich gebaut und eingeteilt. Bitte setzt euch gleich zu Tisch."

Claire bittet Yvonne, ihr beim Auftragen zu helfen. Die zwei Frauen gehen in die Küche. Die anderen nehmen am Tisch Platz. Gespräche entwickeln sich, und Pierre schaut zu Charles und sagt: „Diese Woche war viel los. Die Medien haben über dich gesprochen. Du bist groß herausgekommen. Wir hatten leider keine Möglichkeit, zu deinem Vortrag zu kommen. Aber wir haben uns in den Medien kundig gemacht. Ich gratuliere dir."

„Ja, es ist einiges geschrieben worden, aber über die Kernpunkte wurde nur vorsichtig berichtet."

Jetzt kommen Yvonne und Claire in die Stube und tragen je zwei Teller. Sie setzen die Teller zwischen das Besteck, das vor jedem sitzenden Gast liegt. Das heißt, die Gäste müssen die Serviette und das Blümchen wegnehmen, die vor ihnen liegen. Claire verkündet stolz: „Heute ist Tomatentag. Wir bringen hier einen einfachen Tomatensalat. Nachher gibt es eine Tomatensuppe und zum Fleisch werden gedämpfte Tomaten mitgeliefert – nebst anderem Gemüse. Und auf dem Käseteller liegen dann ebenfalls noch Tomaten zur Verzierung."

Man lobt diese Idee und nach dem *„guten Appetit"* ist man mit dem Salat beschäftigt und die Gesellschaft ist ruhig. Nach einer kurzen Pause räuspert sich Pia und sagt zu Charles: „Wir haben gar nicht gewusst, dass du so gut Deutsch sprichst, wie dies in den Medien vermeldet wurde. Du hast sogar deutsche Mundart gesprochen!"

„Ja, das ist leicht zu erklären. Meine Großeltern wohnten in der Zentralschweiz, in Luzern, und als Kind – ich bin ja in Genf aufgewachsen – durfte ich jeden Sommer für drei Wochen zu meinen Großeltern in die Ferien gehen. Bei uns zu Hause hat mein Vater mit mir meistens Hochdeutsch gesprochen und meine Mutter, eine Genferin, Französisch. So bin ich bilingual aufgewachsen. Ich habe das Deutsche in den Ferien vertiefen können und war schon in der Primarschule so weit, dass ich in Luzern alles verstanden hatte und mich auch recht gut ausdrücken konnte. Dies führte dazu, dass ich praktisch akzentfrei die deutsche Sprache übernommen habe. In der Schule – im Gymnasium – habe ich die Schriftsprache Deutsch noch stets verbessert. Dazu kam, dass ich nach meinem Studium in Genf nach Zürich ging. Ich studierte dort anderthalb Jahre bei einem damals etwa sechzigjährigen Professor, der international für Insektenevolution bekannt war. Ich habe da meine Habilitation geschrieben und gleichzeitig traf ich Claire. Sie – auch eine Westschweizerin aus der Umgebung von Neuenburg – war in Zürich in einer Spezialausbildung. Sie hat sich zur Fachfrau Gesundheit – im Speziellen für die Dialyse – ausbilden lassen. Bald nach meiner Ankunft in Zürich trafen wir uns in einer Mensa, wir sind uns näher gekommen, und Claire wurde meine Frau. Wir bemühen uns übrigens, auch mit unseren Kindern Deutsch zu sprechen. Leider nicht allzu oft, aber sie haben schon recht gute Fortschritte gemacht. In der Schule belegen sie das Freifach Deutsch. Der Ältere kann sich gut verständigen. Verstehen tun sie beide alles, aber die Tochter ist noch immer leicht gehemmt beim Sprechen. Sie hört und versteht, wenn sie auf Deutsch angesprochen wird, aber sie antwortet meistens auf Französisch."

„Ja, solche Probleme haben wir auch", sagt Paul. „Allerdings nicht mit der deutschen Sprache, sondern mit Spanisch. Weil wir hier praktisch mit Spanien zusammenleben, haben wir früher gedacht, es wäre eigentlich nicht schlecht, wenn sie auch etwas Spanisch verstehen würden. Ansonsten hilft uns ja überall die englische Sprache weiter."

Inzwischen hat man die Suppe ausgelöffelt und die Köchin für die herrlich erfrischende Suppe, die genau zu diesem Frühsommertag passe, gelobt. Charles setzt sich aufrecht und sagt so nebenbei: „Genau heute vor einer Woche hat der Bischof mit mir telefoniert." Alle in der Runde horchen auf. „Ja, er war am Vortrag anwesend und hat mir gratuliert. Er sagte, dieser Badwülser, der während des Vortrages intervenierte, sei ein Mitglied der Pius-Gemeinschaft, welche im Bischofspalais bekannt sei. Die Pius-Gemeinschaft sei eine parakatholische Organisation, die auch eine Zelle in Perpignan hätte. Weiter sagte er nichts, sondern dankte mir für den Sieg über diesen Badwülser. Vielleicht kann mir Paul etwas über diese Organisation der Pius-Gemeinschaft erklären?"

Paul nimmt das Thema sofort auf: „Ich habe ebenfalls diese Woche mit dem Bischof über diese Angelegenheit gesprochen. Dann habe ich mich noch im Archiv umgesehen und einiges über die Geschichte des Papsttums, d. h. über die letzten hundert Jahre, erfahren. Wenn ihr Interesse habt, kann ich euch einige Erklärungen geben."

Allgemeine Zustimmung. Davon hätte man noch nichts gehört. Wie viele Menschen leben in dieser Organisation? Stockend beginnt Paul zu reden, da er noch mit einem Cordon Bleu beschäftigt ist. Er kommt aber mehr und mehr in Fahrt: „Vor etwa hundert Jahren oder etwas früher hat sich ein französischer Bischof oder genauer gesagt ein Erzbischof mit dem Papst überworfen. Das heißt, viele Annahmen und Aussagen, welche der Papst machte, hat der Bischof verworfen oder gesagt, dass er mit dem einen oder andern nicht einverstanden sei. So kam es zu einem richtigen Streit mit dem Vatikan. Nach ein paar Jahren des Hin und Her hat sich dieser Bischof – Lufebvre hieß er, glaube ich – offiziell vom Papsttum getrennt und eine eigene Kirche gegründet. Vorerst hat er Mitglieder angeworben, und viele sind ihm zugelaufen. Der Anteil sehr reicher Mitglieder wurde immer stärker. Schon bald hatten finanziell starke Geschäftsleute und Politiker der Organisation Geld geschenkt. Es ging um mehr als nur eine Kirchensteuer. Es war verblüffend, aber diese Organisation wurde in Frankreich immer mächtiger und reicher, sogar sehr reich ...

überreich. Die Mitglieder haben Schenkungen gemacht und Legate übermittelt. So war dieser Lufebvre imstande, Schulen zu gründen und die Kinder der Mitglieder in eigenen Schulen und Gymnasien auszubilden. Schließlich eröffnete er sogar eigene Priesterseminare. Innerhalb von zwanzig bis dreißig Jahren ist die Pius-Gemeinschaft – nach dem Namen eines Papstes – so mächtig geworden, dass sie der katholischen Kirche, dem Papsttum die Stirn bieten konnte. Dazu kommt noch, dass der Papst immer mehr in Schulden geriet: aufgrund von Misswirtschaft im Vatikan, untauglicher Geschäftsführung der Vatikanbank, Korruption unter Bischöfen und sogar Kardinälen in Rom. Dies alles hatte dazu geführt, dass der Papst nicht mehr aus den Schulden rauskam. Er musste überall betteln gehen und nach Sponsoren suchen. Schließlich musste er Darlehen und Kredite aufnehmen, aber trotzdem wurde der Schuldenberg immer höher. Jetzt kam die Stunde von Lufebvre: Er bot dem Papst von seinem Überfluss Geld an. Lufebvre nahm ihm die Schulden ab und sanierte so den Vatikan. Dadurch kam der Papst immer mehr in die Abhängigkeit von Lufebvre. Dieser nutzte seine Macht aus und erzwang verschiedene Anerkennungen seiner Theorien. Somit wurde die Gemeinschaft in Rom immer mächtiger. Sie schleuste schließlich eigene Bischöfe beziehungsweise sogar einige Kardinäle im Vatikan ein. So konnte man das Papsttum über mehrere Jahre am Gängelband führen. Das dauerte bis Anfang unseres Jahrhunderts. Als junge Bischöfe an die Macht kamen bzw. Einfluss bekamen und auch die Kardinäle jünger wurden und die Päpste nicht mehr erst mit 70 oder 75 zum Papst gewählt wurden, gab es eine Wende im Vatikan. Es kamen damals Päpste, die erst 40 oder 45 bei der Wahl waren. Selbstverständlich haben diese Päpste und jungen Bischöfe frisches Gedankengut in die Kirche getragen, und sie haben sich vorgenommen, sich aus den finanziellen Klauen der Pius-Gemeinschaft zu befreien. So wurde der Einfluss der Gemeinschaft immer geringer und sie entzweiten sich auch wieder. Die Nachfolger von Lufebvre – Bischöfe – traten zum großen Teil ganz fanatisch und fundamentalistisch auf, und so trennte sich die Pius-Gemeinschaft auch immer stärker vom Papst. So ist es zu erklären, dass diese Leute eben ganz andere Auffassungen in den verschiedensten Bereichen des Lebens hatten. Sie waren in gewissem Sinne rassistisch, sie verdammten Andersgläubige respektive sogar gläubige Katholiken. Es kam so weit, dass der Papst die Gemeinschaft, respektive die meisten ihrer Führer – die Bischöfe und Erzbischöfe – in den Kirchenbann setzte. Der offene Streit begann eigentlich in Perpignan zwischen unserem Bischof und der Zelle der Pius-Gemeinschaft. In Perpignan ist heute nun kein Bischof dieser Organisation tätig, aber sie haben viele einflussreiche Leute. Diese geben sich zwar meistens nicht als Anhänger von Lufebvre aus, setzen sich aber im Versteckten für diese Organisation ein. Insbesondere gilt heute noch, dass die Organisation finanziell völlig unabhängig ist."

Der allgemeine Grundton um den Tisch ist, dass dies nicht bekannt war. Man hat zwar schon das eine oder andere gehört, aber tatsächlich muss es stimmen, dass diese Leute im Verborgenen agieren. Pierre fragt jetzt, was dies eigentlich mit den Ameisen auf sich habe. Dies sei in den Berichten dieser Woche nur undeutlich zum Ausdruck gekommen. Was Charles eigentlich im Vortrag noch sagen wollte, aber wegen dieser Unterbrechung durch Badwülser nicht sagen konnte.

Charles nimmt einen Schluck Wein und sagt dann: „Übrigens dieser Wein ist unser Hauswein der Hangstadt. Er kommt aus unserer bekannten Röhre, wie wir das bereits bei Luc gesehen haben ... Also, die Ameisen ... Der Vortrag hat zumindest bewirkt, dass die Medien meldeten, dass für die Bevölkerung keine Gefahr bestünde und man sich nicht beunruhigen solle. Das ist für mich sehr wichtig. Wir wollen ja keine Panik hervorrufen. Es besteht übrigens seit fünf oder sechs Jahren auch eine Stabsabteilung für die Vernichtung der Killerameisen. Aber darüber kann euch Luc bestens Auskunft geben."

Er nickt Luc zu. Luc macht sich ein bisschen umständlich daran, den leeren Teller von sich zu schieben, einen Schluck Wein zu nehmen und die Serviette an den Mund zu führen. Er beginnt dann: „Tatsächlich hat man vor sechs Jahren – eigentlich durch Charles, der ein Ameisenspezialist ist und mit Forschern aus

Amerika in Verbindung steht – entdeckt, dass sich in den Ostpyrenäen ein riesiges Ameisenvolk nach Osten bewegt. Man ist darauf aufmerksam geworden, als man ein Skelett fand, welches man schließlich einem Schafhirten zuordnen konnte. Es waren auch in der Umgebung noch zwei Schafsskelette entdeckt worden. Dann machte man sich Gedanken, was passieren würde, wenn diese Ameisen irgendwann im Osten in die Ebene hinunterkämen. Dies musste erforscht werden, und das könnte – wie man aus Amerika wusste – zu einer grausigen Katastrophe führen. Deshalb wurde das Ministerium für Gesundheit und Volkswohl mit dieser Problematik vertraut gemacht. Charles hatte damals viele Unterredungen mit dem Minister gehabt, und schließlich haben sie einen hohen Generalstabsoffizier zum Chef dieser Aktion beordert. In der Folge ging alles von diesem Chef aus. Er hat sich Unterchefs geholt. Der Erste war bereits mit Charles bestimmt. Dann wurde ein Geniekompaniekommandant berufen. Weiter mussten Feuerwehrleute herbeigezogen werden, und die Feuerwehrkommandanten verschiedener Städte wurden immer involviert, wenn die Ameisen in ihrer Nähe vorbeizogen. Weiter musste man an die Abwehr denken. Was hält die Ameisen fern? Womit können sie vertrieben werden? Wie kann man sie in Schranken halten? Dazu musste ein Mittel entwickelt werden, welches die Ameisen scheuten. Natürlich dachte man an Feuer, aber das Feuer war vorerst noch zu gefährlich. Man konnte nicht alle Wälder auf den Pyrenäen abbrennen. So wurde schließlich auch ich in die Forschungsarbeiten einbezogen, damit noch die chemische Komponente hinzukommen konnte. Eine kleine Gruppe von Soldaten, das heißt, eine Kompanie war stets im Einsatz, aber die wurden hin und wieder ausgewechselt. Diese Kompanie musste sich mit einigen Feuerwehrleuten organisieren und man zog noch zusätzlich die Polizei hinzu. Die Polizei wurde dem Kompaniekommandanten unterstellt. So haben diese Menschen die Killerameisen stets im Auge behalten, immer umzingelt. Dies bedeutete aber, dass sie einigen Gefahren ausgesetzt waren, und deshalb mussten besondere Schutzkleider entwickelt werden. Mit der Zeit war diese Schutzkleidung zu einer Art Astronautenuniform in lockerer Form geworden. Man kann durch die Maske hindurch immer hören und riechen, weil an den entsprechenden Körperstellen feine Gitter angebracht sind und somit die Luft hindurchkommen kann. Diese Organisation wurde immer besser und kam immer westlicher mit den Ameisen. Der Generalstabsoffizier, also der oberste Chef, ist vollamtlich bei dieser Aufgabe dabei, und selbstverständlich wird die ganze Aktion vom Staat bezahlt. Natürlich leisten die Städte hier ebenfalls einen Beitrag dazu, vor allem was ihre Feuerwehrleute betrifft. Diese sind teilweise von der Stadt bezahlt, von der sie angestellt sind. Jetzt ist es so weit, dass die Ameisen oben in den Pyrenäen sind und man hat ausgerechnet, dass in zwei bis drei Wochen das ganze Ameisenvolk gegen den Abhang im Süden von Perpignan, beinahe an der Grenze zu Spanien, sich in die Ebene hinunterbegeben wird. Nun sind wir dabei, die Organisation auszubauen. Sie läuft auf Hochtouren. Wir sind dabei, diese Ameisen mit ‚kriegerischem' Einsatz zu bekämpfen. Wir werden sie auf einer Alpenwiese abfangen und dort vernichten."

Erstaunen und Ausrufe der Verwunderung! Da und dort Fragen. Dann stellt Paul eine ganz wichtige Frage: „Gehen diese Leute täglich in die Pyrenäen hinauf oder leben sie sogar dort oben und sind im Dauereinsatz?"

„Das ist ein logistisches Problem", erklärt Luc. „Weil eine kleine Gruppe von Anfang an immer 24 Stunden im Tag die Ameisen überwacht, muss selbstverständlich auch eine Infrastruktur aufgebaut werden. Es ist weiterhin eine Stabskompanie der französischen Armee beordert worden. Diese wird von Zeit zu Zeit ausgewechselt. Die Stabskompanie ist für die Verpflegung und für die Feldküche besorgt. Die Feldküche ist circa 500 Meter von den Einsatzorten entfernt aufgebaut. In dieser Umgebung befindet sich auch ein Zeltlager. Die Hälfte der Einsatzleute kann sich jeweils verpflegen und ausruhen. Die andere Hälfte ist jeweils im Einsatz. Ich weiß nicht genau, wie sie es geregelt haben, ob sie in einem Rhythmus von sechs Stunden, im Halbtageseinsatz oder Tag und Nacht ablösen. Dies wird alles dort organisiert und durchgeführt."

„Ich danke Luc, ich kann dem nichts mehr beifügen", sagt Charles. „Wenn ihr noch mögt, hat es in der Küche noch mehr Käse."

Alle bedanken sich, alle sind satt. Der Kaffee und ein kleines Dessert werden serviert. Da sagt Pierre: „Wir müssen nun leider gehen. Ich habe heute Abend etwas vor."

„Warte noch einen Moment Pierre", sagt Luc. „Wir müssen noch die Herbsttreffen datieren. Yvonne und ich haben die Herbstagenda konsultiert und ich bin im Herbst ziemlich stark engagiert. Ich habe noch verschiedene Projekte, und wir haben uns entschlossen, das erste Treffen im Herbst zu organisieren und zu übernehmen. Es bleibt noch einige Zeit, sodass ihr es euch gut vormerken könnt. Oder ist jemand dagegen, dass ich gleich das erste Treffen übernehme?" Niemand hat damit ein Problem. Alle sind einverstanden. So sagt Luc: „Wir haben gedacht, am ersten Samstag im September. Bitte merkt euch dieses Datum. Genauere Angaben folgen." Alle sind einverstanden. Pierre und Renate verabschieden sich und die anderen nehmen noch den Kaffee.

25. Kampf gegen die Ameisen

Es ist Donnerstagmorgen, der 23. Juni. Eine Mail erscheint auf Charles Laptop in seinem Arbeitszimmer. Charles öffnet sie sofort und liest: „An alle Einsatzkräfte: Aktion Ameisen. Es herrscht Mobilmachung. Sämtliche Mitglieder der Aktion müssen sich im Hauptquartier melden. Vollständige Einsatzbereitschaft bis zum Mittagessen. Das Hauptquartier befindet sich in …" Es folgt eine Koordinatenangabe. Gleichzeitig wird geboten, jeder Chef müsse seine Hilfskräfte aufbieten und zum Hauptquartier mitnehmen. „Kleider und Wäsche für drei Tage mitnehmen." Charles beginnt sofort mit der Vorbereitung. Er holt die entsprechenden Kleider und informiert Claire, dass er voraussichtlich für drei Tage abwesend sein werde. Der Großkampf gegen die Ameisen werde beginnen. Nach kurzer Zeit ist Charles im Institut und orientiert die dort aufgebotenen Assistenten, sie sollen sich für drei Tage mit Kleidern ausrüsten. Sie sollen auch Toilettenartikel mitbringen, dies könnte noch wichtig werden. So beginnen die Vorbereitungen sowohl im Zoologischen Institut als auch im Institut für Chemie. Luc hat auch dort den Befehl weitergegeben. Ungefähr um Viertel vor zehn fährt Luc mit einem Kleinauto des Instituts Richtung Süden. Hinter ihm folgt ein zweiter Wagen mit vier Assistenten, darunter auch Yves. Alle sind gespannt, aber ruhig und machen sich eigene Gedanken. Charles fährt gezielt zum Hauptquartier. Da meldet er sich beim Chef, beim obersten Stabsoffizier und meldet alle seine Mitarbeiter. Alle fassen einen Schutzanzug und warten auf weitere Befehle. Es herrscht ein unglaubliches Gewirr von Soldaten, Feuerwehrmännern, Polizisten und Hilfskräften. Langsam begeben sie sich an die vorgeschriebene Örtlichkeit, wo sie ihre Ruhezeiten genießen können. Es ist jetzt etwa elf Uhr geworden. Es ist ein wunderschöner Tag: warm und wolkenlos. Charles ordnet seine Unterlagen und trifft Vorkehrungen für seinen Auftrag. Er hat eigentlich nichts anderes zu tun. Er kann im Hintergrund bleiben und die laufenden Meldungen verarbeiten, vor allem was die biologische Seite betrifft. Als die Mittagszeit anbricht, begeben sich alle zur Küche. Eine Stabskompanie ist in voller Besetzung aufgefahren, d. h. eine Küchenmannschaft von ca. 30 Leuten hat das Mittagessen zubereitet. Eine weitere Gruppe der Stabskompanie ist damit beschäftigt, Zelte aufzubauen. Die Leute müssen schlafen und etwas Freizeit genießen können, bevor sie dann die vom Einsatz kommenden Truppen ablösen werden. Ihnen wird ein kräftiges Mittagessen nach Soldatenart – ein sogenannter Spatz – serviert. Dazu gibt es Teigwaren und Gemüse. Als Dessert wird sogar eine kleine Tafelschokolade abgegeben. Beim Mittagessen trifft Yves seinen Vater. Sie sprechen einige Worte miteinander und Yves verspricht, zuverlässige Arbeit zu leisten. Er ist als Meldeläufer vorgesehen und als persönlicher Protokolllist bei Charles eingeteilt. Viele der nicht Beschäftigten machen einen Mittagsschlaf. Einige telefonieren. Es gibt sogar welche, die Briefe oder Karten schreiben und auch solche, die einfach herumschlendern. Yves legt sich die Schutzkleidung um und meldet sich bei Charles ab, er gehe mal ins Kampfgebiet. Charles mahnt ihn, die Schutzkleidung bereit zu halten und die Beine mit dem Abwehrmittel einzustreichen. Dies ist ein Mittel, das sein Vater Luc im Institut entwickelt hat. Man fand heraus, dass die Ameisen Knoblauch, Pfeffer und ein paar Giftaromen tatsächlich meiden. Wenn sie diesen Geruch mitbekommen, fliehen sie. Dies ist ein Schutz für die Menschen, damit die Ameisen nicht die Beine hochklettern.

Yves geht nach oben. Der Weg verläuft zuerst flach, dann wird die Steigung größer. Nach etwa einem Kilometer sieht Yves abwechslungsweise Feuerwehrmänner und Soldaten in einem Abstand von etwa zehn Metern stehen. Diese Männer tragen auf dem Rücken jeweils einen Flammenwerfer. Diese wurden in langwieriger Arbeit entwickelt. Man hat nur die Möglichkeit, die Ameisen mit Feuer in Schach zu halten respektive umzubringen. Als Yves in die Nähe der Soldaten kommt, geht er auf einen zu und lässt sich von ihm verschiedene Fragen betreffend Ausrüstung und Auftrag beantworten. Da sieht Yves etwa fünf Meter von ihm entfernt, wie sich riesige Ameisen auf sie zu bewegen. Er will auf sie zugehen, da sagt ihm der Kamerad, der Feuerwehrmann, den er angesprochen hat: „Pass auf, geh nicht zu nahe ran. Diese Tiere sind unberechenbar. Wir haben im Grunde genommen keine Wahl, außer zu fliehen. Du kannst nur vertrauen, dass die Ameisen den Saft an den Beinen meiden und sich nur zögerlich oder gar nicht nähern. Setz auf jeden Fall deinen Helm auf."

Yves setzt seinen Helm auf, aber er macht seinen Reißverschluss nicht ganz zu. So besteht noch um den Hals sowie auf der Schulter eine Öffnung. Yves bekommt so mehr Luft und es ist einigermaßen erträglich bei dieser nachmittäglichen Hitze. Yves beobachtet die Ameisen. Er stellt mit Erstaunen fest, wie groß diese Insekten sind. Er hat zum ersten Mal solche Killerameisen in freier Natur gesehen. Er stellt sich vor, wenn man von ihnen gebissen oder durch das Gift besprizt wird. Charles hat erwähnt, dass die Schmerzen so heftig sein können wie bei einem Stich durch eine Hornisse. Dies hätte er ebenfalls noch nie erlebt, aber er hätte schon einen heftigen Bienenstich erleben müssen und erinnert sich, wie schmerzhaft dies war. Jetzt stellt Yves sich vor, wie es sein könnte, wenn zwei, drei oder fünf der Ameisen gleichzeitig zubeißen und Gift in die Wunde spritzen. Dies müsste bestimmt ein großer Schock für einen so gebissenen Menschen sein. Man hatte sie gewarnt, dass Todesgefahr ab fünfzehn mit Gift besprizten Wunden bestünde. Der Tod könne durch Schock beziehungsweise Herzversagen eintreten oder nach kurzer Zeit auch durch das Einwirken des Giftes. Yves schaut noch eine Weile zu, macht Beobachtungen, zeichnet unterschiedliche Tiere ab und geht dann wieder etwas zurück. Er wandert an den Soldaten vorbei. Er fragt, wie sie sich denn aufgestellt hätten, und einer gibt ihm Antwort: „Rings um das Ameisenvolk, das heißt oben und unten sowie hinten, stehen alle zehn Meter Soldaten und Feuerwehrmänner mit Flammenwerfern im Einsatz. Nach einer gewissen Zeit werden wir abgelöst und wir können uns dann zurückziehen, uns verpflegen und ausruhen. Vorn, nach Süden, ist der Kreis geöffnet. Da haben die Ameisen die Möglichkeit, weiterzuwandern. Von hinten her wird der Druck aufrechterhalten. Vorerst mit dem Mittel des Abwehrstoffes, den man etwa versprüht, und von Zeit zu Zeit wird eine Feuergarbe an die Ameisen herangeführt. Dann fliehen sie nach vorn, steigen übereinander, und so entsteht ein Durcheinander. Dieses Durcheinander geht wie eine Welle nach vorn, und die Spitze des ganzen Zuges bewegt sich immer weiter. Allerdings findet die intensive Wanderung eigentlich nur nachts statt. Tagsüber halten sie sich auf diesem riesigen Platz auf und fressen alles kahl, was wächst. Vor allem sind sie auf tierische Nahrung erpicht. Das habe ich von einem gut informierten Kollegen erfahren. Die Ameisen brauchen Eiweiß. Alle Tiere, die auf dem Boden oder knapp darunter sind, werden gefressen! Das können Mäuse, Frösche, Wiesel und Ratten – vielleicht sogar mal ein Hase, der in die Quere kommt – sein. Sie fressen aber vor allem viele Insekten und Raupen."

Yves stolpert noch etwas herum und hört genau hin: ihn dünkt, es sei ein auffälliges Knistern und Krabbeln zu hören. Er verspürt auch einen eigenartigen Duft, wie Kadaverduft! Der Duft erinnert ihn aber auch – in verdünnter Form – an die Ameisensäure in den Formikarien. Wahrscheinlich verdünnt die saubere Bergluft den intensiveren Duft, an den er sich aus dem Institut gewöhnt ist. Nun schlendert Yves wieder nach unten, geht an einen Tisch und protokolliert alle seine Beobachtungen. Das eine oder andere sagt er Charles direkt, der immer noch mit seinen Unterlagen beschäftigt ist und Pläne aufzeichnet. Im Laufe des Nachmittags kommt die Meldung durch, dass alle Hilfskräfte vom Einsatz befreit seien, bis jeweils auf einen Kurier oder Meldeläufer zur Absicherung der Kommunikation. Sie sind alle mit Funkgeräten ausgestattet. Oben im Einsatzgebiet sind etwa acht Funker verteilt, die mit dem Hauptquartier in Verbindung sstehen. Alle diejenigen, die nicht zum Einsatz kommen, sind frei, können sich nach dem Nachtessen zur Ruhe begeben. Man müsse abwarten. Voraussichtlich werde die Übung am frühen Morgen beginnen, dann sollte das Ameisenvolk auf der Alpweide angekommen sein. Dort werde man dann das Ameisenvolk vernichten. Von hinten her werde das Volk durch die bekannten Mittel nach vorn getrieben. So hoffe man, bei Tagesanbruch, am Morgen, die Aktion abschließen zu können. Allerdings seien das Voraussagen, die erst noch eintreffen müssten.

26. Roy und Yvonne

An diesem Abend ist Yvonne zu Hause. Sie ordnet einige Dinge, arbeitet am Computer, surft etwas im Internet und denkt an Luc, der jetzt auf dem Berg im Einsatz ist. Dass auch Yves im Einsatz ist, das hat sie erst heute Morgen erfahren, weil sie ihm auch Wäsche bereitstellen musste. Plötzlich klingelt ihr IPhone. Sie antwortet, und auf der anderen Seite sagt Luc, dass es begonnen hätte. Er sei wahrscheinlich für drei Tage im Einsatz. Sie müsse also nicht auf ihn warten. Yves könne ebenfalls mindestens bis morgen Abend nicht nach Hause kommen. Sie wünschen einander eine gute Nacht, und Yvonne legt auf. Eine Viertelstunde später schrillt das Telefon schon wieder. Yvonne schaut verwundert auf die Nummer. Nanu, sie kennt die Nummer nicht. Sie meldet sich, und auf der anderen Seite kommt die sonore, wunderbare Tenorstimme: „Roy Bagnol am Apparat."

Yvonne muss sich setzen und sie denkt sofort: „Nein, nicht wieder." Aber die Stimme schmeichelt sich ihr ein und sie wird immer froher. Roy sagt, dass sie ja allein sei und er würde ihr gern den Abend verkürzen. Sie könnten ja gemeinsam essen gehen. Yvonne ist erschrocken: „Nein, das kann ich nicht."

„Warum nicht? Da ist doch nichts dabei, wenn ich dir ein Nachtessen offeriere."

„Nein, ich kann das nicht verantworten. Man könnte uns sehen. Die Nachbarn könnten uns sehen und das ist nicht gut."

„Die Nachbarn müssen doch gar nichts erfahren. Wir können uns irgendwo zum Nachtessen treffen. Nur zum Nachtessen."

„Gut, ich fahre mit dem Bus Richtung Perpignan bis zur ersten Busstation nach der ‚Palme', dort steige ich aus. Dort kannst du am Straßenrand parken und ich steige in dein Auto."

„Prima, ich werde dort sein. Bekleide dich leicht, es ist eine warme Sommernacht und du kommst nach Hause, wenn es noch recht angenehme Temperaturen sind."

„Abgemacht."

Yvonne macht sich bereit, nimmt ihr Portemonnaie und steckt einen Lippenstift in ihre Hosentasche. Sie hat sich für eine kurze Hose entschieden und eine adrette Bluse. Sie steigt in den Bus und fährt bis zur genannten Busstation. Etwa gegen fünf vor acht steigt sie dort aus und wartet auf dem Trottoir auf Roy. Sie hat keine Ahnung, welche Art Auto er fährt. Sie ist erstaunt, als er eine Minute vor acht vor ihr steht: Dieser wunderbare sportliche Mensch ... Nicht daran denken, nicht daran denken.

„Ich habe dort vorn geparkt. Du siehst, es ist kein Nachbar hier und wir sind völlig unbelastet. Ich habe ein Universitätsauto bei mir."

„Wohin führst du mich? In welches Lokal wollen wir gehen?"

Roy macht ein paar Vorschläge und Yvonne meint dann: „Das geht nicht in der Stadt. Da könnten wir Bekannte treffen und die könnten Fragen stellen oder Luc über unser Treffen ins Bild setzen. Ich möchte nicht, dass Luc etwas davon erfährt."

„Gut, dann fahren wir aus der Stadt. Weißt du was, Yvonne? Wir fahren nach Süden, fast bis zur spanischen Grenze."

„Das ist gut, dort gibt es kleine Dörfer, und dort können wir uns in einer einfachen Wirtschaft ein gemütliches Nachtessen leisten."

Gesagt, getan. Sie fahren los, und etwa um neun Uhr kommen sie in einem Dorf nahe der spanischen Grenze an. Ein Restaurant mit Leuchtschrift lädt zum Essen ein. Roy parkt, die beiden steigen aus, gehen ins Restaurant und bestellen ein Nachtessen. Sie plaudern über dies und das. Roy spricht über seine Arbeit. Yvonne erzählt von ihrer Jugend und früherer Arbeit. So geht die Zeit ziemlich schnell vorbei. Roy sagt noch: „Ich muss mich ein bisschen mit dem Wein in acht nehmen. Ich möchte nicht wegen Alkohol am Steuer meinen Fahrausweis verlieren. Man weiß ja nie, wie und wo man kontrolliert wird."

Der größere Teil des halben Liters wird deshalb von Yvonne konsumiert. Sie rühmt den guten Tropfen und bedankt sich für das feine Essen.

„Möchtest du noch einen Kaffee? Möchtest du noch ein Stück Kuchen?"

„Ja, gerne."

Yvonne ist leicht beschwipst und hat die Hemmungen etwas verloren. Sie ist freier und offener und genießt es, als Roy unter dem Tisch ihre Knie berührt. Nachdem Roy die Rechnung bezahlt hat, schlägt er ihr vor, dass sie zu ihm nach Hause gehen. „Nein, nein", wehrt sich Yvonne. „Ich sage dir, es gibt immer und überall Nachbarn und Bekannte. Diese Möglichkeit möchte ich verhindern." Roy umfasst Yvonne beim Hinausgehen und drückt sie ein bisschen. Sie wehrt sich nicht. Dann küsst er sie und fragt sie, welchen Vorschlag sie machen könne. Yvonne, vollständig im Bann von Roy, sagt, dass sie auf eine Alpweide hinauffahren könnten. Luc hätte dort eine alte Scheune gekauft. Sie hätten immer beabsichtigt, dort in Zukunft ein Ferienhaus zu bauen. Es hätte sich aber nie ergeben. Roy ist mit diesem Vorschlag einverstanden und setzt sich ans Steuer.

Nach Anweisung von Yvonne fährt Roy aus dem Dorf und biegt auf einen Feldweg ein. Es geht im Zickzack hinauf. Was beide nicht wissen: Nach etwa fünf Minuten Fahrt liegen zwei Feuerwehrmänner am Straßenrand und haben die Aufgabe, alle nicht autorisierten Fahrzeuge nach unten zu schicken. Genau an dieser Stelle, wo die Männer liegen, befindet sich ein Wendeplatz. Viele Militärfahrzeuge und Universitätsfahrzeuge fahren regelmäßig nach oben. Diese weichen aber jeweils nach rechts auf eine Fahrbahn Richtung Hauptquartier ab, das sich etwa zwei Kilometer von der Vernichtungsaktion gegen die Ameisen entfernt liegt. Alle Fahrzeuge der Institute sind gleich gefärbt und haben eine entsprechende Nummer, z. B. für Institut Chemie, Zoologie etc. In der Biologie stehen etwa ein Dutzend solcher Fahrzeuge zur Verfügung. Als das Institutsauto vorfährt, melden sich die zwei Feuerwehrmänner deshalb nicht und bleiben am Boden liegen. Roy und Yvonne fahren vorbei, ohne sie zu bemerken. Sie fahren weiter nach oben bis zur Rechtsabbiegung, wo die Straße zum Hauptquartier führen würde. Da sagt Yvonne: „Biege links ab. Rechts geht es zu einem kleinen Bergdorf. Von dort geht es wieder zurück nach Perpignan." Also biegen sie links ab und fahren weiter den Berg hinauf. Noch einige Kurven, und schon erreichen sie ein Plateau. Yvonne schlägt vor: „Hier müssen wir das Auto abstellen. Den Rest müssen wir zu Fuß nach oben gehen."

Roy wendet das Fahrzeug, damit sie gleich wieder am frühen Morgen abfahren können. Er schließt das Auto ab, sie gehen gemeinsam nach oben und er fasst sie um die Schultern. Wie ein verliebtes Paar gehen sie leise scherzend und gelöst nach oben. Nach einer Viertelstunde kommen sie zur Alphütte. Es ist dunkel und Roy öffnet die alte Tür. Er stellt fest, dass das ganze Gebäude baufällig ist. Sie gehen hinein. Einige Futtersäcke sind in der Ecke, ein altes Paar Schuhe liegt am Boden, und rechts daneben bis in die hintere Ecke ist ein ziemlich großes Heulager. Nachdem die Tür zu ist, beginnen sie sich auszukleiden, legen sich auf das Heu und lieben sich. Sie lieben sich intensiv, erotisch und ziemlich ausgedehnt. Nach einer Pause – in der sie miteinander flüstern und sich gegenseitig liebe Worte sagen – beginnt das Spiel nochmals. Roy beglückt Yvonne in einem kurzen Akt ein zweites Mal. Dann sind sie erschöpft, murmeln noch ein paar Worte und Yvonne schläft ein. Roy betrachtet sie, d. h. es kommt jetzt langsam Licht durch die Spalten der Hütte. Der Vollmond ist soeben aufgegangen. Kurz und gut, Roy legt sich ebenfalls zurück, und bald ist auch er eingeschlafen.

Zwei Stunde später: Roy ist aufgewacht. Er muss Wasser lösen. Er sieht Yvonne neben sich ruhig schlafen, tief atmend und mit einem friedlichen Gesicht. Roy steht still auf, schlüpft in seine Hose und zieht seine Schuhe an. Dann öffnet er leise das Scheunentor. Er muss vorsichtig damit umgehen, es knirscht. Er will es deshalb nicht schließen und lässt es einen Spalt weit offen stehen. Dann schaut er sich um: Es herrscht wunderschönes Mondlicht, fast taghell. Der Mond steht schön hoch am Himmel. Jetzt schaut er in die Umgebung. Er sieht etwa hundert Meter weiter entfernt einen kleinen Busch. Er verrichtet dort sein Geschäft. Dann spaziert er noch weiter nach unten und genießt die Nachtluft. Dann fällt ihm ein eigenartiges Knistern auf, das er bereits beim Verlassen der Scheune bemerkt hatte. Jetzt spürt er auch einen eigenartigen Duft in der Luft, wie halb vermodertes

Zeug, dünkt es ihn. Irgendwie riecht es auch nach Säure. Als Chemiker kennt er diesen Säuregeruch gut, es riecht wie nach Ameisensäure. Er macht sich keine weiteren Gedanken. Dann hört er plötzlich einen lauten Schrei und nach einer Pause noch einen zweiten. Dieser ist nur kurz und bricht ab. Er denkt sofort: Das ist Yvonne.

Er rennt nach oben zur Hütte hin. Nach zehn Metern hält er inne und denkt: Das ist Luc. Luc hat Yvonne ausspioniert. Er ist ihr gefolgt und hat sie geschlagen oder er spricht mit ihr. Er wollte zur Scheune gehen und sich mit Luc besprechen. Dann denkt er: Nein, das ist die falsche Taktik. Hoffentlich bringt Yvonne eine gute Ausrede zustande. Nichts wie weg. Er rennt den Berg hinab und sagt sich, die beste Strategie sei wohl, nichts zu wissen. Zum Glück hat er die Hose angezogen. Er hat somit seinen Geldbeutel, die Ausweise und sogar den Autoschlüssel bei sich. Er steigt ins Auto, fährt den Hang hinunter und direkt nach Perpignan auf das Institutsgelände, wo er den Kleinwagen parkt. Er versichert sich, dass ihn niemand sieht. Danach fährt er mit seinem eigenen Auto nach Hause. Er geht ins Bett, kann aber vor Aufregung nicht schlafen. Hin und wieder denkt er, er hätte es doch falsch gemacht, dass er davonrannte: Vielleicht hätte ich mich mit Luc arrangieren könnten? Dann denkt er an seinen Job. Wenn Luc tatsächlich seine „Untat" bemerkt oder über sein vor vier Wochen gewagtes Abenteuer erfahren hätte, dann wäre er wahrscheinlich beruflich erledigt gewesen. Nach langer Zeit schläft Roy ein.

Im Hauptquartier der Ameisenkämpfer wird Alarm gegeben. Sobald der Mond hoch am Himmel steht, beginnen die Ameisen nämlich nach Süden zu wandern. Von hinten drängen die Riesenameisen, und somit wird diese Wanderung nach Süden zusätzlich angetrieben. Die Soldaten und Feuerwehrleute drängen mit dem Feuerlöscher und mit dem Abwehrsaft die Tiere nach vorn. Es kommen bereits erste Ameisen auf die Alpweide, dort, wo man das gesamte Volk vernichten will. Die Einsatzleitung ist jetzt vollständig am Ort des Geschehens versammelt und Befehle kommen klar und deutlich: „Vorwärtsdrängen, bis wir das ganze Volk auf der Alpweide haben. Der Kreis muss ebenfalls von vorn geschlossen werden, damit die Ameisen nirgendwohin ausweichen können!" Weitere Ameisen kommen auf der Alpweide an. Als die Jäger respektive die Einsatztruppe noch im Hintergrund stehen, sind die Ameisen bereits in die Alphütte eingedrungen und stürzen sich zu Hunderten auf Yvonne. Eiweiß, das heißt Futter für sie. Sie beißen sie, spritzen das Gift ein. Yvonne schreit laut! Bereits nach kurzer Zeit – nach etwa dreißig Sekunden – ist Yvonne tot. Die Ameisen fressen jetzt den ganzen Leib auf, skelettieren die Leiche. Immer mehr kommen hinzu, und schon kurz nach diesem Angriff, welcher kaum eine halbe Stunde dauert, ist alles Fleisch vom Skelett gefressen. Da und dort sind noch einige Reste geblieben, zum Beispiel am Kopf und unter den Haaren. Ansonsten liegt auf dem Heu ein Skelett. Jetzt beginnen die Ameisen, Heu zu fressen. Immer mehr Ameisen kommen, bis die Hütte mit Millionen von Ameisen gefüllt ist. Sie krabbeln übereinander, sie krabbeln nebeneinander und es ist ein klapperndes Geräusch zu hören. Den Schrei, den Yvonne ausgestoßen hatte, den haben die Soldaten – die nicht unweit von der Hütte standen – gehört. Einer meinte: „Da hat jemand um Hilfe gerufen. Da hat doch jemand einen Angstschrei ausgestoßen!" Ein Zweiter sagt: „Dummes Zeug. Ich habe nichts gehört."

Tatsächlich war der Schrei nicht so laut, und die beiden stritten sich und machten später zu diesem Thema noch blöde Bemerkungen: „Was hast du für eine Fantasie. Wer hält sich zu dieser Zeit schon da oben auf? Wer will hier noch ein Zelt aufstellen, außer wir unten am Hauptquartier?" Ein Dritter fügte darauf hinzu: „Es hat aber wie der Schreckensruf eines Rehes geklungen. Wenn die Rehe in Todesangst sind, schreien sie genauso. Solche Schreie habe ich selber schon gehört. Jäger haben mir ebenfalls davon erzählt." Damit war das Thema aber abgehakt. Es ist in den frühen Morgenstunden, und die Einsatzleute müssen das Ameisenvolk weiter vorwärts treiben. Ihr Ziel ist es, bis um vier Uhr das ganze Volk umzingelt zu haben. Aufgrund der Flammen fliehen immer mehr Ameisen in die Hütte. An den Wänden und auf dem Dach krabbeln Millionen von Ameisen.

Die am nächsten stehenden Einsatzleute sehen das und melden es weiter. Die Einsatzleiter entscheiden, dass bei Sonnenaufgang das Volk vernichtet werden müsse, zusammen mit dieser Hütte. Zu diesem Zeitpunkt erfahren Luc und Charles im Hauptquartier von der aktuellen Situation um die Hütte. Luc erinnert sich, dass dies seine Hütte sein könnte. Er geht zum Chef und sagt: „Diese Hütte gehört mir. Sie ist alt und baufällig." Der Chef fragt, ob jemand drin sei. „Nein, nein, ein Schafhirt stellt im Winter Heu und Futter ein, ansonsten ist niemand da. Der Schafhirt ist jetzt übrigens weiter im Westen auf den Höhen der Pyrenäen, vielleicht sogar auf der spanischen Seite, wohin er sich ebenfalls ab und zu begibt."

Der Einsatzleiter sagt, das sei sehr interessant, wie sich die Ameisen in und um die Hütte versammelt hätten und wahrscheinlich vor dem Feuer Zuflucht suchten: „Wenn wir die Hütte abbrennen können, dann haben wir einen großen Teil des Volkes ebenfalls erwischt, und das ist gut so." In diesem Sinne wird die Sache vorbereitet und die Soldaten ziehen den Kreis um die Ameisen immer enger. Am Schluss sind die Ameisen in drei bis sogar vier Schichten übereinander. Sie krabbeln über sich weg, kommen wieder hervor, krabbeln panisch die Hüttenwände empor und fallen hinunter, sobald drei bis vier übereinander sind. Die Sonne geht auf, und innerhalb einer Viertelstunde ist es taghell. Jetzt ertönt der Befehl: „Um die Hütte herum spritzen und sie anzünden! Vorsicht: darauf achten, dass die Flammen nicht auf die gegenüberliegende Seite der Scheune kommen!"

Jetzt beginnt ein Feuerwerk sondergleichen. Die Ameisen werden buchstäblich, Stück um Stück, verbrannt. Der Duft wird immer modriger. Es stinkt und duftet nach verbranntem Fleisch. Die Sache nimmt seinen Fortgang wie vorgesehen. Im Großen und Ganzen arbeiten die Männer ruhig. Yves ist als Meldeläufer ebenfalls vor Ort. Er muss ja Charles Meldung erstatten und ist mit ihm mittels Funkgerät in Verbindung. Yves bemerkt, dass in dem Knistern und in diesem lauten Geräusch dieser Milliarden von Ameisen – vielleicht ist es eine Billion oder sogar noch mehr, man kann das nicht abschätzen – ein Zischen zu einem Ton hoher

Frequenz wird. Er kann sich das nicht richtig erklären, vermutet aber, dass dies von den Ameisen kommt. Das Feuer kann nicht einen so hohen Ton verursachen. Er denkt sich, er wolle dem später nachgehen, müsse aber unbedingt mit Charles darüber sprechen.

Als die ganze Aktion abgeschlossen ist, beginnt man vorsichtig, die Umgebung abzusuchen. Hat es noch weitere Ameisen in der Nähe? Man beginnt mit dem Aufräumen. Die verbrannten und verkohlten Ameisen werden auf Haufen geschaufelt, drei, vier, man muss sie zur Entsorgung wegbringen. Dann wird abgelöst, d. h. eine zweite Equipe, die sich vorher verpflegt hatte, muss anrücken. Die anderen können so eine Ruhepause genießen und im Hauptquartier frühstücken. Das Aufräumen ist mühsam. Es werden nun die Reste der Hütte in Angriff genommen, wo einige alte Balken und geborstene Ziegel übrig geblieben sind. Zwischen dem verkohlten Holz liegen Millionen von Ameisen, Ameisen, Ameisen und noch mehr Ameisen. Teilweise kann man es ihnen noch ansehen, dass sie einmal Ameisen waren. Teilweise sieht man aber nur noch Asche. Auf dem Gelände stinkt es furchtbar. Nach etwa einer Stunde hat man die verkohlten Holzstücke und die Ziegel weggeräumt. Dann entdeckt man einen Teil eines Skelettes! Der Schädel und der Brustkorb sind verkohlt und nur noch teilweise, weitgehend in Asche gehüllt, vorhanden. Darunter verkohlte Ameisenkörper. Dann sieht man einen Teil eines Schulterblattes und den rechten Oberarmknochen, natürlich schwarz verkohlt. Teilweise sind noch die linke und rechte Elle vorhanden. Vom Handskelett ist fast nichts mehr zu sehen. Auf der anderen Seite ist der linke Oberarmknochen weniger verkohlt und noch gut erkennbar. Die Beckenknochen liegen noch ziemlich intakt da, aber schwarz verbrannt. Die beiden Oberschenkelknochen sind ebenfalls gut erhalten und das Schienbein ebenfalls. Von den Fußknochen ist praktisch nichts mehr vorhanden. Die Fersenknochen liegen vereinzelt auf der Asche. Man ist entsetzt! Sofort fragt man sich, ob man hier einen Menschen verbrannt habe? Dann heißt es, man müsste doch verkohltes Fleisch finden? Der Einsatzleiter befiehlt sofort, alles liegen zu lassen und schaltet die Spurensuche der Kriminalpolizei ein. Inzwischen ist Ruhe eingekehrt. Alle haben sich verpflegt, gestärkt und ausgeruht. Man wartet auf die Kriminalpolizei, und einige der Einsatzleute können nach Hause gehen. Entsprechend wird die Zeltstadt verkleinert und die wissenschaftliche Gruppe, also die Zoologen und Chemiker, kann zum größten Teil auch abziehen. Alle Einsatzleiter, das heißt auch Charles und Luc, müssen noch bleiben. Die Spurensuche, die wissenschaftliche Gruppe der Kriminalpolizei, wird noch viele Fragen an sie stellen. Eine größere Truppe bleibt deshalb auf dem Brandplatz. Plötzlich wird das Gerücht kolportiert, man habe in der Nacht einen Schrei gehört. Die Soldaten, zwei von ihnen, wurden mit dem Gerücht assoziiert, sie müssen Auskunft geben. Sie müssen über Zeitpunkt, Art des Schreies sowie wo er gehört wurde, aussagen.

Auch Luc hat von diesem Gerücht gehört. Er hat überhaupt nicht gedacht, dass dieses Skelett mit ihm in Verbindung gebracht werden könnte. Jetzt denkt er plötzlich: wenn Yvonne hier gewesen wäre? Aber nein, was hätte Yvonne hier machen sollen? Es ist Vormittag, halb zehn Uhr. Er ruft zu Hause an. Er will Yvonne sagen, dass die Aktion geglückt sei. Er will aber auch ganz sicher sein, dass Yvonne zu Hause ist. Er telefoniert an die verschiedenen IPhones zu Hause, an seine Apparate, die mit dem Computer in Verbindung stehen – aber seine Anrufe werden nicht beantwortet. Dann überlegt sich Luc, wo Yvonne bloß sein könnte. Warum hätte sie in die Hütte kommen sollen? Das könne doch einfach nicht möglich sein. Er schreibt SMS, er telefoniert mit Claire und erzählt ihr die ganze Situation und bittet sie, zu Hause nachzusehen. Sie solle auch Nachbarn befragen, ob Yvonne weggegangen sei. Er ist in Aufruhr und Angst.

Als die Kriminalpolizei eintrifft, beginnen sie sorgfältig mit der Spurensuche. Schon bald wissen sie, dass das Skelett einer weiblichen Person zugeordnet werden kann. Dann werden auch eine verkohlte Schuhsohle und das angebrannte Futter gefunden. Vom Heu ist nichts mehr vorhanden, nur noch Asche. Sie untersuchen auch die Ameisenleichen, und Luc wird zur besonderen Situation dieses Hauses befragt. Wer könnte es benutzt haben? Erste Erkenntnisse haben ergeben, dass die Schuhsohle zu einem

Schuh mindestens der Größe 43 gehörte (also mit dem Skelett nichts zu tun hat). Luc wird nach dem Schäfer befragt, der die Hütte persönlich nutzte. Luc erklärt, dass der Hirte wohl kaum zu finden sei. Er sei irgendwo in den Bergen mit seinen Schafen. Die Polizei veranlasst sofort eine Suchaktion, die den ganzen Tag über läuft. Tatsächlich finden sie am Abend den Schafhirten. Er wird ebenfalls befragt. Luc hält es auf dem Platz nicht mehr aus. Er fragt sich immer wieder, wo Yvonne sei. Von Claire hatte er keine Auskunft erhalten. Er ruft sie deshalb nochmals an, und sie sagt, sie hätte sich überall umgehört. Niemand hätte etwas bemerkt, man habe sie am Abend zuvor noch gesehen. Luc fragt nun vorsichtig Yves, der kurz vor der Wegfahrt ist, ob er etwas von seiner Mutter wisse. Yves verneint. Luc sagt dann, man habe ja dieses Skelett gefunden, und Yvonne sei nicht zu Hause: „Hast du eine Ahnung, dass sie in die Hütte gehen wollte?"

Yves sagt, dass er von dieser Hütte gar nichts mehr gewusst habe. Seine Mutter habe ihm gegenüber diese Hütte nie erwähnt. Er ginge jetzt aber nach Hause und er werde nach Yvonne forschen. Vielleicht sei sie zu Verwandten gefahren, weil sie sich für drei Tage abgemeldet hätte. Das leuchtet Luc ein.

Luc ist sehr beunruhigt. Er kann aber nichts machen. Er muss als Einsatzleiter noch mindestens bis zum nächsten Tag auf der Brandstelle bleiben. Der wissenschaftliche Dienst der Kriminalpolizei sammelt sämtliche Fundstücke ein und versorgt diese in Plastiksäcken. Diese werden in einem Lieferwagen untergebracht. Es wird auch mithilfe von Luc – der zwar nicht bei der Sache ist – der Boden untersucht. Welche Wirkung hatte das Feuer und das Abwehrgift auf den Boden beziehungsweise welche Reaktionen können noch erwartet werden? Kurz und gut, es ist ein hochwissenschaftliches Team die ganze Nacht im Einsatz. Erst in den frühen Morgenstunden begeben sie sich zur Ruhe. Sie werden gut von der Küchenmannschaft versorgt. Am Morgen bei Sonnenaufgang sind sie schon wieder am Ort des Geschehens. Es wird auch der Weg zu dieser Brandstelle zurückverfolgt, den die Ameisen genommen haben. Da werden noch einige Fundstücke gemacht: hin und wieder einige tote Ameisen, ein paar

Skelette von Kleintieren und Gebüsche mit verbranntem Laub. Je weiter man vom Geschehen weggeht, umso intensiver wird die Natur wieder wahrgenommen: Die Vögel pfeifen, und es werden einige Wildtiere gesehen. Ziemlich weit weg werden drei Rehe gesichtet. Diese lebendige Natur beruhigt die Leute. Das heißt, die Ameisen haben zwar eine tote Straße hinterlassen, aber alles würde wieder gut werden.

27. Luc sucht Yvonne/Niedergeschlagenheit bei Vater und Sohn/Lydia telefoniert mit George

Luc ist wieder zu Hause. Er musste den Untersuchungsbeamten noch weitere Auskünfte über verschiedenste Dinge betreffend der Hütte und des Schafhirten geben. Luc ist voller Angst wegen Yvonne. Er telefoniert mit der ganzen Verwandtschaft und Bekannten, ob sie etwas über den Aufenthalt seiner Lebensgefährtin wüssten. Er sucht auch in Yvonnes persönlichen Sachen. Er findet drei Briefe mit Absendern. Er kennt diese Leute nicht, aber er versucht sie anzurufen. Er fragt nach, ob Yvonne irgendwo aufgekreuzt sei. Luc hofft noch immer, dass Yvonne die drei Tage für einen Besuch genutzt hatte. Er bekommt von keiner Stelle eine befriedigende Antwort. Einige Nachbarn sagen, sie hätten Yvonne noch am Freitag gesehen. Luc telefoniert zum dritten Mal mit Charlotte, aber diese kann ihm ebenfalls keine Auskunft geben. Sie sei zwar am Freitag und Donnerstag in der Stadt gewesen, sie wisse aber ebenfalls nichts. Luc verbringt ein unruhiges Wochenende, obwohl Yves ihn immer wieder aufmuntert und glaubt, Yvonne sei irgendwo auf Besuch. Sie käme bestimmt heute zurück. Nichts geschieht! Luc und Yves sind ratlos. Er sagt zum Vater, was Yvonne denn in der Hütte hätte suchen sollen? So gehen Samstag und Sonntag vorbei. Es wird immer gewisser, dass das verkohlte Skelett doch die sterblichen Überreste von Yvonne sind. Am Montag geht Luc nicht ins Institut. Er probiert es weiter mit allen möglichen Telefonaten.

Yves ist pünktlich am Morgen um acht Uhr im Institut und arbeitet mit seinen Ameisen. Im Verlaufe des Vormittags kommt Charles zu Yves. Er sagt Yves, er habe vor vier Monaten das Forschungsinstitut in New Orleans angefragt, ob er in die Forschungsstation auf der Ameiseninsel gehen könne, in der zweiten Julihälfte. Yves unterstützt ihn und sagt, dass er im Institut die Stellung halten könnte. Daraufhin meint Charles: „Nein, das ist nicht die Frage. Ich möchte wissen, was mit Yvonne ist. Ist sie noch immer nicht aufgetaucht?"

Dann besprechen die beiden die Situation, und sie müssen annehmen, dass die Leiche in der Hütte Yvonne sein könnte. Es sei doch auffällig, dass sie nirgendwo zu finden sei. Ihr Auto stünde auf dem Parkplatz, im Hause sei alles in Ordnung gewesen und nichts deute darauf hin, dass sie abreisen wollte. Beide Männer finden es äußerst seltsam, weshalb Yvonne ausgerechnet in dieser Nacht in der Hütte gewesen sein sollte. „Also", sagt Charles zu Yves. „Warten wir jetzt noch ab. Dann wollen wir weitersehen. Ich will mich dann auch mit deinem Vater in Verbindung setzen."

Zu Hause ist Luc noch immer in größter Sorge. Mehr und mehr muss er sich mit dem Gedanken abgeben, dass Yvonne gestorben ist. Er sucht nach Dingen, die Yvonne gehörten, sucht sie einzuordnen. Er geht in die Küche und gießt sich ein Glas Wein ein, trinkt einen Schluck, geht wieder in den Gesellschaftsraum, geht wieder in sein Zimmer. Es ist eine ständige Unruhe. Er überlegt sich, ob er bei der Polizei nachfragen solle, was sie an weiteren Spuren gefunden hätten. Dann verwirft er diesen Gedanken: Das hat jetzt noch keinen Sinn. Die wissenschaftliche Abteilung braucht ihre Zeit, das weiß ich aus eigenen Erfahrungen, obwohl die Polizei versprochen hatte, möglichst schnell Gewissheit zu geben.

Mittagessen. Luc hat keinen Hunger. Er hat schon wenig gefrühstückt. Er überlegt sich, wie das überhaupt ohne Yvonne gehen solle. Wie muss die Haushaltung weitergehen? Das muss ich mit Charlotte besprechen. Charlotte, Charlotte, die könnte mir doch den Haushalt machen. Ich muss sie möglichst bald fragen. Ich muss darüber noch schlafen. Schließlich knabbert er an etwas, das er in der Küche findet: etwas kaltes Fleisch und eine Wurst im Kühlschrank. Dann holt er wieder das Glas Wein, schneidet eine Scheibe Brot ab und macht sich gedankenverloren eine Art Picknick. Er steht in der Küche und vertilgt das Brot mit Fleisch und trinkt etwa ein halbes Glas Wein. Dann geht er wieder in das Gesellschaftszimmer und auf die Terrasse, schaut hin und her. Alles ist wie gewohnt, er sieht nichts Außergewöhnliches. Sogar der ferne Verkehrslärm ist nur gedämpft zu hören. Er geht wieder in die Stube hinein. Plötzlich schrillt sein Telefon. Er meldet sich und von der anderen Seite tönt es: „Wissenschaftlicher Dienst der

Kriminalpolizei. Wir haben intensiv die Spuren untersucht. Wir haben am Skelett ..." Jetzt wird Luc hellwach. „Wir haben am Skelett die verschiedensten Untersuchungen durchgeführt, und zwar nach neuesten molekulargenetischen Methoden. Wir haben uns auch erlaubt, im Personalblatt auf der Homepage Ihrer Frau, nachzusehen. Wir haben die Vergleiche angestellt. Es ist eindeutig feststellbar, dass das verkohlte Skelett Ihrer Frau gehört."

Luc mochte nicht korrigieren, dass es sich um seine Lebensgefährtin handle. Er musste sich setzen und fragte: „Sind Sie ganz sicher? Haben Sie auch Kleidungsstücke gefunden?"

„Ja, ein paar verkohlte Stoffreste. Aber man kann nur auf die Art des Stoffes schließen. Besaß Ihre Frau eine Leinenhose und eine farbige Bluse?"

Luc sagt bloß: „Ja, natürlich hatte sie solche Kleider getragen, aber mehr weiß ich nicht. Ich müsste das Bild sehen."

„Wir wünschen Ihnen unser Beileid. Wenn Sie noch Fragen haben, nehmen Sie Kontakt mit uns auf. Die Knochen sind freigegeben. Sie können sie für die Beerdigung abholen. Ich werde alles Notwendige veranlassen. Ich werde die Knochen ins Krematorium überführen lassen."

„Fallen noch Gebühren an?"

„Nein, das wird alles staatlich geregelt. Sie haben weiter mit der Polizei nichts mehr zu tun. Wir wünschen einen schönen Tag."

Das Telefon wird ausgeschaltet. Luc ist nicht weniger niedergeschlagen, als er es vorher war. Er hatte es eigentlich immer erwartet. Jetzt ist es Gewissheit und die Spannung ist gewichen. Er ist etwas freier, kann geordnet denken. Jetzt nimmt er das IPhone zur Hand und ruft Charles im Zoologischen Institut an. Er meldet, was ihm die Polizei mitgeteilt hat. Charles ist konsterniert und versucht zu trösten. Er fragt, ob Yves dies bereits wisse. Man müsse auch schauen, dass Yves mit dieser Sache fertig werde. Luc sagt, dass er auch aus diesem Grund mit seinem Sohn telefonieren würde. Er bittet Charles, er solle die traurige Nachricht Yves schonend mitteilen.

Charles geht ins Labor, wo Yves in einem Arbeitszimmer mit den Protokollen beschäftigt ist. Charles geht zu ihm: „Dein Vater hat soeben mit mir telefoniert. Er hat von der wissenschaftlichen Abteilung der Kriminalpolizei Bericht erhalten. Das Skelett, das in der Scheune gefunden wurde, gehörte tatsächlich deiner Mutter."

Yves wird ganz bleich und sagt zu Charles: „Ich habe nach allem, was man wusste, fast damit gerechnet. Es ist nicht überraschend, aber der Schreck ist groß. Ich muss darüber nachdenken. Bitte lass mich allein." Charles erwidert: „Du musst nicht mehr weiterarbeiten. Geh nach Hause. Versuche mit deinem Vater dieses tragische Ereignis aufzuarbeiten. Ihr könnt euch gegenseitig trösten. Dein Vater ist in ein Loch gefallen. Du musst auch morgen nicht zur Arbeit kommen. Es wird jetzt für euch ziemlich viel Arbeit geben."

So geschieht es. Yves fährt nach Hause und trifft in der Wohnung seinen Vater an. Der hockt stumm auf einem Stuhl und begrüßt ihn kaum. Yves setzt sich zu ihm hin. Nach einiger Zeit beginnt er mit seinem Vater zu reden. Sie erinnern sich an gemeinsame Ausflüge, an frühere gute Essen, an Ferien, die sie miteinander im In- und Ausland verbrachten. Und zwischendurch schmieden sie Zukunftspläne. Sie legen fest, wie es im Hause gehen könnte. Schließlich sagt Luc zu Yves: „Ich gehe jetzt nach unten zu Charlotte. Ich will auch mit ihr über diese Dinge sprechen. Wir müssen nämlich die Kremation und wahrscheinlich eine Abdankungsfeier vorbereiten. Dabei muss uns Charlotte helfen. Wie steht es mit dem Nachtessen? Möchtest du in das Hangrestaurant kommen?"

„Ich weiß es noch nicht genau. Ich werde dir später berichten. Bist du dort unten zu erreichen?"

„Ja, in Ordnung."

Als Yves allein ist, wird er niedergeschlagen, immer niedergeschlagener. Er beginnt sogar zu weinen. Schreckliche Gedanken kommen in ihm auf: Wie soll mein Leben weitergehen, wenn die Mutter nicht nach dem Rechten schaut? Ich bin sicher erwachsen, aber ich hatte doch hier in der Wohnung noch einen Halt. Mit dem Vater hier allein wohnen und haushalten – ich weiß nicht, wie das gehen soll. Er ist traurig und wird immer trauriger. Plötzlich kommt ein Gedanke auf: Ach, wie könnte man das doch mit Kokain wegbringen. Dann wäre ich wieder glücklich, ich könnte alles vergessen, alles wäre vorbei. Jetzt erschrickt er. Er hat wieder an Kokain gedacht. Immer mächtiger kommt dieser Gedanke in ihm hoch. Er entdeckt plötzlich, dass er in Gedanken nach Kokain sucht. Er weiß, dass nichts mehr davon zu Hause ist und überlegt sich, wo er das früher bekommen hatte. Er denkt an diesen Nick, den er schon längst vergessen hatte. Dann erschrickt er wieder und denkt: Nein, nein, du darfst nicht. Dann kommt aber wieder der andere Gedanke: Wie schön wäre es mit Kokain. Es müsste ja nur wenig sein, das könnte schon wirken. In seiner Hilflosigkeit und höchsten Unentschlossenheit kommt ihm plötzlich sein Betreuer Georges, sein Imker, in den Sinn. Er hat noch nie etwas von den anderen vier gehört, die Georges ebenfalls betreut hat. Es geht ihm durch den Kopf, dass Georges ihm die Adressen dieser vier geben soll, damit er fragen kann, wie es ihnen ergangen ist. Yves ruft Georges an. Nach kurzer Zeit ist Georges am Telefon und erfährt von Yves, dass seine Mutter gestorben ist. Das größte Problem sei, dass er eben wieder ein ungeheures Verlangen nach Kokain verspüre.

Yves fragt: „Könntest du mir nicht die Adressen deiner vier Patienten geben, die dank dir clean geworden sind?"

„Nein, das ist noch zu früh. Das kann ich dir nicht geben."

Yves versichert, dass er ein neues Leben begonnen habe und dass es ihm bei der Arbeit gefallen würde. Georges sagt, er müsse noch Geduld haben, sich durchbeißen und gefestigter werden. Wenn er sich gut halten werde, gäbe er ihm die gewünschten Adressen. Er schätze aber, Yves brauche dazu noch ein Jahr. Yves bedankt sich, und sie beenden das Telefonat. Yves weiß natürlich nicht, dass der Imker mit seinem Vater in Kontakt war und dass Georges, sein ehemaliger Betreuer, eigentlich ziemlich gut informiert war. Georges hat sogar schon mit Lydia telefoniert und ihr einige Tipps gegeben, wie sie Yves helfen könne. Georges kontaktiert nach diesem Telefonat Lydia und informiert sie über die ganze Geschichte. Sie reden insbesondere darüber, wie man Yves weiterhelfen könnte, wie man ihn von dieser im Hirn immer wieder auftretenden Sucht doch noch befreien könnte. Lydia verspricht, dass sie alles daransetzen wird.

28. Lydia und Yves spazieren oberhalb der Hang-Stadt/ Yves bringt Lydia nach Hause

Gegen fünfzehn Uhr klopft Luc an Yves' Tür und sagt: „Ich gehe jetzt nach unten in Charlottes Restaurant."

„Es ist doch Montag und das Restaurant ist geschlossen?"

„Ich habe soeben mit Charlotte telefoniert. Sie wird ins Restaurant kommen und wir sind dort ungestört. Wir wollen über meine Situation reden. Wie soll es weitergehen? Was muss ich veranlassen? Was soll geschehen? Fragen, die mich und dich betreffen. Weißt du, was ich meine?"

„Ich weiß, was du meinst! Ich habe die Absicht, den ganzen Abend hier zu verbringen."

Luc geht nach unten und Yves bleibt allein zu Hause. Er kämpft noch immer mit seiner Niedergeschlagenheit. Einerseits ist das Verlangen nach Kokain vorhanden. Andererseits kämpft er dagegen: Ja, ich will davon loskommen. Etwa um halb sechs Uhr schrillt sein Telefon. Yves meldet sich. Er hört Lydias Stimme: „Hallo Yves. Ich wünsche dir mein herzliches Beileid zum Tod deiner Mutter. Es tut mir unendlich leid, dass du diesen Schicksalsschlag erleben musst." Dann tröstet sie ihn mit einigen Sätzen. Yves geht es daraufhin wesentlich besser. Er findet sich ein bisschen zurecht, und Lydia fragt: „Wie geht es dir überhaupt sonst?"

Yves sagt voller Niedergeschlagenheit: „Ich bin sehr, sehr traurig. Der Tod meiner Mutter geht mir tief ins Gemüt. Ich komme mit diesem Schicksalsschlag kaum zurecht. Diese Niedergeschlagenheit – ich will es dir jetzt sagen – löst bei mir ein ungeheures Verlangen im Gehirn nach Kokain aus. Ich bin die ganze Zeit im Zwiespalt. Sollte ich Kokain nehmen, damit es mir besser geht und damit ich einigermaßen über die Runden komme? Werde ich mit Kokain wieder fröhlicher? Ich kenne diesen Zustand. Man kann alles vergessen und es geht einem wunderbar. Andererseits kämpfe ich halbherzig dagegen und musste zuweilen an dich denken. Ich habe die Hoffnung, dass du mir irgendwie helfen kannst."

Lydia tröstet ihn und sagt: „Ich verstehe dich. Ich weiß, was das bedeutet. Aber ich kann dir nur sagen: kämpfe dagegen an und versuche Sieger zu bleiben. Aber hör mal. Ich werde heute Abend zu dir kommen. Dann gehen wir noch ein bisschen spazieren und wir werden diese Sache klären und hoffentlich zum Guten wenden."

„Ja, komm. Komm so schnell wie möglich."

„Nein, das geht nicht. Ich kann nicht so bald weg. Ich kann dich höchstens um Viertel nach neun, vielleicht auch erst um halb zehn treffen, bei deiner Busstation in der Hang-Stadt."

„Ach so, du kommst mit dem Bus."

„Ja. Wir werden dann nach oben in das angrenzende Naherholungsgebiet fahren. Dort können wir spazieren gehen und das Problem überarbeiten. Ich hoffe, wir können da eine Lösung für dich finden."

„In Ordnung. Ich werde dich an der Busstation abholen. Wann kommst du?"

Lydia überlegt. „Ich kann frühestens um Viertel nach neun dort sein."

„Okay. Ich werde dich dann abholen, dann können wir entscheiden, was wir machen."

Sie beenden das Gespräch und Yves geht es bereits etwas besser. Er denkt, dass es ihm heute Abend noch besser gehen wird, wenn dieses verdammte Verlangen nach Kokain weg sein wird. Er hofft sehr auf Lydia. Er ordnet noch einige Dinge, dann schrillt schon wieder das Telefon. Am Apparat ist Charlotte, die Gerantin des Hangstadt-Restaurant: „Hallo Yves. Was machst du, was tust du?" Einige unklare Bemerkungen, dann sagt Charlotte: „Ich habe mit deinem Vater über verschiedene Dinge gesprochen: über deine und eure Zukunft. Wir müssen unbedingt zu einer Lösung kommen. Bitte komm doch ebenfalls zu uns. Ich habe ein Nachtessen vorbereitet. Wir können dann diese Dinge nochmals besprechen und hoffentlich Lösungen finden."

Yves hat nun plötzlich Hunger bekommen und sagt Charlotte zu. Charlotte sagt, sie erwarte ihn etwa um sieben Uhr. Pünktlich tritt Yves in das Restaurant ein. Es ist niemand da, außer

Luc und Charlotte. Sie sitzen nahe beim Tresen und der Tisch ist für das Abendessen gedeckt. Nach einigen kurzen Begrüßungsworten sagt Charlotte: „Ich serviere jetzt die Suppe."

Yves spricht mit seinem Vater einige Worte, während sie auf die Suppe warten. Schon beginnen sie das Nachtessen einzunehmen. Es wird wenig gesprochen. Man ist mit seinen Gedanken beschäftigt, und als man mit dem Essen fertig ist, sagt Charlotte: „Wir müssen euer neues Leben bestimmen. Wie es weitergehen soll. Was ist im Moment zu erledigen? Ich habe mit Luc vor dem Essen eigentlich alles besprochen. Wir hatten x Lösungen herausgefunden und konnten uns für keine entschließen. Wir müssen das mit dir, Yves, besprechen."

Jetzt ging es um die Diskussion, wie Luc und Yves haushalten sollen. Wie soll ihr gemeinsames Leben weitergeführt werden? Die verschiedensten Varianten wurden diskutiert. Jeder hatte wieder eine andere Meinung. Schließlich sagte Charlotte: „Wir haben uns auf sieben, acht Lösungen eingestellt. Ihr müsst euch das überlegen. Wir können in einigen Tagen wieder darüber sprechen. Jetzt seid ihr vorerst auf euch selber angewiesen. Ich kann für euer Morgenessen sorgen. Ebenfalls können wir das Abendessen hier gemeinsam einnehmen. Ich kann euch auch etwas liefern. Auf jeden Fall gilt es jetzt, die Situation auszuprobieren." Sie fügt hinzu: „Jetzt ist die erste Aufgabe, was wir mit dem Leichnam von Yvonne machen."

Luc sagt: „Die verkohlten Knochen sind ins Krematorium gebracht worden. Dort sind sie wahrscheinlich bereits eingeäschert worden. Es geht nun darum, dass wir eine Bestattung und eine Abdankung festlegen können. Schauen wir mal im Internet nach."

Charlotte sucht im IPhone nach einem Bestattungsinstitut in Perpignan. Nach kurzer Zeit zeigt sie Yves, was sie gefunden hat. Vier solche Institute sind mit Telefonnummern angegeben. Luc sagt: „Gut, nehmen wir die erste Nummer."

Er stellt die Nummer ein und sofort kommt die Antwort: „Hier Ihr Bestattungsinstitut ‚Friedlicher Abschied'. Was haben Sie für Wünsche?"

Luc sagt: „Meine Lebenspartnerin ist letzten Freitag, am 24. Juni, gestorben. Ich möchte eine Urnenbestattung und eine Abdankung festlegen."

„Wir sprechen Ihnen unser herzliches Beileid aus. Melden Sie uns die Personalien der verstorbenen Person."

Luc beginnt: „Meine Lebensgefährtin Yvonne ist 2030 geboren und am 24. Juni verstorben. Ich möchte eine Abdankung für sie."

„Gut, melden Sie uns wann und wo."

„Ich wünsche eine Urnenbestattung im Urnenfriedhof zu Perpignan am nächsten Donnerstag, am 30. Juni, abends um fünf Uhr und kurz danach eine Abdankungsfeier."

„Ist in Ordnung, wird registriert. Wo können wir die Urne abholen?"

„Die Urne ist im Krematorium. Bitte organisieren Sie alles Weitere."

„Gut, wird gemacht. Wem können wir die Rechnung zustellen?"

Luc ist leicht konsterniert und sagt dann: „Luc Coglier, Hang-Stadt B, Haus 77. Aber wie viel kostet denn das?"

„Wir haben drei Preisklassen. 1. Klasse: einfach, neutrale Abdankung. 2. Klasse: schöne und friedliche Abdankung und 3. Klasse: prunkvolle Abdankung. Die Kosten belaufen sich auf 2500, 3000 oder 3500 Euro. Die Kosten für Spezialwünsche kommen selbstverständlich dazu. Bitte informieren Sie uns ebenfalls, wie viele Personen daran teilnehmen können."

Luc zählt in Gedanken, wer kommen könnte. Freunde und Freundinnen der Familie. „Ich schätze etwa ein Dutzend."

„Also gut, alles ist in Ordnung. Für alles Weitere werden Sie informiert. Sie hören von uns. Danke."

Luc ist abwesend, dann sagt er zu Yves und Charlotte: „Mir ist, als hätte ich einen Sack Futter verkauft. So etwas ist mir wirklich noch nie passiert. Es nimmt mich nur Wunder, wie diese ganze Geschichte zu Ende geht."

Charlotte beschwichtigt ihn und sie sagt, dass dies heutzutage eben ein Geschäft sei. Luc, Yves und Charlotte überlegen sich nun, wer an der Abdankung zugegen sein könnte. Die befreundeten Ehepaare und etwa drei oder vier Freundinnen von Yvonne und ... Dann meint Yves: „Sicher auch meine Lydia." Verwundert sehen die anderen ihn an und bemerken, dass er „meine" Lydia sagte. „Gut, sie gehört auch dazu. Ist in Ordnung." So kommen sie auf etwa vierzehn Personen. Luc telefoniert daraufhin mit einer Angestellten der „Palme", das Restaurant unten an der Hangstadtstraße, und bestellt auf nächsten Donnerstag um sieben Uhr ein Nachtessen für zwölf bis vierzehn Personen. Dann muss er noch mit den Behörden Rücksprache nehmen, und schon ist es neun Uhr geworden.

Yves sagt, er bekomme noch Besuch. Lydia und er möchten noch im Naherholungsgebiet oberhalb von Hang-Stadt spazieren gehen. Lydia käme um Viertel nach neun an der Bushaltestelle an. Yves verlässt das Restaurant und steht pünktlich zur abgemachten Zeit bei der Bushaltestelle. Nach kurzer Zeit hält der Bus, Lydia steigt aus und wird von Yves begrüßt. Sie fahren mit dem Funiculaire weiter bis zur Endstation. Im Funiculaire erzählt Lydia, dass sie im Bus etwas Eigenartiges erlebt habe. Mit ihr sei ein Mann eingestiegen, der kurz nach der Abfahrt des Busses an alle Passagiere einen Abstimmungszettel ausgeteilt habe. In zwölf Tagen werde abgestimmt, unter anderem auch über die Sanierung des großen Spielplatzes am Strand. In diesem Abstimmungszettel wurde empfohlen, bei der Abstimmung ein „Ja" in die Urne zu legen. Als Belohnung auf dem Zettel war eine freie Fahrt auf der Achterbahn des Spielplatzes angeheftet. Ihr gegenüber saß eine junge Frau mit zwei kleinen Kindern. Der Werbemann übergab dieser Frau zwei solcher Formulare mit zwei Gutscheinen. Nach einiger Zeit – zwei Stationen später – stieg der Mann wieder aus. Die Frau aber sagte zu ihm, sie hätte noch zwei weitere Kinder zu Hause und bat um zwei weitere Freifahrten. Der Mann griff wortlos in seine Tasche und gab der Frau nochmals zwei Gutscheine und stieg aus. „Daraufhin nahm ich selber meinen Gutschein raus und gab ihn der Frau, da ich keinen Bedarf für die Achterbahn hatte. Kurz darauf übergaben noch weitere Fahrgäste ihren Gutschein. Die Frau bekam so etwa zwanzig Gutscheine. Die Frau war äußerst glücklich über diese Geschenke." Lydia freute sich für die Frau, denn es schien ihr, dass sie nicht besonders auf Rosen gebettet gewesen war.

Nach dieser Geschichte kommen sie bei der Endstation an und begeben sich auf die Straße oberhalb der Hang-Stadt. Sie umrunden das Wasserschloss und kommen auf die relativ breite Fahrbahn der oberen Straße. Nach einer kurzen Zeit gelangen sie auf einen Parkplatz. Sie überqueren diesen und gehen einen Fußweg entlang. Der Weg führt leicht nach oben. Er ist „glockenförmig" in einem Pinienwald angelegt. Auf der einen Seite geht es hoch, auf der anderen Seite geht es wieder auf den Parkplatz zurück. Also gehen sie Hand in Hand, und Lydia beginnt mit ihrem Gespräch. Sie fordert Yves auf, ihr zu erklären, wie es ihm gehe. Tröstet ihn über den Verlust seiner Mutter und kommt langsam auf die Frage, was es mit seinem Verlangen nach Kokain auf sich hätte.

Jetzt kennt Yves keine Grenzen mehr. Er jammert über seine Niedergeschlagenheit wegen des Todes seiner Mutter, wie dann das ungeheure Verlangen nach Kokain aufkäme und wie er den ganzen Nachmittag einen Kampf geführt habe. Jetzt sei es am Abklingen, aber er könne nicht verhindern, dass sich diese beiden Gedanken, der Verlust seiner Mutter und das Verlangen nach Kokain, immer abwechseln würden. Er fragt Lydia, was er tun könne. Lydia rät ihm, er solle stark und standhaft bleiben. Er solle diesen Gedanken an Kokain verlieren. Er solle an seine Karriere denken: „Wenn du heute den Sieg davonträgst, dann hast du in deiner Karriere einen großen Schritt gemacht. Du wirst Erster Offizier auf einem Luxusdampfer, der im Mittelmeer hin und her kreuzt. Es reisen nur reiche Leute auf ihm. Die Ansprüche an einen solchen ersten Marineoffizier sind sehr groß. Gleichzeitig sollst du dich in Zukunft darum kümmern, was es damit auf sich hat, wenn man Kapitän werden will. Du musst dich im Internet umsehen, welches die Aufgaben eines Kapitäns sind. Vor allem musst du dich erkundigen, wie man Kapitän werden kann. Das heißt, du sollst dich auf einen Kapitänskurs vorbereiten. Wenn du das in nächster Zeit überwindest, was du an Schwierigkeiten hast, dann kannst du in den Kapitänskurs einsteigen."

Jetzt gehen sie wieder nach unten, ein bisschen küssend. Sie steigen in den Funiculaire und Yves lädt Lydia noch zu einem Drink bei sich ein. Sie gehen in sein Haus und sie trinken noch etwas. Dann kommt Luc zur Haustür herein. Er begrüßt Lydia und setzt sich zu ihnen. Er lässt sich ein paar Fragen beantworten. Lydia meint, er sei ihr Professor in diesem Jahr gewesen. Es werden einige Worte über das Studium ausgetauscht und dann verabschiedet sich Lydia. Luc meint, es würde doch jetzt keinen Sinn machen, dass sie mit dem Bus nach Hause fahre. Yves könne sie doch mit dem Auto nach Hause bringen. Gesagt, getan. Sie gehen auf den Parkplatz und Yves fährt Lydia nach Hause.

29. Abdankung und Nachtessen

Zehn Minuten vor fünf, am Donnerstagnachmittag, treffen Luc und Yves beim Urnenfriedhof ein. Sie gehen um die Abdankungshalle herum. Dahinter liegen Gräberfelder. Kaum um die Ecke gekommen, bemerken sie vier Frauen, die beim ersten Gräberfeld stehen. Luc und Yves grüßen die Frauen, welche sich als Freundinnen von Yvonne zu erkennen geben. Dann wenden sich Luc und Yves um und Yves stellt fest, dass die vorderste Reihe der Gräber nur etwa bis zur Mitte besteht. Er sieht Metallplatten am Boden, die auf einem Betonsockel befestigt sind. Auf jeder Platte stehen ein Name und zwei Jahreszahlen. Neben der letzten Platte ist in der Erde ein Loch ausgehoben worden. Eine Metallplatte mit dem Namen seiner Mutter und den Jahreszahlen 2030–2067 ist vorbereitet.

Yves betrachtet das Erdmaterial, welches aus dem Boden geholt und säuberlich neben dem Loch aufgehäuft wurde. Ebenfalls fällt ihm eine wunderschöne, schwarze Schaufel am Boden auf. Im Schaufelblatt ist ein goldenes Palmblatt eingeritzt. Yves überlegt, welche Bedeutung diese Schaufel wohl haben könnte. Dann wendet er sich zurück und begrüßt Neuankömmlinge, die Luc bereits begrüßt hatte: Renate, Pia und Paul. Dahinter erscheinen Claire und Charles mit der Tochter und dem Sohn. Yves begrüßt sie ebenfalls ruhig und gefasst. Schließlich kommt noch Lydia. Die gesamte Gruppe bildet einen Halbkreis, etwa sechs Meter vor dem Urnengrab, und sie nehmen Luc und Yves in ihre Mitte. Sie stellen sich einige Schritte weiter vorn auf, damit man sieht, dass sie die Angehörigen der Verstorbenen sind. Schlag fünf Uhr steuert ein tiefschwarz gekleideter Mann – mit weißem Hemd und schwarzer Krawatte – auf das Grab zu. In der linken Hand hält er eine Urne. Er geht zu Luc und Yves und begrüßt sie mit einem Handschlag. Dann stellt er sich neben das Grab und beginnt: „Wir sind hier zur Beerdigung von Yvonne versammelt, die leider am letzten Freitag auf tragische Art und Weise ums Leben gekommen ist. Wir sind hier, um ihr einen letzten Gruß mitzugeben und sie aus unserem Leben zu entlassen. Ihr Schicksal hat sich erfüllt. Wie bei uns allen ist ihr bestimmt, die letzte Gabe auf der Erde zu erhalten, nämlich dass Erde zu Erde und Asche zu Asche kommen."

Daraufhin versenkt er die Urne in das Erdloch, bis sie nicht mehr sichtbar ist. Jetzt nimmt er die Schaufel vom Boden in die Hand, stößt sie in den Erdhaufen hinein und streut Erde rings um die Urne ins Loch hinunter. Dann macht er das Gleiche nochmals mit einer zweiten gefüllten vollen Schaufel. Dann legt er sie wieder auf den Boden und wendet sich zur Gruppe der Trauernden. Er zeigt mit der Hand nach der Abdankungshalle und sagt: „Wir gehen jetzt in die Abdankungshalle, und dort wollen wir Abschied von Yvonne nehmen."

Alle wenden sich um und gehen zur Abdankungshalle. In der Halle sind etwa dreißig Stühle in sechs Reihen aufgestellt. Vorn ist ein Tisch, der mit einem schwarzen Tuch bedeckt ist. Auf diesem Tisch liegt ein schwarzes Buch, auf dessen Buchdeckel das gleiche Zeichen wie auf der Schaufel aufgedruckt ist: ein goldenes Palmblatt. Luc und Yves nehmen in der ersten Reihe, etwa in der Mitte, Platz. Yves macht Lydia ein Zeichen, sie solle sich neben den Vater setzen. In der zweiten und dritten Reihe nehmen die anderen Trauergäste Platz. Der schwarz gekleidete Mann kommt von der linken Seite heran und nimmt das Buch vom Tisch, hält es vor seine Brust und beginnt nun zu sprechen: „Ich begrüße zur Abdankung von Yvonne ganz herzlich die Trauerfamilie, Freunde und Bekannte."

Dann öffnet er das Buch und liest daraus, was er über Yvonne zu sagen hat. Er spricht von ihrer Jugend, dass sie schon mit zwei Jahren ein Waisenkind war und dann in verschiedenen Heimen untergebracht wurde. Er sagt auch, dass sie in der Schulzeit von einem entfernten Verwandten aufgenommen worden sei und dass sie dann mehr oder weniger lieblos von ihrer Umgebung behandelt worden ist. Dank ihrer guten Schulleistungen und wegen ihres wachen Geistes hat sie sich selbstständig den weiteren

Lebensweg gewählt und Schulen absolviert. Sie hat sich so bis zu einem Studium hinaufgearbeitet. Aber schon in diesen jungen Jahren hat sie das Schicksal zu Luc Coglier gebracht. Sie wurde als Kindermädchen für Cogliers Sohn Yves angestellt und – weil eben Yves' Mutter gestorben war – so hat dies ihren Lebensweg weiter bestimmt. Sie blieb bei Professor Coglier und nahm die Mutterstelle für Yves ein. Sie hatte ihn herzlich geliebt, und Yves

Am Urnengrab

empfand sie stets als liebende Mutter. Auch als Lebenspartnerin war sie ihrem Mann treu ergeben. Sie war zeitlebens eine fröhliche und aufgeweckte Frau und brachte viel Freude in die Familie. All das wurde nun abrupt durch ihren schmerzlichen Tod beendigt. Wir können jetzt nichts anderes tun als sie zu verabschieden und wünschen, die Erde möge ihrer Asche leicht sein.

Während der ganzen Zeremonie hörte man digitale Musik. Am Anfang wurde von einem Streichquartett ein langsames Stück gespielt, ein Largo, in sehr dumpfen Tönen und in Moll. Dann – während der Ansprache des Mannes in Schwarz – wurde die Musik leiser. Es war bloß noch Hintergrundmusik, aber sie wurde etwas schneller. Gegen Ende der Ansprache war es leicht fröhlich und zuletzt ging es in Dur über, ein recht ansprechendes, fast lustiges Lied wurde aufgeführt. Als das Lied beendigt war, wieder in lauterem Ton, sagte der Mann in Schwarz: „Wir haben Yvonne gegenüber unsere Pflicht getan und wollen beherzigen. Das Leben geht weiter." Nun folgten noch fünf Minuten lang nur Banalitäten.

Nun gibt er Luc und Yves – und auch Lydia – die Hand und bedankt sich herzlich. Dann verschwindet er hinter der Tür. Die Trauergäste stehen auf. Luc sagt nach einigen Sekunden: „Ich danke euch, dass ihr gekommen seid. Ihr seid alle in der ‚Palme' um halb sieben Uhr eingeladen. Dort gibt es einen Aperitif."

Man verlässt die Abdankungshalle. Alle gehen zu den Autos. Lydia wollte sich verabschieden, aber Luc sagte: „Auf keinen Fall. Komm mit uns. Ich erlaube mir ‚du' zu sagen. Komm mit uns."

Nach einigem Zögern nimmt Lydia an und steigt auch ins Auto von Luc. Nach einer Dreiviertelstunde sind sie bei der „Palme" angelangt. Zuerst kommen Pia und Paul mit Renate, nach kurzer Zeit folgen zwei Freundinnen von Yvonne und nochmals zwei andere Trauergäste. Man spricht auf dem Parkplatz, und Luc fragt: „Wo sind Charles, Claire und ihre Kinder?"

In diesem Moment fährt Charles um die Ecke. Er und Claire steigen aus und kommen zur Gruppe. Luc fragt, wo Tochter und Sohn seien. Claire erklärt, sie seien nach Hause gegangen, sie hätte noch Verschiedenes zu erledigen. Sie haben gesagt, sie wollen die Erwachsenen allein lassen.

Luc meint, dies wäre nicht nötig gewesen, sie hätten ebenfalls zum Nachtessen kommen können. Man geht langsam in das Restaurant. Dort werden die Herrschaften in einen kleinen Saal mit zwei langen Tischen geführt. Es befinden sich etwa rund ein Dutzend Plätze an jedem Tisch. Nur ein Tisch ist gedeckt, auf dem anderen Tisch ist ein Aperitif vorbereitet. Es wird aufgefordert zuzugreifen. So stehen bald alle mit einem Glas in der einen Hand, in der anderen Hand halten sie einen Snack. Auf dem Tisch stehen neben den Aperitifflaschen sechs Körbchen mit Häppchen, von süß-sauer, salzig bis Vanille-Geschmack. Für jeden Gaumen ist also etwas da. Man spricht über Yvonne, tauscht Erinnerungen aus. Hin und wieder wundern sie sich über etwas, was Yvonne mal sagte. So geht die Zeit vorbei. Bald heißt es, bitte setzen Sie sich zu Tisch. Wir werden das Nachtessen auftragen. Luc fordert alle fast einzeln auf. Jetzt überlegt er, dass noch vier Frauen dabei sind und dass vielleicht die Plätze nicht reichen. Jetzt wird ein reichhaltiges Nachtessen aufgetragen und ein guter Wein dazu serviert. Für zwei Stunden sind sie jetzt hier miteinander mit Essen und Reden beschäftigt. Die Stimmung wird immer lockerer. Gegen neun Uhr stehen die Ersten auf. Man verabschiedet sich. Bespricht das eine oder andere. Lydia sagt, sie gehe ebenfalls nach Hause. Yves hat sie noch eingeladen, mit ihnen zu kommen. Sie beharrt aber darauf, dass sie nach Hause gehen müsse. Yves begleitet sie zur Busstation, und nach kurzer Zeit – sie müssen bloß drei Minuten warten – kommt der Bus. Lydia steigt ein, verabschiedet sich von Yves und sagt: „Wir werden noch miteinander telefonieren." Nun kommt Yves wieder zum Parkplatz der „Palme" zurück. Da steht nur noch Paul bei seinem Vater. Sie reden miteinander. Paul hat noch ein paar tröstende Worte zu Luc gesagt. Er hatte nämlich das Gefühl, dass diese Abdankungsfeier eine ziemlich blamable Angelegenheit war. So wollte er Luc noch einigermaßen trösten oder ihm ein paar ermutigende Worte mit auf den Heimweg geben. Yves kommt jetzt zurück und sie verabschieden sich voneinander. Pia hat schon bei ihrem Auto gewartet. Jetzt steigen alle ein und fahren nach Hause.

30. Zeit vor der Abfahrt nach Amerika/ Auf der Ameiseninsel bei Kuba/Heimkehr

Am Tag nach der Abdankung geht Yves ins Labor. Eines hat er von dieser Abdankung mitgenommen: das Leben muss weitergehen. Er will sich deshalb in die Arbeit stürzen. Er überlegt sich sogar, ob er auch am Samstag ins Institut gehen sollte. Dann entscheidet er sich aber, zu Hause zu arbeiten. Am Montag ist er wiederum rechtzeitig im Institut und füttert seine Ameisen. Dann kommt Charles herein und schaut ihm über die Schultern. Schließlich sagt Charles: „Habe ich eigentlich schon erwähnt, dass ich nach Amerika respektive auf die Ameiseninsel gehen muss? Schon in vierzehn Tagen gehe ich für zwei Wochen nach Amerika und brauche einen Assistenten, der mich begleitet. Da habe ich an dich gedacht, Yves."

„Ich kann schon mitkommen, aber das ist doch eine teure Sache, vierzehn Tage in Amerika?"

„Du brauchst dich ums Geld nicht zu kümmern. Das ist alles bezahlt. Aber du musst deinen Vater informieren, möglichst schnell. Er bleibt ja dann allein zu Hause, und nach dieser schweren Zeit müssen wir sehen, wie es ihm gehen wird."

„Ja, schon, aber wie sieht es für die Kosten des Essens aus?"

„Auch dafür ist gesorgt, Yves. Du musst dich überhaupt nicht darum kümmern. Du hast jetzt folgende Aufgaben: Erstens, informiere deinen Vater. Zweitens, mache dich über die Killerameisen kundig. Es gibt noch recht wenig Literatur darüber, aber alles was existiert, ist in unserer Bibliothek vorhanden. Du musst meine Papers – es sind neun – studieren. Dann empfehle ich dir noch zwei Bücher eines Amerikaners, die die Biologie zu den Ameisen enthalten. Schau dir die Kapiteltitel an und geh die relevanten Texte durch. Drittens musst du dir eine Arbeitskleidung und Unterwäsche besorgen und Toilettenartikel für zwei Wochen vorbereiten. Alles muss in eine Handtasche passen."

„Das mache ich gerne. Ich bin richtig begeistert, dass du mich da mitnimmst."

„Ich werde dir im Verlauf der nächsten zehn Tage noch genauer Auskunft geben."

Charles verschwindet. Am Abend, als Yves nach Hause kommt, ist sein Vater schon da. Yves geht zu Luc ins Büro und sagt: „Ich kann dir einen Gruß von Charles ausrichten. Er hat mich eingeladen respektive aufgeboten, mit ihm nach Amerika in die Forschungsstation zu gehen."

Luc schaut Yves lange an: „Ich gratuliere, das ist eine feine Sache. Du wirst viel lernen, und Arbeit tut dir jetzt gut. Wann fahrt ihr?"

„In vierzehn Tagen."

„Das trifft sich eigentlich gut, denn in vierzehn Tagen muss ich auch verreisen. Die nationale Vereinigung von Chemieprofessoren hält ihren Jahreskongress in Versailles ab. Ich habe im Sinne, dorthin zu gehen. Ich kann unbelastet hingehen, denn dieses Mal habe ich keine Aufgaben übernommen. Ich werde nur als Zuhörer und Diskussionsteilnehmer dort sein. Also sind wir in jener Woche beide weg. Ansonsten werde ich Charlotte um verschiedene Aufgaben bitten. Sie wird nach dem Rechten schauen."

„Ich danke dir, Vater."

Als Yves wieder in seinem Zimmer ist, denkt er sofort an Lydia. Seine kommende Reise nach Amerika will er ihr unbedingt mitteilen. Er ruft sie an: „Du, stell dir vor, ich kann mit Charles nach Amerika gehen. Unser Institut belegt dort eine Forschungsanstalt und wir haben das Recht, zwei bis drei Wochen in dieser Forschungsanstalt mitzuarbeiten. Sie wird von einer amerikanischen Universität mit einem Labor betrieben. Sie arbeiten mit einigen europäischen Universitäten und – wenn ich richtig informiert bin – auch mit einer chinesischen Ameisenabteilung zusammen. Zwei Gastzimmer sind für uns reserviert. Heute in zwei Wochen beginnt meine Arbeit auf der Ameiseninsel!"

Lydia sagt vorerst gar nichts – und dann: „Ich freue mich für dich. Du wirst bestimmt viel erleben. Diese Arbeit wird dir gut tun. Du kannst wieder einige Sporen abverdienen, und wir können ja trotzdem miteinander per Telefon in Verbindung bleiben. Ich muss die nächste Woche und die übernächste Woche für den Haushalt und meine zwei Brüder sorgen, da meine Eltern auf einer Reise sind. Sie gönnen sich zwei Wochen Sommerferien in Irland und Schottland. Nachher gehe ich in die Ferien zu einer Verwandten. Sie ist in Nantes verheiratet und wohnt dort mit ihrer Mutter. Ich freue mich sehr auf diesen Ferienort. Es ist ein ganz anderer Teil von Frankreich. Für mich etwas Neues. Ich werde die Zeit nutzen, um möglichst viel zu erleben. Aber wir zwei bleiben miteinander während dieser Zeit in Kontakt!"

Yves freut sich auch für Lydia: „Wir haben einen anstrengenden Sommer vor uns!"

Nach dem Telefonat holt sich Yves an seinem Computer Informationen über die Killerameisen. Vollständig befriedigt verbringt er den Abend. In den folgenden zehn Tagen ist Yves ziemlich ausgelastet. Er kommt seiner Aufgabe, die Literatur zu studieren, gründlich nach. Er bereitet sich auch in jeglicher anderer Form auf die Reise vor und telefoniert auch mit Lydia. Sein Vater gibt ihm einige gute Tipps mit. Yves bemerkt, dass er wesentlich lockerer geworden ist, dass er das Leben ruhiger nimmt – und das beruhigt ihn. Luc ist selber auch mit sehr viel Arbeit belastet. Er hat im Institut noch einiges zu erledigen und arbeitet jeweils am Abend die private Post durch. So kommt er am Mittwochabend nach Hause, öffnet seine Post und sieht drei private Briefe. Einer ist vom Bestattungsinstitut „Friedlicher Abschied". Er erledigt zuerst die Privatpost. Der „Friedliche Abschied" kann warten, sagt er sich. Es müsse sich dabei bloß um die Rechnung handeln. Sie hätten sich ja auf 2500 Euro, die mittlere Variante, geeinigt. Er schreibt die Rückantworten der Privatbriefe. Es geht um Beileidsbriefe für Yvonne. Er schickt allen Absendern den gleichen, vorgedruckten Brief und dankt herzlich für die Anteilnahme. Als das erledigt ist, öffnet er den Brief von der Bestattungsfirma und schaut auf den gesamten Rechnungsbetrag. Er stutzt: „4285 Euro! Das kann doch nicht stimmen. Ist der Brief wohl für mich?" Er schaut die Adresse an.

Diese ist vollständig und richtig ausgefüllt. Er schaut nochmals hin. Jetzt beginnt er die Einzelheiten zu studieren:

Abholung der Urne im Krematorium: € 500.-
Bestattung von Yvonne: € 500.-
Abdankung Variante II: € 2500.-
Musik und Blumen: € 750.-
Miete für kleine Abdankungshalle: € 35.-

Jetzt platzt Luc der Kragen: „Das ist doch Schindluderei." Er greift zu seinem IPhone, ruft Charles an und schildert ihm die ganze Situation. Charles, ebenfalls verwundert und eigentlich auch zornig, sagt zu ihm: „Das ist Abzockerei. Für das, was sie geboten haben, müsstest du nicht mal die Hälfte bezahlen. Aber wie ich sehe, kannst du nichts ausrichten. Du hast keine schriftliche Offerte und das Recht ist nicht auf deiner Seite. Du kannst zwar mit der Firma streiten, könntest sogar gerichtlich vorgehen. Am Schluss wird aber die ganze Geschichte doppelt so teuer sein."

Das muss Luc zugeben, und er sagt: „Gut, ich schreibe einen entsprechenden Brief mit der Bezahlung der Rechnung, und damit habe ich dieses Kapitel abgeschlossen."

Nach dem Telefonat beginnt er gleich einen Brief zu schreiben.

„Friedlicher Abschied"

Sie haben mir eine Rechnung über € 4285 geschickt. Ich stelle fest, dass diese Forderung in keinem Verhältnis zur Leistung, die Sie erbracht haben, steht. Ich kann Ihnen nur wünschen, dass die folgenden Abdankungen dem Herrn mit der schwarzen Krawatte in die Hosen gehen. Weiterempfehlen kann ich den „Friedlichen Abschied" nur dem Teufel.

Luc Coglier

Jetzt macht er die Überweisung von € 4285 und legt den Brief dazu und sagt sich: „Für mich ist nun diese Sache erledigt." Eine ungeheure Erleichterung bricht bei ihm aus, und nahezu fröhlich verbringt er den Abend.

31. Nach Kuba

Am Sonntag, 17. Juli, steht Yves pünktlich um Viertel nach sieben mit einer Tasche bepackt vor der Haustür Lager. Im gleichen Moment kommen Claire und Charles heraus. Sie begrüßen Yves, fahren hinunter auf den Parkplatz und steigen ins Auto von Charles. Charles sagt zu Yves gewendet: „Claire bringt uns zum Bahnhof. Einige Minuten vor acht wird dort der Zug nach Toulouse wegfahren." Etwa zehn vor acht sind sie beim Bahnhof angekommen, steigen aus, verabschieden sich von Claire und begeben sich in die Bahnhofshalle. Sie orientieren sich, auf welchem Gleis der Zug fährt, und warten auf dem Perron. Kurze Zeit danach fährt der Zug ein. Sie steigen ein, winken Claire noch zu, und schon sind sie im Zug nach Toulouse. Charles sagt nun: „Ich will dich noch mit den Örtlichkeiten in Amerika bekannt machen, d. h. mit der Ameiseninsel. Du musst nämlich wissen, es gibt drei Ameiseninseln. Auf der größten ist die Forschungsstation eingerichtet. Ansonsten gibt es nichts auf dieser Insel. Die Station wird vom Ameiseninstitut New Orleans betrieben. Es ist dort dauernd eine Besetzung amerikanischer Forscher vorhanden. Wir fahren jetzt mit dem Zug nach Toulouse zum Flugplatz und werden dort übernachten. Morgen fliegen wir über den Ozean, und zwar über die Nordroute bis nach Amerika, in die Nähe der amerikanischen Ostküste. Von dort fliegen wir direkt nach Süden, genau auf Kuba zu. Wir werden auf Guantanamo landen, ein kleines Stück Land beziehungsweise eine Kleinstadt südwestlich auf Kuba. Du musst wissen, dieses Guantanamo war vor etwa siebzig Jahren ein Gefangenenlager. Man sperrte dort Terroristen und vermeintliche Terroristen ein. Nach der Auflösung des Lagers blieb etwa die Hälfte der Gefangenen zurück und half, eine neue Stadt aufzubauen. Man hat die Infrastruktur ausgebaut und so entstand eine Kleinstadt, die wirtschaftlich und politisch gut funktioniert. Von dieser Stadt aus wird die größere

Ameiseninsel mit der Forschungsstation bedient. Die kleineren zwei vorgelagerten Inseln sind kaum über der Meeresoberfläche. Bei einem geringen Wellengang werden sie meistens überflutet und sind deshalb vollständig unfruchtbar. Die große Insel hat in der Mitte eine Erhöhung und die Forschungsstation ist auf diesem Plateau gebaut. Du wirst dies schon morgen sehen. Die Forschungsstation ist politisch und wirtschaftlich nach Amerika ausgerichtet, obwohl auch ein reger Kontakt mit Kuba besteht. Auf Kuba ist das Leben etwas billiger, und es ist natürlich viel näher gelegen."

Yves hat aufmerksam zugehört und wenig Fragen gestellt. Jetzt will er noch wissen: „Aber Kuba ist doch nicht in Amerika, sondern in der Karibik?"

„Richtig, aber dies hinderte die Amerikaner nicht, überall vertraglich solche Stützpunkte zu errichten. Willst du noch etwas schlafen, oder wollen wir einen Kaffee trinken gehen? Wir werden kurz nach Mittag im Flughafen von Toulouse eintreffen und werden uns dort nach einem Mittagessen umsehen."

Sie gehen in den Speisewagen und trinken dort einen Kaffee. Charles wird nicht müde, über die Gegend Auskunft zu geben. So vergeht die Zeit wie im Flug. In Toulouse verbringen die beiden die Zeit unterschiedlich. Charles hat noch Protokolle durchzuackern und Yves geht auf dem Flughafengelände spazieren und nimmt unzählige Eindrücke auf. Am anderen Morgen gehen sie rechtzeitig zum Hangar, den man ihnen vorbestimmt hat. Es wird ihnen gesagt, dass das Flugzeug bereits am Startplatz sei. Sie werden in den Hangar geführt, und als sie dort ankommen, wundert sich Yves über das Flugzeug. Charles erklärt, dies sei ein Aeroblitz 2t. „Ich werde dir im Innern noch weitere Details über diesen Flugkörper erzählen." Yves stellt fest, dass er eigentlich eine lange dicke Zigarre darstellt, welche auf einem Fahrgestell steht, und dass vom vorderen Drittel bis ins hintere Drittel beidseitig dreieckige Flügel angesetzt sind. Die Flügel scheinen Yves etwas kurz beziehungsweise wenig ausladend, und er fragt sich, wie dieses Flugzeug fliegen könne. Ohne zu antworten fordert Charles Yves auf, sein Handgepäck hinter den Sitzen zu verstauen. Yves klettert über eine Leiter in den Aeroblitz und stellt seine Tasche in diese Art von Kofferraum. Als er dann nach vorn schaut, bemerkt er zwei Sitzplätze und fragt Charles: „Wo sitzt denn der Pilot?"

„Da, auf dem vorderen Stuhl."

„Und wo sitzen wir?"

„Eben ich auf dem vorderen und du auf dem hinteren Stuhl."

„Kannst du denn diesen Aeroblitz steuern?"

„Ja, selbstverständlich, ich habe in jungen Jahren das Pilotenbrevet gemacht und habe recht viele Flugstunden hinter mir. Vor drei Jahren habe ich noch das Flugbrevet für den Aeroblitz nachgeholt. Deshalb darf ich ihn auch pilotieren. Ich habe auch genügend Übungsstunden absolviert."

Ganz verwundert denkt Yves, dass Charles ein Teufelskerl ist, der alles weiß und kann. Er deutet Charles an, dass er ihm fast etwas ungeheuerlich vorkäme. Charles lacht nur und die beiden – nachdem Charles ebenfalls sein Gepäck verstaut und den Deckel geschlossen hat – steigen ein. Der Flughelfer draußen fragt noch, ob sie sich über die Wetterverhältnisse erkundigt hätten. Es würde ja glücklicherweise sehr stabiles Wetter über dem Atlantik herrschen. Charles nickt und schließt den Aeroblitz vollständig ab. Eine Plexiglashaube von äußerster Stabilität deckt beide zu. Nachdem Charles das Zeichen erhalten hat, startet er seine Maschine, fährt auf die Rollbahn und saust im normalen Tempo los. Erst am Schluss der Strecke wird der Aeroblitz etwas schneller sein als ein herkömmliches Flugzeug. Charles und Yves heben ab, und der Aeroblitz gewinnt ständig an Höhe. Yves schaut nach unten und betrachtet Toulouse von oben. Charles macht einen recht großen Bogen und steuert dann nach Westen. Sie gewinnen immer mehr an Höhe und Charles steuert Richtung Irland. Sie fliegen südlich von Irland vorbei, und schon nach kurzer Zeit steigert Charles die Geschwindigkeit. Nach zehn Minuten wendet er sich zu Yves und sagt: „Wir haben jetzt unseren Korridor erreicht. Der liegt zwischen zweieinhalb und viertausend Meter Höhe. Ich habe auf das Maximum gestellt. Wir fahren jetzt bis gut anderthalb Schallgeschwindigkeit mit dem Autopiloten. Wenn du willst, können wir jetzt schlafen. Vorerst sage ich dir noch ein paar Worte über diese Maschine. Man hat sie etwa vor sieben bis acht Jahren entwickelt. Sie wurde seither immer besser ausgerüstet und immer sicherer. So haben sich viele Staaten solche Maschinen gekauft. Ich weiß nicht, wie viele sich Frankreich angeschafft hat. Auf jeden Fall stehen vier dieser Maschinen in einem eigenen Hangar in Toulouse. Soviel ich weiß, sind noch etwa vier andere Destinationen mit solchen Maschinen ausgestattet worden. Diese vier Maschinen stehen in Toulouse und man kann sie frühzeitig bestellen. Berechtigt dazu sind politische Amtsstellen, Regierungsstellen, Forschungsinstitute und landeswichtige Gruppierungen. Ich habe mir diesen 2t vor einem halben Jahr bestellt. Er wird uns voll zur Verfügung gestellt, denn unsere Ameisenforschung ist integriert im Ministerium für Sicherheit und Ordnung sowie im Ministerium für Unfallverhütung und Gesundheit. Selbstverständlich bezahlen diese Ministerien die Kosten für unsere Expedition, und zu einem Drittel zahlt noch der Nationalfond für die Wissenschaftler dazu. Jetzt können wir uns in aller Ruhe zurücklehnen. Wir können den Schlaf schon gebrauchen, d. h. wir beziehen ihn somit im Voraus."

Sie legen sich schlafen. Charles stellt den Bordwecker ein, und als Yves wieder aufwacht oder geweckt wird, hört er Charles sagen: „Da unten ist die amerikanische Ostküste. Wir sind etwa hundert Kilometer von ihr entfernt, immer noch auf der Korridorhöhe. Wir haben jetzt nach Süden gewendet und fliegen direkt auf Kuba zu."

Dann plaudern sie noch über dies und das. Yves hat viele Fragen, welche Charles geduldig beantwortet oder Erklärungen dazu gibt. Ab und zu muss er zugeben, dass er keine Antwort hat. Nach einiger Zeit sind sie in der Karibik angekommen. Charles steuert direkt auf Kuba zu und die Maschine meldet ihm: „Zur Landung ansetzten." Schon fliegt der Aeroblitz – immer langsamer werdend – auf die Insel zu. Sie landen schließlich auf einem Extraflugplatz in Guantanamo. Gehilfen stehen herum. Charles und Yves steigen aus und werden von den Gehilfen zum Flughafenbüro geschickt. Dort wird alles Administrative erledigt, und der Flugkörper wird in dieser Zeit in einer Spezialhalle untergebracht und so weit wie nötig überholt. Ebenfalls wird er mit den nötigen Chemikalien aufgetankt, damit er für den Abflug in zehn Tagen wieder bereit steht.

Bereits nach kurzer Zeit verlassen Yves und Charles den Flughafen und fahren mit einem Taxi ins wissenschaftliche Büro der Ameisenforschungsstation auf dem Festland. Dort bekommen sie ein Motorschiff mit einem Kapitän zugeteilt. Auf dem Motorschiff sind verschiedene Materialien gelagert, zum Beispiel Futter für die Ameisen, Nahrungsmittel für die Bewohner der Forschungsanstalt, Frischwasser und einige Getränke (sowohl alkoholische als auch nicht alkoholische). Es ist kurz nach Mittag, als sie mit dem Motorschiff Richtung Insel fahren. Yves sagt nach einiger Zeit, er hätte Hunger. Charles lacht und meint, Yves müsse sich noch bis zum Abendessen gedulden. Dieses würden sie in der Forschungskantine einnehmen. Nach etwa anderthalb Stunden steuert der Kapitän den Landungssteg der Ameiseninsel an. Diese sei etwa 70 bis 75 Kilometer vom Festland entfernt und vollständig vom Ozean umspült. Die beiden Europäer begeben sich sofort zum Hauptgebäude der Station und überlassen es dem Kapitän und seinem Gehilfen, die Ware des Motorbootes zu löschen. Nach der Löschung der Schiffsladung wird der Kapitän wieder nach Guantanamo zurückfahren. Im Büro der Station wird alles Wissenswerte den beiden Ankömmlingen gesagt: wo sie ihre Zimmer beziehen können und wo das Labor sei. Für Charles ist nichts neu, er weiß es noch von früher. Beide gehen auf ihre Zimmer, machen sich frisch und studieren die Unterlagen im Zimmer. Yves schaut zum Fenster hinaus und sieht im Norden der Insel ein Riesenformikarium. Vom Hauptgebäude des Formikariums geht ein langer Gang, vollständig gedeckt, etwa drei vier Meter breit und etwa vierzehn bis fünfzehn Meter lang nach Norden. Dort ist er mit einer Plexiglaswand, die nach links und rechts abgeht, fest verbunden. Yves sieht, dass diese Wand etwa einen Meter fünfzig hoch ist und oben eine Art Dach hat, ebenfalls aus Plexiglas. Im Innern – soweit es ersichtlich ist – sieht er eine Sandfläche. Da und dort erkennt er einige Büschel dürres Gras und weiter hinten sogar eine Pinie. Sonst kann er keine weiteren Details erkennen.

Nachdem die beiden Neuankömmlinge sich frisch und mit der Umgebung bekannt gemacht haben, holt Charles Yves ab und sie begeben sich in das Stationsrestaurant. Es ist inzwischen dunkel geworden und man kann nun das Abendessen einnehmen. Yves und Charles erzählen sich während des Essens gegenseitig Geschichten. Das Nachessen wird nun weggeräumt und die Tische gesäubert. Yves erkundigt sich, wie das mit dem Bezahlen sei. Da beruhigt ihn Charles – er würde dies besorgen. Man könne mit der Universalkreditkarte hier alles kaufen. Er habe sie hoffentlich ebenfalls dabei, er hätte dies ja erwähnt. Yves bejaht und er geht auf ein Gestell zu, welches voller Zeitungen ist. Yves blättert in einigen Zeitungen. Er sucht sich dann eine amerikanische, eine europäische und zwei kubanische Zeitungen aus. Yves geht dann wieder zu Charles zurück. Dieser wechselt nun mit einem Amerikaner einige Worte. Sie scheinen sich zu kennen und erzählen sich Verschiedenes aus der Forschungstätigkeit. Der Amerikaner scheint ein Gehilfe eines amerikanischen Professors vor Ort zu sein. Yves ist noch immer gespannt, was aus diesem Abend wird. Tatsächlich trudeln nun vereinzelt weitere Personen ein. An einem Tisch weiter links beginnt nun eine gut hörbare Unterhaltung, welche vor allem von einem älteren Herrn geführt wird. Er schaut fröhlich in die Welt und lacht immer wieder. Charles und Yves setzen sich an diesen Tisch und hören dem Gespräch zu. Yves versteht nicht immer sofort, weshalb die Leute plötzlich und laut lachen. Er lacht ebenfalls, nicht aus Höflichkeit, sondern weil ihm die Art des Erzählens und das besondere Lachen dieses älteren Herrn belustigt. Je länger er zuhört, umso mehr versteht er. Er merkt bald, dass dieser Herr aus seinem wissenschaftlichen Leben erzählt. Besonders ulkige Sachen gibt er preis. Schon bald kann auch Yves der einen oder anderen Pointe folgen und kann richtig lachen. Im Hintergrund haben sich zwei Herren zu einem Schachspiel hingesetzt. Das Schachspiel wird aber nicht sehr ernst geführt, denn ab und zu lachen diese zwei Herren ebenfalls über die Späße des lustigen Professors am Nebentisch. Der eine oder andere macht auch mal eine Bemerkung dazu und sie spielen wieder weiter. Es scheint eine Kaffeehauspartie zu sein.

Mit der Zeit kommt Yves auf die Idee, sich zu erkundigen, wer diese Leute sind. Neben ihm sitzt ein Mann Mitte Dreißig und dieser Mann stellt die einzelnen Herren Yves vor. Er nennt ihre Namen und welchen Beruf sie ausüben. So erfährt Yves an diesem Abend Wesentliches über die Leute, die sich aktuell in der Forschungsstation aufhalten. Als der Abend zu Ende geht und man sich voneinander verabschiedet, kommt der lustige Professor auf Yves zu und fragt: „Was führt dich junger Freund auf diese Forschungsstation? Natürlich die Ameisen!" Und er lacht. Yves sagt, er sei als Helfer und Mitarbeiter von Charles da. Schon platzt der Professor lauthals heraus: „Ach so, Charles, der Franzose."

Charles kommt in die Nähe und sie tauschen ebenfalls einige Worte aus. Er sagt allerdings nicht, dass er Schweizer sei und nicht Franzose. Man geht zu Bett und auf dem Weg in die Zimmer sagt Charles zu Yves: „Morgen musst du frühzeitig aufstehen. Es gibt viel Arbeit. Frühstück um sieben Uhr, wieder hier im Restaurant. Nach dem Morgenessen haben wir eine Viertelstunde zum Bereitmachen. Danach gehen wir ins Formikarium."

Yves hat einen ruhigen Schlaf und erwacht während der ganzen Nacht nie. Am Morgen ist er um halb sieben Uhr wach. Er steht auf, macht sich bereit und geht essen. Charles ist schon dort und sie genießen ein gutes Frühstück. Sie lassen sich dabei etwas Zeit, und dann sagt Charles: „In zehn Minuten bist du mit geputzten Zähnen unten beim Eingang zum Formikarium." Er schmunzelt dabei. So geschieht es, und sie steigen durch den Sicherheitsgang in das Formikarium ein. In der ersten Zelle werden sie total desinfiziert. In der zweiten Zelle stehen Schutzkleidungen zur Verfügung, die sie anziehen. Auch die Kopfbedeckung wird feinsäuberlich am Hals der Schutzkleidung mit einem Reisverschluss befestigt. Dann gehen sie in die dritte Zelle. Dort werden sie mit dem abstoßenden Saft, der für die Ameisen unerträglich ist, von Kopf bis Fuß eingespritzt. Am Schluss werden noch die Schenkel und Fußpartien intensiv bespritzt. Dann steigen sie durch die erste, innere Sicherheitstür, treten in einen Zwischenraum, schließen die erste Tür hinter sich und gelangen schließlich durch eine zweite Sicherheitstür ins Formikarium. Es sieht genauso aus, wie es Yves am Vorabend von Weitem gesehen hatte. Die Gänge bestehen aus langen Wänden aus Plexiglas, welche oben ein Wändlein nach innen haben. Dieses ist mit der senkrechten Wand verschmolzen. Als Abschluss befindet sich außen noch eine Art Traufleiste, die nach unten weist.

Charles zeigt auf diese und sagt: „Diese sind zur Sicherheit, damit die Ameisen nicht austreten können. Das Institut hier hatte das Glück, dass seit seinem Bestehen noch nie ein größerer Tornado oder ein Tsunami über die Insel hinwegfegte. Ansonsten weiß man nicht, was passiert wäre. Die Ameisen wären fortgeschwemmt worden oder mit der Windhose nach außen getragen worden. Man hofft also weiterhin auf gut Glück." Charles hat sich kundig gemacht: Im Innern des Hauptgebäudes ist an einer Stelle ein Protokollbuch aufgestellt. Da muss jede Expedition in das Formikarium gemeldet werden. Das heißt, es muss insbesondere auch bemerkt werden, wo die Ameisen gerade sind. Zu diesem Zweck sieht jetzt Yves, dass etwa zehn Meter von der Wand entfernt Metallstöcke in den Boden gerammt wurden. Oben steht auf einer kleinen Metallplatte eine Zahl. Charles sagt, dass er eben gelesen hätte, Nummer sieben bis acht. Sie müssen also hier nach links gehen, der Wand entlang sich nach Norden wenden, bis sie zum Pfahl sieben kommen. Dort müssen sie intensiv Ausschau nach dem Ameisenstaat halten. Das tun sie auch, und als sie kurz hinter dem Stock sieben sind, spürt Yves in etwa vier bis fünf Metern Entfernung ein Krabbeln. Er meldet Charles: „Schau, da vorn sind sie."

Jetzt sehen sie die Ameisen. Das Ameisenvolk wird immer dichter. Die beiden Forscher halten respektvollen Abstand und gehen dann langsam auf das Volk zu. Die Ameisen weichen der Abwehr aus, gewähren quasi eine Gasse, durch die Yves und Charles langsam hindurchgehen. Dann erkennen sie an der Wand eine Art Traube. Charles weist darauf hin und sagt: „Sie wollen nach Osten abhauen, finden aber keinen Weg. Deshalb versuchen sie an der Wand hochzuklettern. Das gelingt ihnen nicht und sie fallen immer wieder zurück. Deshalb bauen sie einen Turm. Er ist architektonisch immer wieder etwas anders gebaut. Dies ist eine Frage, die man noch klären muss. In diesem Fall hier handelt es sich um einen runden Turm. Die Ameisen klettern im Innern hinauf und bauen immer daran weiter. Der Turm ist etwa 60 Zentimeter hoch und eigenartigerweise lehnt er sich an die Plexiglaswand an. Die Ameisen können sich ja eigentlich an der Wand gar nicht festhalten und können so keinen zusätzlichen Halt für den Turm gewähren." Das wird nun ganz genau beobachtet. Alle Bewegungen werden studiert und aufgeschrieben. Charles diktiert und Yves schreibt auf. Dann gehen sie um den Turm herum. Die Ameisen weichen wieder aus. Yves meint, er höre ganz leise ein Zischen. Hin und wieder sogar ein Fiepen. Charles sagt, er könne nichts hören. Yves nimmt deshalb wieder den Bleistift in die Hand und schreibt weiter. Als sie an der Nordseite des Turmes angekommen sind, bemerken sie, dass der Haufen am Boden etwas lockerer wird. Die Dichte ist nicht mehr so vorhanden. Plötzlich sehen sie eine Schneise, welche weiter nach Norden führt. Auf dieser Schneise wandern auf der einen Seite Ameisenarbeiterinnen nach Norden, auf der anderen Seite nach Süden. Es ist ein Kommen und Gehen. Die meisten transportieren mit den Kieferklauen irgendein Futterstück. Charles gibt zu Protokoll: „Auf der Ameisenstraße wird Futter in den Staat transportiert." Dann gehen sie weiter, bis zur Futterquelle. Hier wird Futter auf einem Blechplateau ausgelegt: vor allem frisches Gemüse, welches in kleine Stücke zerlegt wurde. Neben dem Blech ist auch ein Haufen Heu. Auf einem weiteren Blech sieht man tote Engerlinge. Yves schreibt alles genau auf. Charles doziert: „Man muss für dieses Volk alles Futter in das Formikarium bringen. Im Formikarium wachsen – du kannst es selbst sehen – nur ein paar Grasbüschel, die aber sofort austrocknen. Es hat praktisch keine Bodentiere. Falls vorhanden, sind diese bereits alle schon gefressen worden. Deshalb gibt man ihnen neben pflanzlichem Material auch tierisches, also Eiweiß als Futter. Damit diese Larven sich nicht verkriechen, hat man sie abgetötet, und dann werden sie von den Arbeiterinnen eingesammelt.

Meistens beißen sie ein Stück aus diesen toten Körpern heraus und bringen es in den Staat zurück. Damit werden die Ameisen im Staat – insbesondere die Königin, es ist im Moment nur eine Königin vorhanden – sowie die Ammen gefüttert. Natürlich bekommen auch die Soldaten, die ringsherum zur Abwehr aufgestellt sind, etwas ab." Yves schreibt alles minutiös auf. Charles fügt hinzu, dass Lebendfutter nicht in das Formikarium gebracht werden kann. Nun wandern die beiden weiter nach Norden, um vielleicht noch eine Abspaltung dieses Volkes zu entdecken. Charles meint zwar, dazu bestünde nur eine geringe Chance. In seltenen Fällen käme es vor, dass sich der Staat trennen würde und an verschiedenen Seiten probieren würde, aus dem Gehege zu kommen.

Sie wandern einen Kilometer nordwärts, immer den Stäben mit den Zahlen hinterher. Dann wenden sie und gehen ostwärts. Nirgendwo bemerken sie etwas anderes als Sand, Stein und hin und wieder – gegen die Mitte hin – allenfalls einen Strauch. Diese Sträucher sind aber praktisch unbelaubt. Sie wurden im Frühjahr gesetzt und bewässert, aber als das Laub gewachsen war, im Besonderen das junge Laub, wurde es sofort von den Ameisen gefressen. Dann gehen sie auf der anderen Seite wieder nach Süden. Nirgendwo sehen sie etwas Bemerkenswertes und kommen so wieder im Süden an und steigen wieder durch die Sicherheitsschleusen. In der zweiten Zelle legen sie ihre Schutzkleidung in einen speziellen Kasten für gebrauchte Kleidung. In der dritten Zelle gehen sie schließlich noch unter der Dusche durch und werden so wieder vollständig desinfiziert. Es ist Mittagessenszeit.

Nachdem sie sich im Zimmer etwas frisch gemacht haben, treffen sie sich im Restaurant und nehmen das Mittagessen ein. Die anderen bekannten Herren essen ebenfalls im Restaurant. Nach dem Essen trinken sie Kaffee und danach geht es ins Labor. Dort wird ein ganzer Nachmittag gearbeitet. So geht es Tag für Tag weiter. Yves hat kaum Zeit, am Abend mit Lydia zu telefonieren. Wenn ja, plaudern sie miteinander und immer kommt Lydia auf das Thema „Suchtentzug" zu sprechen. Sie spricht Yves darauf an und rühmt seine Arbeit. Sie sagt, er habe sich wieder eine Stufe in der Karriereleiter verdient. Man werde später darüber reden. Am Schluss werden jeweils Küsse ausgetauscht und nach arbeitsreichem Tag geht Yves zufrieden ins Bett und schläft gut. So geht das zehn Tage lang. Charles arbeitet intensiv im Labor, und Yves muss ihm behilflich sein. Er lernt die verschiedensten Arbeitstechniken kennen, und die Ameisen interessieren ihn immer mehr. Das sagt er auch seiner Lydia: Er berichtet von speziellen Erlebnissen, die er während des Tages hatte; er spricht von Begegnungen; er habe überhaupt keine Langeweile und ihm gehe es psychisch sehr gut. Nach zehn Tagen – es ist Donnerstag in der zweiten Woche – sagt Charles beim Mittagessen: „Wir können aufräumen, ich habe meine Arbeit getan. Ich bin schneller vorwärts gekommen als geplant. Dank deiner Mithilfe. Dafür fahren wir jetzt nach Guantanamo zurück und von da werden wir noch Kuba besuchen. Hast du auch schon etwas von der Hauptstadt gehört?"

Yves sagt sofort: „Havanna, ja, davon habe ich auch schon gehört, und von da kommen die berühmten Zigarren."

„Ja", lacht Charles. „Die sind nicht mehr hoch im Kurs, seit man gegen das Rauchen einen großen Kampf führt. Also, mach dich bereit. Heute um drei Uhr fährt das Motorschiff ab, das heute Mittag angekommen ist. Damit fahren wir nach Guantanamo. Dort bleiben wir in Logis und gehen dann auf Reisen in Kuba."

Yves ist erfreut und geht auf sein Zimmer, räumt auf, macht sich reisefertig und steht pünktlich unten beim Ausgang des Hauptgebäudes. Als Charles kommt, melden sie sich auf dem Büro ab. Charles begleicht mit seiner Kreditkarte alle Unkosten und verabschiedet sich von den bekannten Gesichtern. „Hoffentlich treffen wir uns auf einem Kongress wieder; ansonsten sehen wir uns in einem Jahr."

Als die beiden in Guantanamo angekommen sind, geschieht all das, was Charles vorausgesagt hatte: sie beziehen ein Zimmer in einem Hotel und besuchen noch Guantanamo. Sie lassen sich das eine oder andere zeigen und gehen zu Bett. Am anderen Tag sind sie frühzeitig in Kuba. Sie reisen mit einem Flugzeug bis nach Havanna. Dort sehen sie die Sehenswürdigkeiten an.

Lassen sich das eine oder andere erläutern, nehmen da und dort für die Besichtigungen einen Führer. Schon bald sind die zwei Tage vorüber, und sie fliegen wieder heimwärts. Im Aeroblitz sagt Charles: „Auf der Heimfahrt nehmen wir die Südroute. Sie ist zwar länger, aber wir haben ja Zeit."

So geht es über den Atlantik bis an die westafrikanische Küste. Dort wendet Charles und fährt nach Norden über die Sahara, über das Mittelmeer und er kommt – in der Nähe von Barcelona – etwas tiefer und verlangsamt die Geschwindigkeit. Plötzlich sieht Yves eine gewaltige Festung auf einem Berg. „Das ist Montserrat", erklärt Charles. „Ein Benediktinerkloster, das in der Religionsgeschichte eine wichtige Rolle zu verschiedenen Zeiten spielte. Davon erzähle ich ein anderes Mal." Er kreist um diese Festung gemütlich in etwa 500 Metern Höhe darüber und lenkt dann seinen Aeroblitz wieder nach Norden. Er bleibt auf der gleichen Höhe, und nach kurzer Zeit überqueren sie die französisch-spanische Grenze mit Kurs auf Toulouse. Dort endet diese interessante Forschungsreise. Es bleibt ihnen nur noch, mit dem Zug nach Hause zu fahren, wo sie von Claire am Bahnhof abgeholt werden. Die Expedition ist damit zu Ende.

32. Expedition von Lourdes in die Pyrenäen/ Gespräche über Lydia/Religion (Gott) und Ende

Am 1. August, Montagmorgen, kommt Charles zu Yves ins Labor und sagt zu ihm: „Ich muss am nächsten Donnerstag in die Pyrenäen fahren."

Yves schaut kurz auf und sagt: „Weshalb?"

Charles erklärt: „Schon früher hatte sich ein Teil vom Volk der Ameisen (das sie vernichtet haben) in den Westpyrenäen gespalten und ist dann als selbstständiger Staat nach Osten weitergewandert. Da hat man ihn zu überwachen begonnen. Eine Equipe – ganz ähnlich wie wir sie hatten bei unserer Abwehrschlacht –, aber allerdings viel kleiner, begleitet diese Ameisengruppe etwa seit einem Jahr ununterbrochen. Seit einem Monat ist diese Gruppe stationär, das heißt die Ameisen wandern nicht mehr weiter nach Osten, sondern haben sich einen festen Standort gewählt und gehen gleichsam im Kreis herum. Sie machen einen Kreis von einem Kilometer Durchmesser und kommen immer zur selben Stelle zurück. Somit kann sich die Vegetation jeweils erholen, bis sie zurückkommen, und allgemein stellt man fest, dass die Gruppe auch in der Größe stabil bleibt. Ich muss jetzt herausfinden, warum die Gruppe dort bleibt, warum sie stabil ist, ob sie sich an die Umwelt angepasst hat und welche Faktoren dabei mitspielen. Deshalb kam die Meldung, dass ich diese Equipe besuchen soll und einen entsprechenden Bericht an die nationale Forschungsanstalt abliefern muss. Kommst du mit?"

Yves sagt sofort: „Natürlich, da bin ich voller Begeisterung dabei."

„Also, Yves, pass auf. Am Mittwochabend, also übermorgen, fahren wir nach Lourdes. Von da aus beginnt am Donnerstagmorgen meine Expedition. Du musst für drei Tage Arbeitskleidung und Toilettenartikel sowie Wäsche und alles Notwendige mitbringen. Achte auf möglichst leichtes Gepäck im Rucksack oder in einer Tasche sowie gutes Schuhwerk, und natürlich sei frischen Mutes."

„Also, abgemacht."

Dies meldet Yves sofort seiner Lydia, welche in Nantes in den Ferien ist. Sie berichtet von ihren Erlebnissen und wünscht Yves viel Glück für die Expedition. Sie sei schon bald wieder zu Hause im Süden Frankreichs und freue sich, Yves wiederzusehen. Yves meldet sein Vorhaben noch seinem Vater, der ihm ebenfalls Glück wünscht. Er denkt, dass es ein Glück war, dass Charles Yves unter seine Fittiche genommen hatte. Yves blühe dabei richtig auf und das freute ihn.

Die Vorbereitungszeit für die Expedition ist sehr kurz. Am Mittwoch, gegen Abend, fahren sie nach Lourdes und übernachten dort. Am Morgen gehen sie mit dem ersten Bus südwärts bis zum letzten Bergdorf hinauf. Kaum sind sie ausgestiegen, sehen sie sich ein bisschen um und wandern zum Dörfchen hinaus und nehmen die leichte Steigung in Angriff. Unmerklich wird es steiler und steiler. Nach einer halben Stunde kommen sie an einer Felswand an. Die Felswand dehnt sich nach Westen und nach Osten aus und das Zielgerät im IPhone deutet an, dass sie sich nach Osten wenden müssen. Schon bald kommen sie an einen Bach, der aus einer Schlucht herauskommt und sich nach unten von ihnen abwendet, ebenfalls nach Nord-Osten hin. Sie gehen dem Bach entlang. Es ist eine Schlucht von etwa 30 bis 40 Meter Breite, und auf beiden Seiten sind die Felsen steil aufsteigend, etwa 25 bis 30 Meter hoch. Sie steigen diese Schlucht dem Bach entlang hinauf. Die Felsen werden immer niedriger und sie kommen höher, bis zuletzt die Felsen im Boden verschwinden und sie auf einer Hangterrasse angelangt sind. Auf dieser Hangterrasse ist nun rechts neben dem Fußweg eine große Alpwiese ausgebreitet, eine Blumenwiese, die wirklich in allen erdenklichen Farben leuchtet: vier bis fünf verschiedene Rottöne, verschiedene Blautöne etc. Die Wiese verbreitet einen Duft, der für die beiden außerordentlich angenehm, aber auch betörend wirkt. Ausrufe des Erstaunens und der Bewunderung, und schon steigt Charles vorsichtig in diese Wiese hinein. Er geht etwa zwei bis drei Meter nach vorn. Yves bleibt auf dem Fußweg stehen und nimmt den Duft in sich auf. Charles kauert sich nieder und sieht sich das Ganze an. Dann sagt er zu Yves: „Nach meiner Schätzung sind hier mindestens fünfzig verschiedene Blumenarten vorhanden. Komm mal näher zu mir her!"

Yves geht auf ihn zu und kauert sich ebenfalls nieder und bewundert diesen Blumenteppich. Da sagt Charles: „Hast du schon einmal etwas von Ragwurzarten gehört?"

„Nein", brummt Yves.

„Also schau mal hin: Da ist ein ganzer Teppich von Fliegenragwurz. Ich erzähle dir gleich etwas darüber: Es gibt Bienenragwurz, Wespenragwurz, Spinnenragwurz und weitere Ragwurzarten wie z. B. Wanzenragwurz. Das Interessante daran ist, dass sie einen besonderen Bestäubungsmechanismus entwickelt haben. Schau mal diese Blüte des Fliegenragwurz an. Sie ist klein und unbedeutend, etwas blauviolett. Wenn der Pollen aber reif geworden ist, strömt sie zugleich einen Duft aus, und dieser Duft gleicht haargenau dem Duft der Weibchen einer gewissen Fliegenart, und zwar derjenige Duft, den sie zur Paarungszeit ausströmen. Jetzt ahnst du, was kommt: Die Fliegenmännchen werden natürlich von diesem Duft angelockt und setzen sich auf diese Blüten, um zu einer Begattung zu kommen. Nach einigen Augenblicken – also nur nach wenigen Sekunden – merken sie, dass sie nicht auf einem Weibchen sitzen und einem Irrtum verfallen sind. Sie rappeln sich hoch und wollen wegfliegen. Sie stoßen dabei ihren Kopf in die Blüten hinein und bepudern sich mit dem Pollen. Oft nehmen sie ein ganzes Staubblatt mit, welches am Kopf festklebt. So fliegen sie weiter zur nächsten Blüte. Wenn eine der nächsten Pflanzen eine Blüte ist, welche die Pollen bereits verloren hat oder deren Pollen bereits ausgetrocknet sind, dafür die Narbe aber reif geworden ist, dann bepudern die Männchen mit ihrem Kopf die Narbe der Blüten, und somit ist die Bestäubung vollzogen. Jetzt muss ich dir nur noch sagen, dass dies beim Spinnenragwurz mit den entsprechenden Spinnenmännchen geschieht oder mit den entsprechenden Drohnen bei Bienen usw."

Sie haben sich nun erhoben und treten wieder auf den Weg zurück und steigen etwas steiler hinauf. Unter einer Pinie sind auf einem Plateau ein Tisch und zwei Bänke aufgestellt. Dahin steuert Charles und öffnet den Rucksack: „Wir haben einen Znüni verdient."

Yves setzt sich daneben und Charles nimmt zwei Würste und Brot heraus sowie ein Halbliterfläschchen mit einer halb rot gefärbten Flüssigkeit.

Yves fragt: „Ist das Sirup?"

„Nein. Ich habe gewöhnliches Wasser genommen und etwas Zucker sowie einige Tropfen Rotwein hinzugefügt."

Yves probiert einen Schluck und sagt, dass dies bekömmlich sei, dass es gut gegen den Durst sei. So nehmen sie das Znüni ein. Charles wendet sich zu Yves und sagt: „Wie ich gehört und auf der Abdankung gesehen habe, hast du eine Freundin?" Yves überlegt einen Moment und kann dann nicht mehr aufhören zu sprechen. Er erzählt Charles alles, wie und was er mit Lydia erlebt habe. Er erzählt die geheimsten Dinge. Er nimmt kein Blatt vor den Mund, nichts als die Wahrheit. Er hört dann auf und sagt: „Alle diese Dinge lassen mich immer wieder zweifeln, ob Lydia tatsächlich eine Freundin ist."

„Warum zweifelst du?"

„Erstens: Ich weiß nicht genau, ob sie lesbisch ist. Zweitens: Sie hat einen religiösen Hintergrund und ich habe keinen. Ich weiß nicht, ob sie die Toleranz dafür hat und mich so anerkennt, wie ich bin. Drittens: Hat sie mich bloß als Hilfe für ihr Studium benutzt? Sie studiert Sozialwissenschaften. Und viertens: Ist es nur ihr Ehrgeiz, aus einem Süchtigen einen total Geheilten zu machen und dies dann für ihr Studium zu verwenden?"

„Ganz ernsthaft, ich glaube nicht – nach allem, was du mir erzählt hast –, dass Lydia lesbisch ist. Ich glaube nicht, dass die Religion und deine Religionslosigkeit sich bei ihr so manifestieren, dass ihr nicht zusammenkommen könnt. Bezüglich Hilfe für ihr Studium könnte ich mir auch vorstellen, dass da ein Kern Wahrheit dahinter ist. Da könnte ich mir vorstellen, dass sie im ersten Moment geglaubt hatte, du seist eine Hilfe für ihre Semesterarbeit und für ihr Studium ganz allgemein. Du warst ein Beispiel, immer verfügbar. Aber ich glaube auch, dass sie dir wirklich helfen will. Dass sie dich auf eine Karriereleiter schickte, das kam bestimmt nicht von ungefähr. Das hat sie sich geschickt ausgedacht, um die Ziele, die du für deine Heilung anstreben sollst, schmackhafter zu machen – und damit sie für dich übersichtlicher und klarer sind. Dieses Gedankengut schätze ich an ihr. Dass sie nur aus Ehrgeiz gehandelt haben soll, kann ich mir nicht vorstellen. Sie ist eine intelligente und bescheidene Frau. Komm ihren Wünschen entgegen, dann wirst du sicher zum Ziel gelangen."

„Ja, dies habe ich mir ebenfalls schon überlegt. Kann ich dich fragen, wie es bei Claire und dir damals war, als ihr in der gleichen Situation gewesen wart?"

„Das war ganz ähnlich, aber doch auch wieder ganz anders. Wir waren damals fast zehn Jahre älter als ihr, als wir uns trafen. Dann muss ich zugeben, Claire und Lydia haben einen sehr ähnlichen Charakter und einen ähnlichen sozialen Hintergrund. Deshalb kann ich verstehen, wie Lydia handelt. Ich rate dir, Yves, habe Geduld. Warte. Du wirst dann sicher belohnt werden. Falls ihr euch näher kommt und heiraten und Kinder haben werdet, dann wird sie die Kinder in ihrem Sinne aufziehen wollen. Ich kann mir auch vorstellen, dass sie heimlich die Hoffnung hat, dich von ihrem religiösen Gedankengang zu überzeugen."

Charles hat nun fein säuberlich allen Unrat aufgenommen und im Rucksack verstaut. Nur die Brotkrümel hat er auf den Boden gewischt. Jetzt steigen sie weiter auf und kommen über einen leichten Anstieg immer näher zu einer hohen Bergflanke.

Yves bleibt plötzlich stehen, schaut Charles an und fragt: „Gott? Was weißt du über Gott?"

Umgehend kommt die Antwort von Charles: „Nichts, ich weiß gar nichts. Kein Mensch weiß etwas über Gott."

Yves erwidert ungläubig: „Aber du bist doch ein gottgläubiger Mensch, ein Christ?"

„Ja, das bin ich, aber du darfst nicht vergessen, etwas glauben und etwas wissen, das sind zweierlei Paar Schuhe. Alle Menschen machen sich Gedanken über Gott. Das heißt aber nicht, dass sie etwas wissen können. Man kann über Gott nichts wissen, denn das ist nach allen Überlegungen unseres Verstandes ein Wesen, das nichts Materielles an sich hat. Es ist an keine Zeitfenster gebunden. Du siehst nichts und es gibt einige Dinge, die man ausschließen kann, wenn man Gott als das höchste vorausschauende Wesen ansieht, welches aus einer anderen Welt stammt. Eine Welt, die nicht materiell ist. Man kann fragen, wen man will. Erstens weiß niemand etwas. Zweitens stellen sich aber doch alle etwas vor, und das ist das Eigenartige: sogar Atheisten, die Gott leugnen. Jetzt frage ich dich, warum müssen sie etwas leugnen, worüber sie nichts wissen? Etwas, das man nicht kennt, muss das von Vornherein nicht existieren? Da liegt der große Haken. Dein Vater ist ein Agnostiker, das weißt du. Er glaubt an nichts, weil er sagt, er wisse von dem nichts. Er kenne das nicht, deshalb lohne es sich nicht, darüber zu diskutieren. Die Agnostiker argumentieren ebenso. Sie wollen darüber nicht diskutieren. Da liegt aus meiner Sicht die große Frage dahinter: Wieso lehnt man etwas ab, das man nicht kennt und von dem man nichts weiß? Aber es gibt gewisse Dinge, nennen wir die Schöpfung und das Weltall. Was verstehen wir unter dem Weltall, und wie ist es entstanden? Da hat man ganz genaue Vorstellungen und sogar genaue Kenntnisse darüber. Die Physiker haben alles berechnet und sind zum Urknall gekommen. Was vor dem Urknall ist, weiß man nicht. Man weiß einfach nicht, was vorher war. Gibt es deshalb nichts Vorheriges? Das können die Physiker nicht beantworten. Der Urknall passt bloß in unser Milchstraßensystem hinein. Wie steht es mit anderen Galaxien? Davon gibt es Tausende. Fand dort ebenfalls ein Urknall statt? Oder gibt es heute noch irgendwo – wohin wir mit unseren Instrumenten nicht gelangen können – solche Urknalle? Teilchen, die tausendmal kleiner sind als Positronen. Elektromagnetische Felder und Energieformen, die die Physiker gefunden haben, können sie bis heute noch nicht definieren. Du siehst, Yves, die Fragen sind unermesslich. Man kann sie mit bestem Willen nicht beantworten. Aber gewisse Überlegungen lassen doch den Schluss zu, dass ein übermächtiges, allumfassendes Wesen existiert. Sonst hätten wir kein Leben auf dieser Welt. Kurz gesagt: Warum ist das Leben auf der Welt? Warum leben wir? Wir sind heute in der Lage, Eiweißzellen herzustellen, wie sie in der Natur vorkommen. Urtierchen, Einzeller können wir in der genauen chemischen Zusammenstellung herstellen. Beginnen diese aber zu leben, machen sie einen Stoffwechsel, pflanzen sie sich fort, zeigen irgendwelche Reizbeantwortungen? Nein, all dies lässt doch den Schluss zu, dass noch irgendein Motor in den Lebewesen sein muss, der alle diese Funktionen steuert oder hervorruft. Nur von lebenden Zellen können wieder lebende Zellen entstehen. Das heißt, Lebewesen können nur von Lebewesen abstammen. Nur eine lebende Eizelle bringt auch wieder Nachkommen hervor. Dieses Lebensprinzip, das wir einschalten müssen, haben schon unsere vorchristlichen Vorfahren als Seele bezeichnet. Wenn wir das so machen, müssen wir annehmen, dass so etwas wie ein Lebensmotor oder eine Seele vorhanden ist. Dies kann nicht etwas Materielles sein. Materielles stirbt. Nichtmaterielles hat keinen Tod. So kommen wir auf das Weiterleben von Menschen. Konsequenterweise müssen wir auch bei Pflanzen und Tieren diesen Lebensmotor annehmen, und so kommen wir ebenfalls auf eine Art Weiterleben. Wie das zustande kommt, was das ist, das können wir nicht wissen. Das können wir nicht einmal erahnen. Wir können aber diesen Gedanken hegen und entsprechend ausbauen. Schließlich hat das zu Vorstellungen geführt, die dann zu den verschiedensten Religionen hinweisen. Jeder Mensch hat eine eigene Vorstellung, d. h. jeder Mensch hat eigentlich seine eigene Gottesvorstellung."

„Das leuchtet mir irgendwie ein. Aber es ist zu kompliziert, um das alles zu verarbeiten. Ich muss darüber noch nachdenken."

„Das ist richtig. Man muss sich mit diesem Gedanken auseinandersetzen. Und es gibt natürlich sehr viele Menschen mit einem einfachen Verständnis, die sich diese wahrlich philosophischen Gedanken nicht aneignen können. Deshalb haben sie auch eine einfachere Vorstellung von Gott und müssen darauf entsprechend reagieren."

Der Weg ist nun sehr steil geworden. Man sieht oben die nächste Bergflanke. Charles holt sein IPhone hervor, stellt mehrere Knöpfe ein, druckt auf die Taste und sagt: „Wir müssen noch diese Bergflanke überwinden und dann geht es noch leicht aufwärts nach Osten weiter. Etwa in einer guten Stunde werden wir das Lager unserer Equipe antreffen. Dort erhalten wir das Mittagessen. Das habe ich organisiert."

Sie steigen weiter, es wird immer steiler und steiler, und schließlich kommen sie auf die Geländestufe hinauf, ziemlich erschöpft und verschwitzt. Sie hocken am Wegrand nieder und ruhen sich aus.

Jetzt sagt Yves: „Ich habe dir zu wenig deutlich gesagt, dass ich beim letzten Einsatz bei den Ameisen dieses Zischen und Fiepen gehört habe. Sicher haben es einige junge Soldaten auch gehört, aber wahrscheinlich nicht richtig eingeordnet. Ich kann es vielleicht auch nicht richtig einordnen. Aber mir kam es so vor, dass dies eine Lautäußerung in einer sehr hohen Frequenzzahl war, die von den Tieren ausgegangen war. Auch im Forschungsinstitut, letzte Woche, habe ich dieses Fiepen hin und wieder hören können, ganz schwach."

Da erwidert Charles: „Dieses Phänomen ist bekannt. Ich selber höre es nicht, aber mit den Ultraschallgeräten hat man das ebenfalls festgestellt. Du bist auf dem richtigen Weg, Yves, es handelt sich tatsächlich um hohe Frequenzzahlen. Diese Töne kommen wirklich von den Ameisen, und die logische Folge oder die Frage ist jetzt: Wenn sie schon solche Töne ausstoßen können, müssen sie auch ein Organ haben, das diese Töne empfangen kann. Man hat aber beide – die aussendende und die empfangende Seite bei diesen Tieren – noch nicht gefunden. Vielleicht liegt sie in einem ganz anderen Bereich als in jenem, den wir physikalisch unter ‚Hören' kennen."

Nach einiger Zeit sagt Yves: „Du Charles, ich möchte Biologie studieren."

Charles schaut ihn an und sagt ein bisschen ungläubig oder sogar belustigt: „Du möchtest bloß Biologie studieren? Mögen reicht nicht aus!"

Jetzt erwidert Yves: „Ich will Biologie studieren!"

„Dem liegt nichts im Wege", erwidert Charles. „In drei Wochen beginnt das Herbstsemester. Komm dann ins Institut und lass dich immatrikulieren."

33. Nachwort

Die Idee zu diesem Buch entstand beim Autor in den ersten Neunziger-Jahren. Er trug die Gedanken stets mit sich herum und schrieb hin und wieder Stichworte auf. Aus verschiedenen Gründen kam er aber erst im Januar 2013 dazu, alle diese Gedanken in eine Geschichte zu verpacken. Weil er in der Zwischenzeit beinahe völlig erblindet war, sprach er den ganzen Text aus dem Kopf innerhalb eines Monats auf ein Diktafon. Liebenswürdigerweise brachte dann sein Jüngster, Simon, das Gesprochene auf Papier.

Der Autor

Der Autor Joseph Melchior Graf wurde 1929 als Ältester von neun Kindern im Kanton Luzern geboren. Er studierte in Freiburg Geografie, Botanik, Zoologie und Kristallografie. Die Zeit bis zu seiner Pensionierung verbrachte er als Lehrer an verschiedenen Schulen. Doch sein Wissensdurst scheint nie gestillt: Mindestens alle drei Jahre besuchte er Fortbildungskurse, er absolvierte eine Studienreise nach Afrika und führte Verhaltensstudien im Zoo Zürich an Zebras und Kudus durch. Seit 1994 lebt er als Pensionist im Kanton Zug.

novum VERLAG FÜR NEUAUTOREN

Der Verlag

*Wer aufhört
besser zu werden,
hat aufgehört
gut zu sein!*

Basierend auf diesem Motto ist es dem novum Verlag ein Anliegen neue Manuskripte aufzuspüren, zu veröffentlichen und deren Autoren langfristig zu fördern. Mittlerweile gilt der 1997 gegründete und mehrfach prämierte Verlag als Spezialist für Neuautoren in Deutschland, Österreich und der Schweiz.

Für jedes neue Manuskript wird innerhalb weniger Wochen eine kostenfreie, unverbindliche Lektorats-Prüfung erstellt.

Weitere Informationen zum Verlag und
seinen Büchern finden Sie im Internet unter:

www.novumverlag.com